DAS GRAB DER
UNTREUEN

MICHAEL PATE

PINOCCHIO AUF JOBSUCHE

Es gibt immer wieder in der Geschichte der Menschheit diese abscheulichen Einzelfälle von Serienkillern, die so bitterböse sind, dass sie einen daran zweifeln lassen, ob der Mensch wirklich von Natur aus gut ist. Richard Ramirez, Ted Bundy, Ed Gein, und lang ist die Liste.

Ebenso ist der Umgang der Gesellschaft mit der

Thematik recht fragwürdig. Die Namen der Killer tragen sich regelrecht durch die Weltgeschichte, als wären sie Kultfiguren. Jedoch kennt kaum einer auch nur einen einzigen Namen aus den ellenlangen Listen ihrer Opfer. Dafür ist die perverse Faszination der Gesellschaft gegenüber dem Bösen schlichtweg zu hoch. Man will sich in Serienmörder hineinversetzen, ihre Taten nachvollziehen. Man schaut Dokumentationen über sie an, man schaut oder liest Krimis.

Ja, das Böse hat einen merkwürdigen Reiz. Das Thema allein ist für viele „normale" Menschen eine Art Flucht aus dem Alltag. Popcorn-Entertainment. Und wie jede andere Marke, brauchen auch die großen Serienkiller eine Signatur, ein gruseliges Gesicht, einen eingängigen Namen.

So war zum Beispiel John Wayne Gacy der wohl erste offizielle Killer-Clown, wenn nicht *der* Killer-Clown – und das nur, weil er auf Straßenfesten als Pogo der Clown viele Kinder zum Lachen brachte.

In diesem Outfit vergewaltigte und tötete er seine 33 männlichen Opfer aber nicht. Dennoch wurde dieser Look von den Medien zu seinem Markenzeichen gemacht.

Dies ist nur ein Beispiel von vielen. Fast jeder Amerikaner kennt die vielen weiteren „Künstlernamen" der Monster – wie etwa Leatherface, Zodiac, Human Dracula, Todesengel, Nightstalker oder Iceman.

Belize glich einem Paradies. „Sub umbra floreo", so lautet der Wahlspruch von diesem kleinen Staat in Zentralamerika. Übersetzt bedeutet der Spruch: „Ich blühe im Schatten." Und seit einem Jahr bot Belize laut den Ermittlern einen Schatten für diesen einen Serienmörder, dessen einfacher Name die meisten Bürger schon schaudern ließ.

In Belize Stadt lebte es sich ansonsten wie auf einer 3D-Postkarte. Hier war der Alltag ein regelrechtes Leben im Paradies – zumindest für die, die den Alltag in Belize zu schätzen wussten. Ein fast immer kristallblauer Himmel, türkisfarbene Brandung, schneeweiße Sandstrände und ganzjährig grüne Botanik. Bunte Tiere, überwiegend freundliches Volk, hübsche Denkmäler und Reste aus Zeiten der Maya-Kultur.

Ebenso bunt war die Bevölkerung. Diverse ethnische Gruppen lebten hier zusammen: Kreolen, Garifunas, Mestizen, Indigene, Mennoniten. US-Amerikaner gab es hier natürlich auch.

Natürlich gab es in der Zivilisation die üblichen Probleme wie Armut und Kriminalität, insbesondere Drogenschmuggel an der Küste. Aber wer etwa aus den USA hierher kam, um sich niederzulassen, der tat dies aus gutem Grund: Belize war wunderschön.

Dies war keineswegs ein Ort, den man mit diesem einen berüchtigten maskierten Serienkiller verbinden wollte, der seit Jahren wie eine dunkle Wolke über Mittelamerika schwebte. Inzwischen hatte er den Mythen aus der lateinamerikanischen Folklore eine ernstzunehmende Konkurrenz geboten und dominierte die Urängste des Volkes sogar deutlicher als die berühmte – und zuvor ungeschlagene – „Geisterfrau" La Llorona.

Und dies war eine besonders beachtliche Leistung.

Sein Label war „Nariz Fuera" – Spanisch für „Nase ab". Mit diesem Namen machte er immer wieder Schlagzeilen. Der Name brannte sich in die verängstigten Köpfe unzähliger junger Frauen, die immer weniger ohne Begleitung das Haus verließen, sobald die Sonne untergegangen war.

Laut einiger wirrer Zeugenaussagen trug Nariz Fuera schwarze Kleidung, eine Kapuze und eine venezianische Schnabelmaske, mit der er angeblich seine Opfer verspottete.

Denn immer wieder ermordete er willkürlich junge Frauen und ließ nichts weiter für die Hinterbliebenen und Behörden zurück, als die abgetrennten Nasen seiner Opfer. So einfach, und dennoch so markant.

Jeder kannte Nariz Fuera. Er war wie eine Plage für den Kontinent, eine Art Osama bin Laden: Man fürchtete seinen nächsten Anschlag, und man fand ihn nie.

Selbstverständlich wusste man nie, wo er als Nächstes zuschlagen würde. Er war wie ein Gespenst. Und die Orte, an denen er zugeschlagen hatte, erholten sich selten vor dem Verlust und der permanenten Angst, er könnte sich noch in der Nähe befinden.

Das Schlimmste an Nariz Fueras Vorgehen: Bis auf das Geschlecht und ungefähre Alter der Opfer, gab es kein Schema, kein System. Jede junge Frau war ein potenzielles Opfer. Es gab keine erkennbaren Motive. Keine Hinweise im Hinblick auf seinen nächsten Zug. Man war sich nur von Fall zu Fall zunehmend sicher, dass er immer wieder zuschlagen würde, solange er noch lebte.

Eine Frage stellte sich immer und immer wieder: Warum ließ Nariz Fuera die Nasen seiner Opfer zurück?

War die Wahl seiner Opfer willkürlich, oder hatten sie vielleicht doch irgendetwas gemeinsam?

Hatten die Opfer vielleicht in der Tat irgendeine Verbindung zueinander? Irgendeine gemeinsame Sünde, die von diesem Mörder bestraft wurde?

Viele hielten Nariz Fuera für ein Märchen, für eine plumpe abergläubische Horrorgeschichte. Man benutzte seinen Namen häufig im Zusammenhang mit Verschwörungstheorien, oft sarkastisch. Denn einige Menschen unterstützten die Theorie, dass Nariz Feura nicht eine einzige Person war, sondern viel eher eine Sekte – wie auch viele es seinerzeit Jack the Ripper nachgesagt hatten.

Die Meinungen über diesen geheimnisvollen Killer mit der Schnabelmaske waren geteilt. Ebenso gab es Diskussionen darüber, ob Nariz Fuera überhaupt die Todesstrafe bekommen würde, wenn man ihn bloß erwischen könnte.

Denn bislang hatte es noch keine einzige Leiche gegeben. Vielleicht lebten alle seine Opfer noch irgendwo versteckt, mit einem brutalen Schönheitsfehler mitten im Gesicht. Vielleicht sammelte er die Mädchen irgendwo in einer alten Lagerhalle, wie herrenlose Hunde, und hielt sie in Käfigen gefangen.

Wer wusste das schon?

Seit einem Jahr gab es hier in Belize Stadt einen Vermisstenfall, den die Polizei so leise wie möglich zu lösen versuchte: Eine gerade einmal 20 Jahre alte Studentin war von einem Tag auf den anderen verschwunden.

Bis auf ihre Nase.

Diese war in einem Päckchen an die Polizeistation verschickt worden. Und seitdem keine Spur von Lola, der vermissten Jurastudentin.

Nariz Fuera war aufgrund dieses Vorfalls seit einem Jahr für die Politik von Belize, wie der Weiße Hai für Amity Island: Die Stadtverwaltung war nicht bereit, den Tourismus zu gefährden und die vielen Bürger in ewiger Angst leben zu lassen. Man wollte diesem Monster nicht die Macht über eine ganze Stadt geben. Belize Stadt sollte diesen Killer nicht mit der nächsten Welle von Schlagzeilen anfüttern.

So versuchte man, die abgetrennte Nase von den Medien fernzuhalten und es in der Öffentlichkeitsarbeit bei einem reinen Vermisstenfall zu lassen. Dabei war es durchaus von großer Wichtigkeit, nach jemandem Ausschau zu halten, dem die Nase fehlte – sollte Lola noch am Leben sein.

Ein ganzes Jahr war vergangen, und langsam schrieb man Lola ab. Sie war bereits für tot erklärt.

Aber ihre verzweifelten Eltern und ihr Freund fanden keinen Frieden. Denn sie hatten keine Gewissheit.

D er 40-jährige Drehbuchautor Ricky wusste von dieser Vorgeschichte nicht, als er mit seiner Familie die Vereinigten Staaten verließ, um sich in Belize niederzulassen.

Und er ahnte nicht im Traum, dass er bald mit dem Fall von Nariz Fuera konfrontiert werden würde.

Da Ricky sein Geld damit verdiente, mit clever geschriebener Fiktion die Gefühle vieler Kinozuschauer zu manipulieren, war er ein schlagfertiger und philosophischer Mann. Auch im Alltag war er in der Lage, durch die schnelle und richtige Wortwahl so ziemlich jede Situation zu seinen Gunsten umzudrehen.

Dennoch war er stets bemüht, ein ordentlicher und ehrlicher Kerl zu sein – sowie auch Lebenspartner und Vater. Wie man aber immer wieder behauptet, steht die Beschreibung „stets bemüht" auf so manchem Grabstein.

Die Euphorie wegen des neuen Lebensstils in diesem Paradies war seinerzeit für die vierköpfige Familie Gomez relativ schnell verflogen, und der Dauerstress nahm stattdessen ihren Platz ein. Mit diesem Umzug, diesem Upgrade, kamen große Verantwortung und großer Leistungsdruck für den Familienvater Ricky. Er musste abliefern wie eine Maschine und hatte noch lange nicht das Gefühl, „angekommen" zu sein. Dabei war Ricky für sein Umfeld schon längst ein Mann, der es geschafft hatte.

Nach Jahren unterbezahlter Arbeit in Hollywood war ihm mit der Verfilmung seines komplexen Thrillers „Transincarnation" ein Durchbruch gelungen, und nun konnte er locker von seinen Drehbuchgagen seine Familie versorgen, und das recht gut. Aber wann ist „gut" auch gut genug?

Seit einem halben Jahr wohnte die Familie in einer schneeweißen Küstenvilla, die Ricky hatte sanieren lassen. Der Wohnbereich war noch nicht zu Ende eingerichtet, damit war Rickys 27-jährige Freundin Danielle so ziemlich auf sich allein gestellt.

Danielle war für ihr frisches Alter eine regelrechte Kampfsau. Sie hatte mühelos die Geburt der Zwillinge gemeistert und kümmerte sich komplett um den „Nestbau", inzwischen arbeitete sie obendrein halbtags und brachte Hausfrauen bei, ihren Stress mit Yoga zu bewältigen. Sie war erstaunlich aufgeweckt und einfühlsam, und sie hatte häufig für die Bewältigung von Problemen den „etwas anderen Ansatz".

Dies war nicht immer etwas Gutes für Ricky.

Aber generell konnte er guten Gewissens sagen, dass er an ihr liebte, dass sie „die etwas andere Frau" war.

Der Garten befand sich noch in einer Phase der Umgestaltung. Ein Bananenbaum befand sich im hinteren Bereich, ebenso gab es mehrere Büsche mit imposanten Blüten. Die Rasenfläche war uneben und verwuchert, und in einem Bereich wuchsen auffällige, lästige Pilze – lang, schmal und hellgrau. Ihre Schirme sahen wie spitze Eicheln aus. Egal, wie oft Danielle sie entfernte, damit die zwei Kinder sie nicht pflücken und essen würden, immer wieder kehrten die Pilze zurück.

Danielle hatte für dieses Problem bereits eine Lösung parat: Hier würde sie ein großes Loch graben lassen. Hier sollte ein Pool entstehen – auch wenn das Meer in Sichtweite war. Damit sollte auch das Problem gelöst werden, dass Danielle kein Fan von Salzwasser und Krebsen war. Lieber kühlte sie sich in einem eigenen Schwimmbecken ab.

Es war ein schwüler, lauwarmer Abend an der idyllischen Ostküste von Belize Stadt. Das Meer rauschte, und gelegentliche warme Brisen streichelten die vielen Palmen und Mangrovenbäume, die an der Küste weit verbreitet waren. Hier und da nisteten sich bildhübsche grüne Papageien darin ein. Jamaikanische Musik

9

spielte irgendwo in der Ferne. Die Illusion vom Paradies wurde einzig und allein durch das gelegentliche Geräusch von Sirenen aus der Stadt unterbrochen.

Ricky saß auf seinem Ostbalkon mit Meerblick und trug einen Pullover und eine kurze Hose. Er genoss nichts vom Sonnenuntergang, der bereits in die blaue Stunde überging. Seine kleine, dunkelblaue Yacht, die er sich vor einem Monat gegönnt hatte, schaukelte in Sichtweite am Hafen, etwa einen halben Kilometer am Strand entlang entfernt.

Z wei Joints waren schon geraucht. Ricky behauptete, Marihuana würde ihm helfen, bei kreativer Arbeit fokussierter zu denken. Zwischendurch ein Schluck Bier.

Dieses Jahr hatte er noch einen Thriller abzuliefern, aber ihm fehlte dafür jede Idee. Das hatte aber noch etwas Zeit.

Denn aktuell war eine zweite Drehbuchfassung in Arbeit, für den anstehenden epischen Blockbuster über die Mondlandung von 1969. Kein Verschwörungsfilm darüber, dass vielen Meinungen zufolge die Mondlandung ein Schwindel wäre, sondern eine kitschig-rührende, patriotische Erfolgsgeschichte, die hoffentlich Millionen von Zuschauern mitfiebern und die Weltmacht Amerika wieder einmal feiern lassen würde.

Die Variante mit der Verschwörung wäre Ricky lieber gewesen. Aber das Studio war andere Meinung gewesen.

Rickys Blick schweifte immer wieder zwischen seinem Laptop und dem kleinen Tisch hin und her, auf dem die vielen Anmerkungen des Studios standen. Einige waren bereits durchgestrichen, andere bloß markiert. Er arbeitete die Anmerkungen nicht chronologisch ab, sondern durcheinander, in seiner eigenen Reihenfolge.

„Seine Frau ist noch nicht sympathisch genug. Nimm die Frühstücksszene wieder rein."

„Vorwegnahme der Konfrontation in Bild 7."

„Tempoproblem im zweiten Akt."

„Streitszene zu lang."

„Mehr Spannung bei der Landung. Sein berühmter Satz braucht mehr Tiefe. Thematisch Vorbauen."

„US-Fahne auf Mond bitte als Schlussbild."

Und so weiter…

Einige Notes waren in Sekunden erledigt. Zum Beispiel die Namensänderung einer fiktiven Nebenfigur. Dies war mit „Suchen und Ersetzen" abgehakt.

Andere Notes waren komplexer, und bei Änderungen musste das ganze Drehbuch auf deren Auswirkungen überprüft werden. Jede kleine Sache löste Kettenreaktionen aus. Konsequenzen…

Dann gab es die Notes, mit denen Ricky partout nicht einverstanden war. Diese ließ er aus und markierte sie bloß. Darüber würde es noch über Facetime einige heiße Diskussionen mit dem Regisseur in Los Angeles geben.

Ricky trank einen Schluck Bier und grübelte, wie er denn mehr emotionale Wucht in seine Szene bekommen würde, die Neil Armstrongs ersten Schritt auf dem Mond zeigte.

„Bitte jetzt keine Schreibblockade. Ich bin Ricky fucking Lopez." Es verblieben für diesen Durchlauf nur noch drei Tage. Die Zeit drängte.

Am anderen Balkontisch saß Danielle, ihre rotbraunen Haare hatte sie zu einem Dutt hochgesteckt. Nach zwei Kindern war sie immer noch knackig und schlank, aber sie mochte figurbetonende Kleidung nicht so gern wie Jogginghosen. Danielle aß einen Salat und tickerte an ihrem Handy herum. Ihre sechsjährigen Zwillinge Holly und Sean schliefen im ersten Stock der Villa, noch in ihren Tagesklamotten.

Ricky war stets bemüht, seine Freundin niemals seinen Stress abbekommen zu lassen. Egal, wie schleppend die Arbeit voranging, Zeit zum Klönen musste immer zwischendurch mal sein. Auch wenn er nicht in jeder Hinsicht zufrieden war.

„Hast du sie leicht aus diesem Teil bekommen?"

Mit „diesem Teil" meinte Ricky den Kinderfahrradanhänger, den Danielle am frühen Nachmittag zu einem guten Preis gebraucht gekauft hatte. Sie hatte für den Herbst einige Radtouren mit den Kindern vor. Es gab noch einiges in Belize zu erkunden. Im gemütlichen kleinen Anhänger sollten die Kinder künftig vor Schlangen und kleinen Krokodilen geschützt sein, wenn man gemeinsam in die Natur wollte. Und man konnte weite Strecken fahren, ohne die Kinder überzustrapazieren."

„Oh, das ging ganz ohne Probleme", antwortete Danielle, „die haben gepennt wie Steine."

„Ich denke, ihre Körper holen sich das, was ihnen zusteht. Gestern Abend war zu doll."

„Ich weiß."

„Wir hätten ihnen nicht den Fernseher anmachen dürfen."

„Ich wei-heiß."

„Holly behauptet, sie hätten gar nicht geschlafen."

„Ach Quatsch, die sind bestimmt zwischendurch mal eingeschlafen. Ich will mit den Kindern morgen mal einen Waldtrip machen, das wird für sie bestimmt ein Highlight."

Belize hatte sehr viel Natur. Kiefernsavannen, viel tropischen Regenwald. Es war ein Paradies.

Danielle sah nach unten, als ihr Handy plötzlich aufleuchtete. Sie nahm es in die Hand, las eine Textnachricht und begann ihr Gesicht zu verziehen. Ricky widmete sich wieder seinem Laptop.

Aber Danielle riss ihn aus seinem Gedankenprozess heraus, und sie hatte wieder diesen vertrauten genervten Ton in ihrer Stimme. Sie kochte innerlich.

Eine Vibration ertönte. Danielle sah auf ihr Handy. „Das gibt's doch nicht."

Ricky sah auf.

„Was denn?"

„Also, ich fasse das jetzt nicht. Ich schicke meiner Mutter dieses Foto von unserem Spaziergang und denke, dass sie in ihrer Bude in Sherman Oaks dasitzt und sich darüber freuen würde. Einfach nur so. Ich dachte mir, das sieht so süß aus, diesen Moment muss meine Mami miterleben. Und weißt du, was zurückkommt?"

Ricky sah sie mit einem unwissenden Gesichtsausdruck an und zuckte mit den Schultern.

„Die schreibt mir, dass wir es ihnen wieder viel zu leicht machen."

Ricky runzelte die Stirn.

„Was könnte sie denn damit meinen?"

„Genau das habe ich sie gerade gefragt. Moment mal, sie schreibt..."

Danielle nahm ihr Handy in die Hand und wartete.

Ricky versuchte sich wieder auf sein Drehbuch zu konzentrieren.

Neil Armstrong würde diesen „kleinen Schritt für einen Mann" einen großen Schritt für die Menschheit nennen. Wie war dies zu verstehen?

Meinte Armstrong damit den Fortschritt der Technik?

Das Erobern von Welten, die ihnen nicht gehören?

Oder gar die Kunst der Täuschung eines ganzen Planeten?

Die Kunst, die optimale Lüge glaubhaft an die Menschheit zu servieren?

Ja, Ricky war ein lautstarker Verfechter der Ansicht, dass die Mondlandung sowie die Anschläge vom 11. September ein reiner Gaunertrick der US-Regierung waren, und er sah in einem Film über eine gefälschte Mondlandung wesentlich mehr Potenzial.

Gäbe es da bloß nicht diese Hierarchie. Die Produktion hatte nun einmal das letzte Wort.

Ricky fühlte sich ein wenig wie eine Nutte. Das Durchsetzen seiner eigenen Überzeugungen würde nicht den neuen Lebensstandard seiner Familie absichern.

Aber nach acht ereignisreichen Jahren in der Branche war Ricky inzwischen deutlich abgebrühter und hatte wegen so etwas keine schlaflosen Nächte mehr. Er nahm seine Prostitution – so wie er sie selbst nannte – mit einem Seufzen hin.

Eine Vibration ertönte wieder.
„Ey, jetzt geht's aber los hier", stöhnte Danielle auf, ihr bildhübsches Gesicht in der Abenddämmung nur noch von ihrem Handydisplay beleuchtet.

„Na, was schreibt sie?", fragte Ricky und versuchte geistig wieder auf ihr Spielfeld umzusteigen.

„Sieh es dir selbst an", antwortete Danielle und reichte ihm das Handy.

Ricky rieb sich die Augen und nahm es entgegen. Er las die Nachricht seiner Schwiegermutter durch. Darin wurde kritisiert, dass die Kinder zu viel vor der Glotze sitzen, zu viel naschen und nicht genug rauskommen würden.

Ricky reichte Danielle kommentarlos das Handy zurück. Sie biss sich bereits auf die Lippe, und ihre Augen eierten hin und her. Tausend Gedanken rauschten ihr durch den Kopf. Eine Welt schien für sie zusammenzubrechen.

„Was ist los?", fragte Ricky. „Wurmt dich das jetzt?"

„Ja, natürlich wurmt mich das."

„Aber wieso denn? Stimmt davon irgendwas?"

Ja, davon stimmte so einiges. Und beide wussten es. Aber beide waren derzeit zu überarbeitet, um die perfekten Eltern zu sein. Sie waren froh über die Eigenständigkeit und Genügsamkeit ihrer Kinder.

„Ich finde, dass bei uns alles in Ordnung ist", sagte Danielle. Und sie war davon überzeugt. „Ihnen fehlt nichts, sie sind eingeschult, ihre Schule ist toll, sie sind schlau, sie sind viel zu weit für die erste Klasse. Ich hab Arbeit, und es macht mir Spaß. Du bist im Filmgeschäft, und trotzdem bist du viel für sie da. Ich ebenfalls. Und ja, die Kleinen bauen mal Mist, aber sie haben eine tolle Kindheit. Wir haben ein Boot, wir haben ein tolles Haus. Und dass meine Mutter jetzt so an unserem Alltag herummäkelt, das ist ehrlich gesagt verletzend. Also, ich explodiere gerade."

„Machst du da vielleicht aus einer Mücke einen Elefanten?"

„Und wenn schon. Ich ärgere mich einfach."

„Das brauchst du doch nicht. Ist doch völlig egal, was andere Leute denken. Stirbst du dadurch einen Tag früher? Nur weil du da irgendwelche Wörter auf deinem Display gelesen hast? Du hast doch selbst eben gerade gesagt, dass bei uns alles in Ordnung ist."

„Irgendwas hat sie. Ich weiß nicht, was."

Danielle sah dann Ricky fragend an.

„Was soll ich ihr schreiben?"

„Du fragst mich?", wunderte sich Ricky.

„Ja. Du verdienst ja dein Geld mit Schreiben. Könnte Sinn machen, dich zu fragen."

Dabei tippte Danielle bereits.

„Du schreibst doch schon zurück. Was schreibst du?"

„Ich sag ihr meine Meinung. Das finde ich nicht in Ordnung. Sie ist kaum hier, wie kann sie das so oberflächlich beurteilen?"

„Na ja", antwortete Ricky liebevoll und vorsichtig durch die Zähne, „hat sie denn vielleicht damit ein bisschen recht? Auch wenn sie das nicht so gut beurteilen kann?"

„Darum geht's nicht."

„Worum denn?"

„Sie kann sich nicht einfach so in meine Erziehung einmischen."

„Sie gibt dir vielleicht einen gut gemeinten Ratschlag. Die Kids haben zu viel Energie, sie toben sogar noch nachts herum. Vielleicht ist es gar keine schlechte Idee, ihnen weniger Zucker zu geben und sie mehr auszulasten."

„Immer haben die Anderen mehr Ahnung als man selber."

„Das gleicht sich aus, Mäuschen, dafür zählst du doch häufiger im Leben zu ‚den Anderen'."

D anielle hörte auf zu tippen und sah ihren Mann mit einem scharfen Blick an.

„Willst du mir damit sagen, dass ich selber zu viel Kritik austeile?"

„Nein, ich sage nur, jeder ist ein Kritiker. Warum nimmst du dir die Kritik so zu Herzen? Tue doch einfach so, als wären das Anmerkungen vom Studio."

„Ich bin keine Drehbuchautorin, Rick."

„Na gut, dann eben Rezensionen von irgendwelchen Kunden auf der Facebook-Seite deiner Yoga-Schule, was auch immer. Wenn da was Brauchbares bei ist, dann nimm es leise für dich mit und nutze es, um dein Programm und deine Dienstleistungen zu verbessern. Du nimmst die Kunden nicht in deiner Danksagung auf, du erwähnst sie nirgendwo, du nutzt sie einfach leise aus. Und was in ihren Kritiken nicht brauchbar ist, das lässt du einfach liegen, wie bei einem Büffet."

„Wow, das war sehr geistreich, Herr Guru."

„Deswegen liebst du mich."

„Und du liebst *mich*, weil ich auch die ‚etwas andere Frau‘ bin", entgegnete Danielle grinsend.

„Deswegen tust du mir jetzt mal diesen einen Gefallen und fällst nicht auf die klassischen Fallen rein."

Dies erweckte in Danielle den Ehrgeiz, sich nicht zu sehr in diese Sache hineinzusteigern.

„Also gut, was würdest *du* denn schreiben, Rick?"

„Ist das nicht offensichtlich? Manchmal fühle ich mich hier wie ein Alien. Was ist mit euch Menschen los? Klare Kommunikation. Wenn ich mit dem Mustang zur Werkstatt gehe, weil es unter der Haube komisch surrt, dann frage ich den Meister klar und direkt, woran das liegt. Ich hole mir die Information, lasse den Fehler beheben und frage ihn dann am Ende, was mich der ganze Spaß kosten wird, fertig."

„Was soll das jetzt bedeuten?"

„Deine Mutter hat dir geschrieben, was in diesem Fall nicht so schlau war. Bei einer Textnachricht gibt es keinen Ton, der die Musik macht. Das heißt, du liest die Nachricht und deutest womöglich das Falsche hinein. Aber du glaubst, dass sie irgendwas hat. Mein Skript also für eine Antwort: Direkte Frage. ‚Ist das ein liebevoller mütterlicher Ratschlag, oder ist dir irgendetwas über die Leber gelaufen? Ich hoffe dennoch, das Foto von unserem Spaziergang hat dir gefallen.‘ Mehr oder minder."

Sarkastisch seufzte Danielle: „Das wäre ja mal ganz sensibel, auf ihre Leber anzuspielen."

Danielles Mutter Chelsea war erst seit einem Jahr wieder trocken. Die Wortwahl war womöglich nicht die beste.

„Ja, wie auch immer", antwortete Ricky, „dann frag sie eben, ob ihr etwas quer sitzt oder sie wegen irgendwas sauer ist. Aber steuere du doch das Gespräch. Wer fragt, der führt. Stelle Fragen, und du zwingst sie, diese zu beantworten. Du holst dir das, was du wissen willst, und fängst nicht an, dich zu rechtfertigen oder sonst etwas. Damit bietest du nur Angriffsfläche."

Danielle war aber längst wieder am Tippen. Sie schickte dann eine gepfefferte Nachricht ab.

„Was hast du denn jetzt geschrieben?"

Eine Frage, die Ricky umgekehrt äußerst selten gestellt bekam, obwohl er der talentierte Drehbuchautor im Haus war.

Danielle grinste neckisch und antwortete: „Ja, ja, ich rechtfertige mich. Das musste einmal raus, tut mir leid."

„Braucht dir nicht leidtun. Warum fragst du mich aber um Rat, wenn du dann eh genau das Gegenteil von dem tust, was ich dir empfehle?"

„Ja, ich weiß, ich konnte nicht anders. Weißt du, was mich dabei richtig sauer macht?"

„Na, was denn?"

„Ich kannte das als Kind nicht anders. Gut, es gab vielleicht noch keine Tablets und kein YouTube, aber meine Mutter hat mich auch nicht großartig zum Sport geschickt oder sonst irgendwas."

R icky lachte hämisch auf.

„Das ist es! Fassung zwei für eine Nachricht: ‚Es tut mir leid, Mom, aber ich gebe das gleiche Freizeitprogramm weiter, das ich in meiner Kindheit genießen durfte.' Das wäre der Dolchstich, von dem ich ganz genau weiß, dass du ihn ihr gerade verpassen willst."

Danielle gefiel die Antwort. Aber sie schüttelte seufzend den Kopf.

„Ich glaube, da spricht gerade dein THC."

„Kann sein. Na, und?"

„Damit würde ich einen riesigen Krieg auslösen, Rick."

„Ja, das wäre vielleicht zu hart."

„Na ja. Ich gehe mal schlafen. Morgen früh habe ich drei Intro-Kurse. Mach dich nicht fertig, du wirst das rechtzeitig alles schaffen."

Ricky seufzte bloß. Und ein Teil von ihn bettelte darum, von Danielle ein unmoralisches Angebot zu bekommen. Zu einem Quickie aufgefordert zu werden. Auch wenn er es sich gerade zeitlich kaum leisten konnte, da hätte es keine Überlegung gegeben. Und womöglich wäre Sex gerade genau das Richtige gegen Rickys kreative Blockade.

Aber Ricky war nicht nur mit seinem Beruf seit acht Jahren liiert, sondern auch mit der Mutter seiner Kinder. Und da war einiges mit der Zeit eingestaubt.

Vielleicht morgen Abend.

„Kommst du voran?", fragte Danielle immerhin.

„Joa."

„Und, hast du schon eine Idee für den Thriller? Den musst du doch direkt als Nächstes schreiben."

„Ja, ich mache da noch Recherche."

Bullshit.

„Das ist doch super. Gute Nacht, Schatz."

„Dir auch."

„Rauch nicht so viel."

„Ich doch nicht."

Danielle widersprach nicht, aber ihr war seine Kifferei zu viel. Es stank für sie nach Katzenpisse, und sie konnte nicht blind unterschreiben, dass das viele Gras so förderlich für seine Arbeit war, wie er es immer wieder vehement behauptete.

Ein weiterer Abend, an dem sich ihre Wege trennten und viele Dinge unausgesprochen blieben.

Der nächste Morgen begann für Ricky mit Jogging an der Brandung, noch vor Sonnenaufgang.

Einmal wurde er dabei von zwei jungen Frauen erkannt, die ihn um ein Selfie baten. Sie vergötterten sein episch verfilmtes Gedankengut „Transincarnation", in dem ein Team von Wissenschaftlern die Kontrolle über Reinkarnationen hatte und intriganten Körpertausch in die Wege leitete.

Ricky nahm sich für die zwei Schönheiten einen Augenblick Zeit, denn zwischendurch als Drehbuchautor erkannt und verehrt zu werden, das war schon etwas Besonderes. In der Regel galten die Autoren nämlich als die wichtigsten, und dennoch missbrauchtesten Personen in Hollywood.

„Ja, wir Schreiber sind schon die armen Säue", lautete immer wieder Rickys Leitsatz. „Wir werden von jedem benutzt und gefickt."

Auch heute erntete Ricky mit seiner provokanten Ausdrucksweise wieder einmal den zuverlässigen Lacher.

Selbstverständlich konnte er sich stets dahinter verstecken, dass dies nur metaphorisch gemeint war. Aber selbstverständlich wählte Ricky jede Formulierung sehr überlegt. Selbstverständlich war es auch heute wieder seine Absicht, den hübschen Frauen sexuelle Vorstellungen in den Kopf zu pflanzen, ohne dabei nachweislich auf verbotenen Boden zu treten.

Aufgrund dieser ungeplanten PR-Pause kam Ricky nicht so ins Schwitzen, wie er es eigentlich wollte. Aber gut, morgen würde auch die Sonne aufgehen.

Danielle wurde vom Geräusch der Dusche wach. Ricky hatte mit Absicht die Tür zum Schlafzimmer offengelassen. Ihr Wecker würde sowieso in den nächsten Minuten losgehen.

Sie betrat gähnend das Badezimmer, ihre Füße tapsten über den beheizten Boden geradewegs zum Klo. Sie setzte sich und verrichtete ihr kleines Geschäft. Ihr müder Blick schweifte nicht ein einziges Mal zur Glasscheibe, durch die sie ihren knackigen, gebräunten Mann in der Dusche hätte sehen können.

Ja, Danielle war zwar Rickys „etwas andere Frau", jedoch war auch der Funke, der einst so leidenschaftlich zwischen den Beiden gesprungen war, inzwischen „etwas anders" als am Anfang.

War diese Liebesbeziehung schon an ihrem Tiefpunkt angekommen?

Oder stand dieser noch bevor?

Wie würde erst eine Ehe aussehen?

Oder würde die Ehe einen frischen Wind ins Haus bringen?

War Danielle verletzt, dass Ricky noch keinen Antrag gemacht hatte?

Darüber dachte er natürlich nicht nach, sondern nur darüber, dass seine junge, heiße Flamme inzwischen lieber hemmungslos im gleichen Raum wie er pinkelte, anstatt zu ihm in die Dusche zu kommen und eine schnelle Nummer zu schieben.

Wie suchte man das Gespräch zu diesem Menschen, den man eigentlich so gut kannte?

„Soll ich für dich das Wasser laufen lassen?", fragte Ricky mit trockener Stimme.

„Ich dusche erst nach dem Yoga", gähnte sie dösig.

„Ach, ja."

„Da ist irgendwo was undicht. Der Boden wird nach jeder Dusche nass."

„Immer noch? Das nervt ja."

„Weckst du die Kids?"

„Kann ich machen. Du bringst sie aber, richtig?"

„Natürlich."

Sie spülte das Klo und zog sich den Schlüpfer hoch. Selbst das sah heiß aus. Aber ein solches Kompliment gönnte Ricky seiner Freundin in diesem Augenblick nicht.

„Au, heiß!", rief er.

Aber damit war lediglich das Duschwasser gemeint,

dessen Temperatur von der Spülung kurz erhöht worden war.

„Oh, sorry", stöhnte sie müde. „Ich kann noch nicht denken."

Er nickte aufgesetzt verständnisvoll und sah sie an, während sie Richtung Tür wanderte.

Dann rutschte ihm doch die Frage heraus: „Ist alles cool zwischen uns?"

Sie blieb stehen und sah ihn an. Dieser Satz war effektiver als ein Kaffee.

„Sag du's mir", lautete ihre Antwort, plötzlich mit recht klarer Stimme.

Sie sahen sich einen Augenblick lang an.

Dann wurde er schwach.

„Komm doch zu mir in die Dusche. You only live once."

Er schwieg mit einem angedeuteten Lächeln.

In diesem Augenblick ging Danielles Wecker los.

Sie verließ das Badezimmer. Zurück blieb ein gefrustet seufzender Ricky, der nun endgültig das Duschwasser ausmachte.

Er öffnete die Glaskabine und sah auf den beheizten Steinboden. Es hatte sich eine regelrechte Pfütze ausgebreitet. Wo das Wasser durchkam, war ihm ein Rätsel.

Aber damit beschäftigte er sich – wieder einmal – nicht weiter. Ihn beschäftigte viel eher sein wackeliges Liebesleben, wie er es bereits betrachtete.

Danielle und Ricky hatten sich in ihrem ersten Beziehungsjahr immer wieder geschworen, niemals zu „jenem Pärchen" zu werden, das in Abstinenz lebte und nicht mehr offen miteinander kommunizierte.

Aber nun waren sie fast zehn Jahre zusammen gereift und vom Leben geprägt. Die Eierschalen waren ihnen allmählich gänzlich vom Hintern abgefallen. Sie hatten sechsjährige Kinder. Verpflichtungen. Danielles Sexualtrieb war zurückgegangen, ebenso Rickys Charme und Feingefühl für die Bedürfnisse seiner Frau. Dies warf er ihr wiederum umgekehrt vor.

Langsam waren sie „jenes Pärchen".

Keine Stunde nach der Dusche war es mucksmäuschenstill im Haus, bis auf das leise Meeresrauschen. Man hätte eine Nadel fallen hören können. Die Kinder befanden sich in der Schule, und Danielle brachte einem Dutzend mittelamerikanischer Hausfrauen auf Yogamatten bei, ihre Körper auf etliche unnatürliche und ungemütliche Arten zu verbiegen.

Ricky trank seinen traditionellen morgendlichen Kaffee und brachte seinen Laptop zum Westbalkon hinaus, um mit der Arbeit weiterzumachen, ohne in der prallen Sonne zu sitzen. Hier hatte er einen Ausblick auf die Straße und die Nachbarschaft. Er sah hinaus auf die Landschaft und dann zum Haus nebenan. Dieses war nicht ganz so pompös wie Rickys Villa.

P ablo Aguado, der Mann von nebenan, war einen halben Kopf kleiner als Ricky, dafür aber breiter gebaut. Sein Muskeltonus verriet, dass er regelmäßig trainierte. Er hatte kurze, schwarze Locken auf dem Kopf und trug einen Ziegenbart.

Pablo war von Beruf Familienanwalt, der sich tagtäglich mit hässlichen Scheidungen und Streitereien herumschlug. Er versuchte, die Arbeit nie mit nach Hause zu schleppen. Seit mindestens 20 Jahren hatte er hier an der Küste gewohnt und war ein ziemlich unberechenbarer Nachbar. Mal war er nett, mal war er unerträglich.

V or dem Einzug von Ricky und Danielle hatte die Villa einige Jahre leergestanden. Womöglich war Pablo die Ruhe gewohnt und hatte keine Lust, irgendwelchen spießigen Nachbarn ständig guten Eindruck machen zu müssen.

Als Ricky und Danielle die Villa dann bezogen, war Pablo immer wieder merkwürdig unfreundlich, als würde er sie und alle anderen Einwohner der Straße vergraulen wollen, um den ganzen Strand für sich zu haben.

Das ließ dann glücklicherweise nach, und gelegentlich zeigte er sich sogar recht höflich. Als würde er sich langsam damit arrangieren, dass er Nachbarn hatte. Auch wenn man nie so richtig warm miteinander wurde.

Die sensible Danielle konnte sehen, dass Pablos sporadisches Lächeln müde und gebrochen wirkte – auch wenn sie sich die Namen ihrer Nachbarn nie merken konnte. Sie sah jedoch, dass er lange kein glücklicher Mensch mehr war. Dies war Ricky nie aufgefallen und interessierte ihn auch nicht großartig. Obwohl er sich als Drehbuchautor viel mit dem menschlichen Charakter auseinandersetzte, fehlte ihm im echten Leben immer wieder das gewisse Feingefühl für seine Mitmenschen. Ebenso fehlte ihm die Lust, daran etwas zu ändern. Was Ricky nicht beruflich nach vorn brachte, war für ihn Verschwendung von Geisteskraft.

Pablo sah heute wieder einmal aus, als hätte er einen Streit gehabt. Er stürmte zu seinem schwarzen Rover, seinen Aktenkoffer in der Hand. Beim Einsteigen ließ er demonstrativ die Tür laut zuknallen und fuhr mit quietschenden Reifen auf die Straße. Der Rover sauste in die Ferne, und es wurde wieder still.

Ricky sah in der Haustür die niedergeschlagene Ehefrau stehen, die bildhübsche Felisha. Sie besaß nur ein Fahrrad, für ihre wenigen Termine war kein Zweitwagen vonnöten.

Felisha war blond, sportlich, kurvig geformt und sonnengebräunt. Perfekte Brüste, perfekter Arsch, Bobfrisur. Auf ihrer Stirn stand für Ricky in großen, leuchtenden Buchstaben „Sex" geschrieben, aber dies hätte er niemandem jemals gesagt.

Bereits beim Einzug spürte ein Teil von Ricky, dass diese Frau womöglich noch irgendwann Ärger bedeuten könnte. Nicht, weil sie ein böser Mensch mit bösen Absichten war,

sondern viel eher, weil sie das Potenzial hatte, das Böse aus
Ricky zu locken.

Ricky hatte in diesen sechs Monaten in Belize immer
wieder nette und harmlose Begegnungen mit Felisha gehabt,
und jedes Mal stellte er sich dabei die versautesten
Dinge vor.

Es war seine Art, es seiner Frau in seinem stillen
Kämmerlein heimzuzahlen, dass sie sich seiner Meinung
nach lange nicht mehr um seine sexuellen Bedürfnisse
kümmerte. Wenn Ricky damit auf sich gestellt war, was in
letzter Zeit eher die Regel war als die Ausnahme, dann stellte
er sich dabei immer wieder Felisha vor. Und er genoss es.

War dies ein Verbrechen? War dies Untreue? Schließlich
tat Ricky nichts Physisches, was Gefühle verletzen würde.
Die Gedanken sind ja frei…

Mit verschränkten Armen stand Felisha da und
biss sich auf die Lippe, während Pablo die
Straße hinunterfuhr. Stille kehrte wieder ein.
Irgendwo in der Ferne hörte man das Quaken aufge-
scheuchter Papageien.

Ricky dachte für einen Augenblick nach.

*„Du hast doch noch nicht nach der Post geschaut. Das muss
doch jetzt dringend erledigt werden, wo nichts gerade wichtiger sein
könnte als deine Arbeit am Drehbuch. Natürlich. Also raus da."*

So beschloss er nachzuschauen. Natürlich keineswegs
wegen der heißen Nachbarin, die noch draußen stand. Nur
wegen der Post.

R icky joggte die breite Treppe hinunter und eilte zur Haustür. Als er sie öffnete, drosselte er sofort wieder sein Tempo, um müde und absichtslos auszusehen. Gähnend taumelte er zum Briefkasten, seinen Kaffee in der Hand, aufgesetzte Beiläufigkeit im Gesicht. Felisha hatte ihn bereits erblickt.

„Morgen", seufzte sie.

„Die Frau, die am Wasser lebt."

„Bitte?"

„Euer Nachname, Aguado. Das bedeutet ‚am Wasser lebend'."

„Dann kennst du mich wohl besser, als ich mich selbst kenne", seufzte Felisha. Fast so, als würde sie gefragt werden wollen, was ihr denn über die Leber gelaufen wäre.

Und Ricky machte natürlich mit.

„Alles gut?", fragte er beiläufig, während er den Briefkasten öffnete.

„Ach, nichts. Das Übliche."

R icky zog einige Umschläge aus dem Briefkasten
heraus und blätterte sie durch.
„Ja, hier das Gleiche", antwortete er dann.
„Kann ich dich was fragen, Ricky?"
Ricky war bereits auf dem Weg zurück ins Haus, dann
blieb er stehen und drehte sich zu Felisha um.

„Na klar. Schieß los."

„Wie stehst du zum Lügen?"

Ricky blickte etwas verdutzt. Diese Frage war seltsam.

„Na ja", antwortete er und ging einige Schritte auf sie zu,
„wann ist eine Lüge eine Lüge? Und vor allem: Was ist eine
Lüge?"

„Eine Lüge ist eine vorsätzliche Unwahrheit."

„Also, zum Beispiel einem hässlichen Menschen zu sagen,
er sei hübsch, damit seine Gefühle nicht verletzt werden?"

Felisha stockte.

„Äh, ja, zum Beispiel. Wobei Schönheit im Auge des
Betrachters liegt."

„Und wenn der Betrachter diesen Menschen als abgrund-
tief hässlich empfindet? Also, richtig hässlich. So hässlich,
dass er eine Zwiebel zum Weinen bringt? So hässlich, dass
seine Eltern ihn als Kind in der Dunkelheit gefüttert haben?
Dem zu sagen, dass man ihn hübsch findet, das ist doch dann
eine Unwahrheit."

Felisha musste lachen, obwohl sie mies gelaunt war.

Ricky lehnte sich gegen den weißen Lattenzaun und fuhr
fort: „Soweit ich weiß, hat mal Friedrich Nietzsche oder
irgendwer in seinem Kaliber gesagt, dass es nur solange
Wahrheit gibt, wie es Grammatik gibt. Worte und Sätze sind
Erfindungen von Menschen, die alle irgendwie meinen,
täglich ihre eigene Wahrnehmung der Realität mit ihren
Mitmenschen teilen zu müssen. Aber gibt es denn nicht so
viele Wahrheiten, wie es Menschen gibt? Woher weiß ich,

dass du das gleiche Blau am Himmel siehst, wie ich? Wenn man das alles einmal so betrachtet, dann stellt sich die Frage: Was ist Wahrheit?"

„Pontius Pilatus", wusste Felisha Rickys Zitat zuzuordnen. Sie hatte ähnliche Interessen wie er. Ricky war ein eloquenter Philosoph, der meistens bei seinen Mitmenschen auf Granit stieß. Mit Felisha hatte er jedoch eine merkwürdige Basis. Das machte sie für ihn natürlich umso attraktiver. Und auch ihr gefiel die Chemie mit ihrem „unantastbar erfolgreichen Nachbarn".

Was Ricky nicht wusste: Felisha war eine Schauspielerin mit mittelmäßigem Erfolg in kleinen TV-Produktionen. Und ein Teil von ihr versprach sich, durch ihn einen Einstieg ins große Geschäft zu bekommen. Sie traute sich nur nicht zu fragen, sondern setzte darauf, dass es sich irgendwann ergeben würde, der große Durchbruch mittels Vitamin B.

Ricky war darauf natürlich nicht im Ansatz sensibilisiert. In seinen einsamen Stunden hatte er sie bereits in Gedanken in jeder denkbaren Stellung durchgebumst, und nicht einmal hatte er sie gefragt, was sie denn so beruflich machte.

Felisha dachte über Rickys Worte nach und begann dann zu schmunzeln.

„Was lachst du?", fragte Ricky.

„Ach, ich stelle mir nur vor, Pinocchio wäre in der echten Welt auf Jobsuche."

„Pinocchio auf Jobsuche?", lachte Ricky. „Das sehe ich

nicht gutgehen. Als Anwalt würde er auf täglicher Basis im Gerichtssaal eine lange Nase bekommen."

„Täglich? Wie wär's mit stündlich?"

„Minütlich", lachte er. Sie lachte mit.

„Na ja", grübelte Ricky dann, „ein Drehbuchautor schreibt auch den ganzen Tag Lügen und verdient damit seinen Lebensunterhalt."

„Das stimmt. Oder schreibst du auch wahre Geschichten?"

„Ständig. Aber auch wahre Geschichten werden immer wieder etwas verbogen, damit sie als Film funktionieren."

„Also hätte Pinocchio auch schon längst eine lange Nase, wenn er deinen Beruf ausüben würde, was?"

„Man würde längst an seiner Nase eine Fahne aufhängen können."

Felisha lachte laut los.

„Ich find's toll, dass du einen immer wieder zum Lachen bringen kannst."

„Danke für die Blumen. Ist ja besser als irgendein Nachbarstreit wegen einer Hecke am Zaun oder sowas. Aber dieser eine große Busch von euch nimmt mir im Garten echt ordentlich Sonne weg. Und da, wo ich Sonne kriege, wachsen diese verkackten grauen Pilze."

Wieder lachte Felisha. Langsam aufgeheitert, blickte sie nach hinten Richtung Garten und rollte die Augen. Deren Garten war ein ziemliches Stiefkind und bekam nur die nötige Pflege, um nicht vollkommen zu verwildern.

„Warum beschäftigt dich denn gerade das Thema? Bist du angelogen worden?"

„Nein", antwortete sie, „das wirft er mir umgekehrt vor."

„Ach so."

„Gerade er. Dieses Schwein."

Ricky versuchte, nicht zu neugierig zu werden, und stellte keine weiteren Fragen.

„Ach egal, ich sollte lieber reingehen."

„Ich will dir nicht zu nahe treten, Felisha. Aber wenn du einen zum Reden brauchst…"

Er beendete den Satz nicht. Sie sah ihn dankbar an.

„Jeder braucht das mal", fuhr er dann fort.

Sie lehnte sich dann gegen eine Palme und verschränkte die Arme.

„Weißt du, der hat mich damals eiskalt beschissen, weil er nur mit seinem Schwanz denken konnte. Da kam er zu mir, heulend wie ein Baby, und erzählte mir, wie er es mal eben mit einer Anderen getrieben hatte. Und nun tut er auf Sheriff und macht aus einer Mücke einen Elefanten."

„Was hast du denn angestellt?"

„Ach, ich bin nach Guatemala-Stadt zu einem Casting gefahren und hatte mir ein Hotelzimmer mit Dana geteilt. War günstiger, geselliger, ich unterhalte mich gern."

„Merke ich."

Sie schmunzelte.

„Und was ist daran so schlimm?", fragte Ricky neugierig.

„Na ja, Dana ist ein Mann."

„Oh."

„Aber ich könnte niemals was mit ihm haben, wir sind Freunde. Obwohl es vielleicht sogar mein Recht wäre, einmal fremdzugehen. Dann wären Pablo und ich immerhin quitt."

„Sieht er das auch so?"

„Nein, ich glaube, der würde mich umbringen", lachte sie.

„Wenn er es rauskriegen würde."

„Glaub mir, Ricky, die Wahrheit ist wie Wasser. Sie sucht sich immer ihren Weg."

„Sagt die, die eben erst in Frage gestellt hat, was Wahrheit ist."

Touché.

E s bedarf wohl keiner Erwähnung, dass während der gesamten Laufzeit dieser Unterhaltung ein Flirt zwischen den Zeilen köchelte. Beide wussten es, und mochten es.

„Ist Dana ein Kollege?"

„Kollege?"

„Ja, weil du sagtest, ihr seid zusammen zum Casting."

„Na ja, der ist halt auch ein Schauspieler, der ein paar gute Rollen gebrauchen könnte. Da bewegt man seinen Hintern. Egal, wohin."

In diesem Moment erhoffte sich Felisha, dass Ricky auf das Thema Casting umsteigen würde.

Aber das tat er nicht.

„Wie hat dein Mann herausgefunden, dass Dana keine Frau ist?"

„Er ging gerade ans Telefon, als ich unter der Dusche war."

„Und du magst es nicht, wenn er dein Handy einfach nimmt, oder?"

„Richtig."

„Und dennoch hattest du was zu verbergen."

„Na ja, ich weiß nicht, ob ich's ihm bewusst verschwiegen habe. Ich schätze, ich hatte einfach keine Lust auf einen Vortrag von Pablo. Es war für mich keine große Sache, da ist nichts gelaufen. Ein Streit am Abend vor meinem Casting, das musste einfach nicht sein."

„Hast du denn die Rolle bekommen?"

„Die haben sich noch nicht zurückgemeldet."

„Hm."

Ricky schwieg.

Felisha wartete darauf, dass Ricky etwas sagen würde. Dies wäre doch der Moment, an dem er erkannt hätte, dass Felisha bereit war, weite Strecken zu fahren und Geheimnisse vor ihrem Mann zu haben, nur um eine Rolle im Fernsehen zu bekommen.

Aber Ricky war in Gedanken woanders. Dass die Unterhaltungsbranche zäh war, wusste er bereits längst wie selbstverständlich. Einem hungernden Schauspieler eine Rolle zu vermitteln, das betrachtete er nicht als eine großartige Heldentat, sondern eher als eine künstliche Beatmung. Wenige Dinge waren für Ricky weniger lukrativ als ein Leben als Schauspieler.

„Nun lässt mich der Gedanke nicht los", grübelte er oberflächlich. „Was wäre der Traumjob für Pinocchio? Wäre diese Unterhaltung zwischen uns eine Filmszene, dann müsste in etwa jetzt die lustige Pointe kommen."

Aber diese blieb aus.

„Wahrscheinlich geht da gar nichts für den armen Pinocchio", seufzte Felisha. „Nichts, wo man mit Menschen sprechen muss. Also Hausfrau. Kinder großziehen vielleicht."

„Ach, da wird auch ordentlich gelogen. Überleg mal, was man den Kids alles für Märchen auftischt. Weihnachtsmann, Zahnfee, Osterhase."

„Stimmt auch wieder."

„Irgendwann kommt der Tag, an dem sie sich gegen uns

wenden und erkennen, dass wir sie jahrelang hinters Licht geführt haben. Sie werden uns übelnehmen, dass wir das Lügen verteufelt und bestraft haben, obwohl wir die größeren Lügner waren."

„Ja, das kann sein."

Ein kurzer Moment der Stille verging. Und es knisterte leicht zwischen den Beiden.

„Ich denke, ich sollte mal wieder rein", unterbrach Felisha dann das Schweigen. Obwohl beide nun für Stunden allein zu Hause waren.

„Ja, ich muss auch langsam anfangen zu schreiben", stimmte Ricky höflich zu.

„Wenn du aber die perfekte Beschäftigung für Pinocchio gefunden hast, dann sag Bescheid."

„Mach ich."

„Solange wird er dann wohl einfach unartig bleiben müssen, oder?", sagte sie zwinkernd, während sie auf ihre Haustür zuging.

Ricky lachte und hatte plötzlich die Eingebung., dass es die wohl beste Beschäftigung für Pinocchio sein könnte, die offensichtlich sexuell frustrierte auf seinem Gesicht Platz nehmen zu lassen und sie schamlos anzulügen.

Ricky betrat das Haus und ärgerte sich wieder einmal, dass er nicht Felishas Telefonnummer hatte.

Er setzte sich auf seinem Westbalkon an den Tisch und klappte seinen Laptop auf. Aber anstatt weiter am Drehbuch zu arbeiten, öffnete er Facebook und tippte „Felisha Aguado" ein.

Und da war sie. Dieses süße Püppchengesicht, diese blonde Bobfrisur.

Er schaute ihre Fotoalben an, und sie war nicht nur verdammt hübsch, sondern ebenso verdammt fotogen. Von Schnappschüssen auf Partys bis hin zu Strandfotos im Bikini, alles war dabei.

Häufig war ein junger Schönling dabei, der strahlend blaue Augen und kurze blonde Locken hatte. Bewegte Ricky die Maus über dessen Gesicht, konnte er anhand der Verlinkung feststellen, dass es sich bei diesem offensichtlichen Herzensbrecher um einen gewissen Dana Cruz handelte – Felishas „männliche beste Freundin".

Ricky verlor jeden zeitlichen Orientierungssinn und studierte regelrecht die vielen Eindrücke von Felishas Leben, die online zur Schau gestellt waren. Zwischen all der Selbstdarstellung, die Ricky bereits etliche Male zuvor bei so ziemlich jedem seiner Mitmenschen auf Facebook gesehen hatte, machte ihn dann ein bestimmtes Bild stutzig. Es zeigte eine junge, dunkelhäutige Schönheit in Schwarzweiß und hatte den Hashtag „findet Lola". Das Bild war ein Jahr alt und hatte keinen erkennbaren Zusammenhang zu den anderen Fotos. In den Kommentaren konnte Ricky feststellen, dass Lola einen Freund hatte, der sie vermisste und lange verzweifelt gesucht hatte.

Ricky überprüfte das Bild nach einer Verlinkung. Dann

suchte er Felishas Freundesliste nach dem Namen „Lola" ab. Von diesem Vermisstenfall in Belize Stadt hatte er zuvor noch nicht gehört.

Irgendwann erschrak er bei einem flüchtigen Blick nach oben rechts zur Uhr auf seinem Desktop.
„Fuck. Du Hornochse."
Ricky öffnete seine Arbeitsdatei und zückte die Zettel mit den Anmerkungen des Studios. Auf ging es in den Kampf.

Zuerst musste aber der THC-Wert stimmen. So stellte Ricky den Laptop wieder auf den Tisch und ging seine „Bastelbox" holen.

Heute musste es mindest einen Fortschritt geben.

„Und wenn der immer noch ausbleibt, dann musst du wohl mit der Yacht mal raus, dich von allen Ablenkungsfaktoren trennen."

Das Handy klingelte.
Der Fortschritt musste noch warten.
Ricky seufzte, als er auf dem Display den Namen seines ehemaligen besten Freundes Max las. Beide hatten sich seit Rickys Erfolg etwas auseinandergelebt. Es gelang ihnen aber, daraus nie ein Thema zu machen,

geschweige denn ein Drama. Man nahm es eben hin. So war das Leben.

„Na, du altes Haus", heuchelte Ricky Freude.

„Ricky, ich hoffe, ich störe nicht. Ich wollte dir schon länger von einer Filmidee erzählen, die ein Kumpel hat. Der Typ ist etwas krank im Kopf, muss ich zugeben. Er labert viel Mist. Aber diese eine Idee finde ich irgendwie catchy. Das müsst ihr unbedingt drehen, das würde voll durch die Decke gehen, glaube ich. Einfach weil es ein interessantes Thema ist."

Ricky seufzte erneut.

„Wieder jemand, der dir zum Durchbruch verhelfen will, schon klar. Was für Gönner man immer wieder trifft. Was für eine Welt voller Liebe und Hilfsbereitschaft."

„Aha", antwortete Ricky kühl, „und hat er ein Drehbuch?"

„Nein, es ist erst mal nur eine Idee. Und wenn er wüsste, dass du dir das durchliest, würde ihn das richtig glücklich machen. Er arbeitet schon seit Jahren dran."

„Seit Jahren, und er hat nichts zu Papier gebracht?"

„Na ja, er ist ja kein Profi wie du", antwortete Max. „Aber er hat das alles im Kopf fertig. Wie gesagt, ein regelrechter Psycho, dem der Profi an der Seite fehlt."

„Und was stellt er sich vor? Will er mir die Idee verkaufen oder was?"

„Na ja, er ist ja für alles offen."

„Das ist ja nett. Und worum geht's?"

„Das muss er dir am besten selbst erklären. Geht um einen Schreiber, der aus Recherchegründen fremdgeht und damit sogar durchkommt."

Irgendwie klang das wie eine Prophezeiung. Und irgendwie erweckte es überraschenderweise Rickys Interesse. Das hätte er gerade nicht erwartet.

Wiederum hatte er aber genug gehört. Es gab kein

Exposé, kein Drehbuch, sondern nur diese eine Idee. Und diese hatte Ricky gratis gehört. War das vielleicht ein Ansatz für sein neues Drehbuch? Durchaus möglich.

So tat Ricky das, worin er Meister war: Er log spontan. „Das ist witzig, Max, du wirst lachen. Aber so ziemlich genau diese Idee habe ich in der Auswahl für meinen neuen Thriller, seit einer Weile schon. Ein bisschen anders hier und da, aber schon gleich. Hast du mal auf meinem Laptop herumgeschnüffelt?"

„Das würde ich nie machen. Und jetzt sowieso nicht, du bist ja weggezogen."

„Das glaube ich dir auch, Max. Aber merkwürdig ist es schon, oder? Der Typ hat nicht zufällig *mich* beklaut, oder?"

„Nein, auf keinen Fall, Ricky. Wie denn auch? Wenn er eines nicht ausstehen kann, dann Plagiat. Ist Diebstahl, Punkt."

Dies fühlte sich für Ricky an wie ein kleiner Stolperstein. Denn sollte Ricky diese Idee tatsächlich nach so einem Telefonat mit Max verwerten, könnte schnell ihm ein Plagiat vorgeworfen werden.

Aber er verließ sich darauf, den besseren Anwalt zu haben, und blieb bei seiner Lüge, die niemand widerlegen könnte. Wie sollte man auch mit Datum beweisen, wann welche Idee in welchem Kopf entstanden war?

„Ach, schade", seufzte Max. „Der Juan hätte sich echt

gefreut. Aber man muss das sportlich nehmen, das ist nun mal so mit der Kunst, was?"

„Das stimmt. Ist mir auch schon tausendmal passiert, dass ich eine Idee hatte und sie dann am nächsten Tag auf einer Leinwand gesehen habe. Ich schätze, das ist eine Frequenz in der Luft."

„Das kann echt sein, weißt du das?"

„Na ja, du kannst dem Juan ja sagen, dass er gar nicht so verkehrt unterwegs ist mit seinen Ideen. Wenn sich eine davon immerhin so genau mit dem nächsten Thriller von Ricky fucking Gomez deckt, dann hat der Typ doch Potenzial."

„Das ist seine einzige Filmidee."

„Na, dann sag ihm, er soll mal weitere spinnen. Aber keine, die ich schon selbst schreibe."

Max lachte am anderen Ende der Leitung, völlig ahnungslos darüber, dass er und sein Kumpel Juan soeben zu Opfern der Filmbranche geworden waren. Eiskalt hatte Rick sie beklaut. Dafür musste er keine Tür aufknacken, kein Fenster einschlagen. Technisch gesehen hatte er nur ein Ferngespräch geführt.

Nach etwas Smalltalk legte Ricky auf und freute sich sogar ein wenig darüber, dass der Morgen etwas Produktives mit sich gebracht hatte. Diese Idee fand er eingängig. Als Thriller mit blutigen Konsequenzen sah er den Stoff hervorragend funktionieren.

Dass diese Filmidee aber näher an der Realität sein könnte, als ihm lieb war, darüber entschied Ricky nicht nachzudenken.

An jenem Abend lagen Ricky und Danielle nebeneinander wach im Bett. Sie sah eine Serie im Fernsehen und surfte nebenbei mit ihrem Handy im Internet, er starrte unbeschäftigt hoch zur Decke und hoffte, von ihr wahrgenommen zu werden. Heute war er auf Biegen und Brechen mit dem Drehbuch über die „angebliche" Mondlandung vorangekommen, so hatte er beschlossen, sich früher zu Danielle ins Bett zu legen. Vielleicht würde dann noch etwas gehen.

„Hast du eigentlich gewusst, dass die hier schon länger einen Frauenmörder suchen?", fragte sie, ohne aufzublicken.

„Du meinst, ich soll mich lieber für den Job bewerben, als Drehbücher zu schreiben?"

„Wie, Polizist werden?"

„Nein", seufzte er, „das war ein Witz. Als Frauenmörder bewerben, weil du gesagt hast, ‚sie suchen'. Ach, egal."

Stille kehrte wieder ein.

Dann dauerte es nicht lange, bis Danielle den Fernseher auf „stumm" schaltete und sich zu Ricky drehte. Sie sah ihn an und sprach kein Wort. Es gab ein Thema, das sie beschäftigte.

Irgendwann sah er zurück.

„Was ist?", fragte er trocken.

„Ist alles okay bei dir?"

„Warum sollte bei mir nicht alles okay sein?"

„Ist alles okay mit *uns*?"

Diese Frage brachte Ricky zum Stocken.

„Wie siehst *du* das denn? *Ist* denn alles okay mit uns?", lautete seine Gegenfrage.

„Na ja. Ich weiß nicht."

„Wie, du weißt nicht?"

Es gab etwas Konkretes, was Danielle ansprechen wollte. Aber sie fand nicht die richtigen Worte.

Ricky wartete geduldig.

„Anita hat heute nach dem Yoga meinen Kaffeesatz gelesen."

Ricky blickte perplex.

„Was zum Henker ist ein Kaffeesatz, und wer zum Henker ist Anita?"

„Anita ist in meinem Yogakurs, und sie hat diesen Esoterik-Laden in der Innenstadt. Und Kaffeesatz, das ist ähnlich wie Horoskop oder Tarot-Karten. Das macht man mit Kaffee und so."

Ricky zeigte sich gänzlich unbeeindruckt. Das alles klang ihm zu albern, und sie spürte es.

„Ich weiß, was du sagen willst", seufzte sie.

„Ach, wirklich? Ich wollte nichts sagen."

„Sondern?"

Ricky stockte. Beinahe rutschte ihm heraus, dass er gar nicht auf so ein Thema eingehen wollte.

Aber er entschied sich, den neugierigen und verständnisvollen Lebenspartner zu spielen. Obwohl ihm lange nicht mehr danach war.

„Also gut, was kam dabei heraus?"

„Sie hat viel Schönes erzählt. Aber sie hat auch gesagt, dass eine schwarze Wolke auf die Stadt zukommt. Und dass du mich bald betrügen wirst."

„Betrügen? Wie, bei einem Brettspiel oder was?"

„Nein, du wirst mit einer Blondine fremdgehen."

Das dürfte spannend werden.

Danielle war bekanntlich krankhaft eifersüchtig. Nur stand dies aktuell der Abstinenz gegenüber, die sich in ihrer Beziehung mit Ricky breitgemacht hatte.

Obwohl es keinen konkreten Grund gab, diese Information in irgendeiner Weise als Vorwurf zu verstehen, war es dennoch für Ricky wie ein kleiner Dolchstich. Denn gewissermaßen traf Danielle ins Schwarze. Sie wusste jedoch nichts von seinen beiläufigen Unterhaltungen mit Felisha von nebenan. Und schon gar nicht, wie weit er bereits in Gedanken mit dieser attraktiven Blondine gegangen war. Ganz zu schweigen von „seiner" neuen Idee für das noch nicht angefangene Drehbuch über einen Seitensprung aus beruflichen Gründen.

Stattdessen stellte er sich dumm, obwohl er sich bei diesem Thema ein wenig unwohl fühlte.

„Ich werde mit einer Blondine fremdgehen, sagst du?"

„Sagte sie."

„Aha. Und habe ich da ein Mitspracherecht, oder ist das jetzt eine in Stein gemeißelte Prophezeiung, gegen die ich mich nicht wehren kann? Weil wenn ja, dann sollte ich mir wohl lieber gleich die nächstbeste Blondine suchen und es hinter mich bringen, damit wir dann möglichst schnell die unvermeidliche Krise danach absitzen können und zurück zum Tagesgeschäft kommen können, oder?"

„Ist das jetzt wirklich deine Meinung, Ricardo?"

„Was willst du denn sonst hören? Dass ich dir sage, sie hat unrecht mit ihrer komischen Voodoo-Kacke? Kann ich auch. Aber da du ja besorgt bist, scheinst du eher bei deiner Anita zu sein als bei mir."

„Würdest du mich denn betrügen?"

Ricky seufzte und setzte sich im Bett auf. Er sah sich nicht mehr in absehbarer Zeit einschlafen. „Also", seufzte er, „bleiben wir beim Brettspiel. Es kann nur von Betrug die Rede sein, wenn der betrogene Gegenspieler auch selber die Regeln einhält."

„Was soll das jetzt bedeuten?", fragte Danielle scharf und verschränkte ihre Arme.

„Lass gut sein."

„Nein, das interessiert mich jetzt, sag es."

„Was soll ich sagen?"

„Was sitzt dir quer?"

„Ich mache es nur schlimmer, wenn ich es so offen anspreche, und das weißt du. Dann setze ich dich nur unter Druck und bla, bla, bla."

„Ich weiß, was du sagen willst."

„Warum fragst du dann?"

„Du bist mit mir nicht glücklich. Ich mache dir nicht oft genug die Beine breit. Na, dann komm. Wir ficken jetzt."

„Hey, nun ist gut, ja? Ich gehöre zu den wenigen Männern, die wollen, dass die Frau Lust darauf hat, und Spaß daran hat. Das ist gerade mein Dilemma. Fakt aber ist wiederum, dass Sex eine Beziehung von einer Freundschaft unterscheidet. Es gehört dazu. Ist sozusagen eine Spielregel. Du bist immer wieder so eifersüchtig, du erwartest Treue von mir, du erwartest, dass ich artig bin. Aber du lässt mich aushungern. Du kümmerst dich nicht."

„Du auch nicht", feuerte sie zurück. „Schon mal darüber nachgedacht?"

„Wie, ich auch nicht? Ich bin allzeit bereit, ich bin ein Mann. Das liegt in unserer Natur, dass wir unser Erbgut verteilen müssen."

„Du gehst nicht auf meine Bedürfnisse ein."

„Welche Bedürfnisse denn? Bloß kuscheln, obwohl ich untervögelt bin? Das ist Folter. Lange Gespräche, obwohl ich derzeit eine Menge abzuliefern habe?"

„Das wird doch immer so sein. Das wird nicht besser."

„Und unterstelle mir jetzt nicht, dass ich nicht viel mit dir rede. Habe ich dir nicht gestern erst Ratschläge gegeben, die du ignoriert hast?"

„Fang nicht wieder damit an. Und das meinte ich alles nicht, als ich von Bedürfnissen gesprochen habe."

„Na, was *denn?* Törne ich dich etwa nicht mehr an?"

„Vielleicht nicht", sagte sie mit zickigem Unterton.

„Du wieder mit deinem ‚Vielleicht'. Bist du ein Rätsel, das ergründet werden will? Oder ist das jetzt generell eine Frauensache? Mach doch mal klare Ansagen, törne ich dich noch an oder nicht?"

„Dein Grasgestank abends, schon mal drüber nachgedacht, dass ich das eklig finden könnte?"

„Warum stellst du wieder eine Frage? *Ich* hab hier die Frage gestellt, und du stellst wieder Gegenfragen."

„Wer fragt, der führt, sagst du das nicht immer?"

Ricky stockte.

E in Moment der Stille machte sich breit.
Ricky seufzte und fasste dann zusammen: „Also,
du schläfst seit Wochen nicht mehr mit mir, weil
dir mein Grasgeruch stinkt. Und jetzt kein Konjunktiv
mehr."

Das „Vielleicht" wegzulassen, fiel Danielle tatsächlich
schwer. Aber dann nickte sie.

„Und warum hast du nie was gesagt?"

„Weil du sagst, dass du dadurch kreativer bist. Und durch
deine Arbeit wird der ganze Spaß hier bezahlt, Schatz. Wie
soll ich da sagen, du hörst auf zu kiffen, damit wir wieder
Sex haben?"

„Wäre es denn damit gelöst, wenn ich aufhöre zu kiffen?"

Danielle pausierte unsicher.

Dies machte Ricky besonders stutzig und aufmerksam.

„Aha?"

„Ja, was soll ich sagen, Ricky, ich hab momentan einfach
keine Lust. Ich weiß auch nicht, wieso."

„Okay. Und bist du denn momentan der Meinung, dass
wir als Paar die gegenseitige Verantwortung für die sexuelle
Befriedigung des Anderen haben?"

„Ricky, das ist hier kein Kreuzverhör!"

„Das war nur eine Frage!"

„Ich weiß, worauf du anspielst."

„Gut, dann stellt sich einfach die Frage, ob du mein
Sexleben als dein Problem betrachtest oder nicht."

Ricky arbeitete mit seiner Argumentation natürlich auf
das Ziel hin, dass sich seine Freundin entweder vernünftig
um ihm kümmern müsste, um seine Treue auch in Anspruch
nehmen zu können.

„Ich frage mich", fuhr er fort, „wie du mir übelnehmen
kannst, dass ich mir draußen irgendwo Fastfood hole, wenn

du zu Hause nichts mehr zubereitest. Jetzt im übertragenen Sinne gesehen."

Dass diese Metapher deutlich chauvinistischer klang, als sie gemeint war, merkte Ricky immerhin noch selbst.

Danielle riss sich zusammen und nahm tiefe Atemzüge, obwohl sie bereits an ihren Grenzen war.

„Warum dreht sich bei euch Männern alles immer nur ums Eine? Was seid ihr denn, Höhlenmenschen?"

„Wenn du was gegen die Natur hast, dann rate ich dir, lesbisch zu werden."

„Ist das jetzt dein Ernst? Du sagst also, Sex ist für dich das Allerwichtigste?"

„Weiß du was, das ist jetzt echt fies. Sex ist nicht für mich das Allerwichtigste. Ich will nicht den ganzen Tag darüber nachdenken. In meinem Kopf ist, wie du hoffentlich weißt, auch so genug los. Sex ist nur ein Thema, wenn es fehlt. Genau wie Geld. Ich will auch nicht den ganzen Tag über Geld nachdenken, und du weißt verdammt genau, was für schlaflose Nächte wir am Anfang hatten, als wir pleite waren und uns ständig etwas einfallen lassen mussten, um über die Runden zu kommen."

„Na, das ist ja mal ein Vergleich."

„Aber es ist so, Danielle. Es gibt keinen Scheidungsanwalt auf der Welt, der je zu hören bekommt, dass immerhin der Sex gut lief. Das gibt es nicht."

„Um geschieden zu werden, muss man erst verheiratet sein", deutete Danielle an.

„Und um verheiratet zu sein, muss ein Paar eine stabile Beziehung haben. Und da ist Sex wie Geld, wie Essen, Trinken oder sonst irgendwas. Es ist elementar. Das muss laufen, sonst entstehen Probleme."

„Also drohst du mir mit Problemen", stellte sie seufzend fest. „Alles klar. Botschaft ist angekommen."

„So war das auch wieder nicht gemeint."

„Ricky. Sei einmal jetzt ehrlich, und rede dich nicht irgendwie clever raus. Würdest du mich denn betrügen?"

In diesem Moment musste Ricky daran denken, dass es einst Zeiten gab, in denen er sich nicht einmal im Traum hatte vorstellen können, mit einer anderen Frau zu schlafen.

Vielleicht war es jetzt das Schlaueste, die alten Sprüche wieder auszupacken.

„Danielle, weißt du doch. Ich würde wahrscheinlich gar keinen hochkriegen. Das ist doch eklig, als würde ich von jemand Anderem die Unterhose anziehen."

„Das siehst du immer noch so, ja?"

„Warum fragst du so kontrollierend? Gerade jetzt, wo du mich gefühlt echt auf die Probe stellst?"

„Ich stelle dich auf die Probe, sagst du?"

„Mann, Danielle, es liegt in der Natur, was soll ich machen? Männer produzieren täglich Erbgut, und es ist tief in ihren

Instinkten verankert, es verteilen zu müssen. Wir stehen permanent unter Druck, auch wenn du es nicht verstehen kannst. Guck dir sogar die Tierwelt an, wie die Männchen teilweise ein Harem haben. Eine Frau tickt da anders, sie sucht sich einen Mann, der ihr Sicherheit gibt, sie versorgen kann. Der gute Gene hat, damit sie hübsche Kinder kriegen kann. Weißt du, ein Mann kann sich theoretisch irgendwo die Hörner abstoßen, am selben Abend zu seiner Frau ins Bett steigen, die Arme um sie schließen und ihr aufrichtig sagen, dass er sie liebt. Und er meint es in dem Moment auch wirklich ernst."

„Das ist abartig, Ricky."

„Beschwere dich nicht bei mir, ich hab's nicht erfunden."

„Du klingst ja so, als würdest du mich darauf vorbereiten wollen, dass das mit dem Kaffeesatz wirklich in Erfüllung geht."

„Das ist deine Interpretation, Danielle."

„Ist klar."

Danielle stand auf und nahm ihre dünne Seidendecke mit Richtung Tür.

„Wo willst du denn jetzt hin?", stöhnte Ricky. „Du hast hier diese Unterhaltung angefangen."

Sie blieb stehen und drehte sich um.

„Weißt du, Rick, du kannst manchmal ein regelrechtes Arschloch sein. Du hast immer für alles irgendwelche eloquenten Worte, du lässt alles immer so nach irgendeiner Weisheit klingen, dabei hast du noch so viel zu lernen."

Ricky ging auf nichts davon ein.

„Um deine Kernfrage zu beantworten, Danielle, ich hatte nicht vor dich zu betrügen. Aber zufrieden bin ich nun mal auch nicht."

„Damit sind wir zu zweit, Ricky."

„Na, Bombe. Echt geil. Wir sind schon zwei dankbare Menschen. Wir leben ein Leben, von dem Andere träumen, am schönsten Ort der Welt, und wir sind unglücklich. Wir sind Helden."

„Tja", seufzte Danielle mit glasigen Augen. „Du schreibst geile Drehbücher, du hast immer für alles die richtigen Worte. Du bist der schlagfertigste Mensch, den ich kenne. Aber du hast uns Frauen einfach nicht raus. Wir sind keine Gummipuppen, wir sind Menschen mit Gefühlen. Und ja, wir wollen... Ach, vergiss das ‚wir', Ricky, *ich* will schon ergründet werden. Ich will, dass du dich mit mir auseinandersetzt. Mich im Sturm eroberst. Aber anscheinend ist das ja zu viel verlangt."

Damit ließ sie ihn zurück und verließ den Raum.

R icky kochte innerlich und weigerte sich stur, auch nur irgendetwas von dem, was Danielle gesagt hat, zu verstehen. Stattdessen rief er ihr provokant hinterher: „Ich dachte, dass wir langsam aus der Phase raus sind, irgendwelche Spiele treiben zu müssen! Da hab ich wohl falsch gedacht!"

So hatte er nun das Bett für sich und konnte jetzt nicht einschlafen.

Deswegen stand er auf und marschierte genervt mit

seiner „heiligen Schachtel" durch das Foyer und zum Ostbalkon hinaus, wo er sich in der Stille der Nacht trotzig einen Joint baute. Darin war er recht geübt und schnell. Seine Schachtel enthielt alles, was er dafür benötigte. Blättchen, Tabak, Gras, Tip, zusammenrollen, anlecken, schließen, anzünden, fertig.

Er stellte sich zum Geländer und sah auf das dunkle Meer hinaus, das unter klarem Sternenhimmel schimmerte und leise rauschte. Ebenso konnte er seinen eigenen Garten betrachten, sowie die der Nachbarn. Diese waren deutlich gepflegter als sein eigener. Es gab hier noch einiges zu tun.

Er nahm einen tiefen Zug, hielt die Luft lange an und pustete dann aufgewühlt und nachdenklich die weiße Dampfwolke in die warme Abendluft von Belize. Aber seine Gedankengänge drehten sich nicht darum, wie er denn der Mutter seiner Kinder entgegenkommen könnte, um deren Beziehung aufzufrischen. Er fragte sich, ob sein Sexleben wirklich auf dem absteigenden Ast war.

Wie erst eine Ehe werden sollte.

Ob er ihr wirklich vor einem Standesbeamten und vor beiden Familien die ewige Treue schwören könnte, bis dass der Tod sie scheiden würde.

Wie es erst in zehn Jahren zwischen ihm und Danielle laufen würde. Ob da noch von einem glücklichen Leben die Rede sein könnte.

Wie gern hätte er jetzt Max angerufen und sich den Rat seines Freundes geholt.

Hatte Danielle es Ricky erst jetzt konkret in den Kopf gepflanzt, sie mit einer Blondine zu betrügen? War es also Danielles Schuld, weil sie ihren Kaffeesatz hatte lesen lassen? Wiederum stellte sich die Frage, warum sie so etwas machen würde, wenn sie nicht vorher den Verdacht gehabt hätte, dass etwas nicht stimmte. Es fühlte sich ein wenig wie die Frage an, ob denn das Huhn oder das Ei zuerst da gewesen wäre.

Er nahm noch einen tiefen Zug und grübelte über die Pros und Kontras nach, die ein Seitensprung mit sich bringen würde. Mit der moralischen Frage, ob ein Ehebruch grundsätzlich falsch sei, beschäftigte er sich nicht lange. Technisch gesehen gab es keine Ehe zu brechen.

Ricky liebte Danielle, und er liebte seine Kinder. Aber sein immer konkreter werdendes Verlangen, sich zwischendurch einfach die Hörner abzustoßen, hatte für ihn in seiner abgebrühten Logik nichts im Geringsten mit seiner Liebe zu seiner Familie zu tun. Er redete sich ein, dass es seine Beziehung vielleicht sogar auffrischen könnte, oder den Druck auf Danielle sogar entlasten könnte.

Ja, die Pro-Seite war erschreckend voller Argumente. Eines davon drehte sich sogar konkret um Felisha, das heimliche Objekt seiner Begierde. Sie schien – genau wie er – nicht glücklich über ihren Alltag mit Pablo. Gab es eine Synergie zwischen Ricky und Felisha?

Ein weiteres Argument dafür, sich auf eine ungewisse Reise in Felishas Richtung zu begeben, war diese Filmidee vom armen Schwein Juan, in dem Ricky großes Potenzial sah. Wichtige Recherche könnte entstehen.

Das einzige eindeutige Argument, das er auf der Kontra-Seite stehen ließ, war die Tatsache, dass es Danielle verletzen würde zu erfahren, dass Ricky fremdgegangen wäre. Dafür müsste sie es herausbekommen. Wenn nicht, würde er sie nie verlassen oder sich anderweitig verlieben. In seinem verkorksten Denken würde es sich nur um einen Ausgleich handeln. Eine Runde Sport.

Aber ein Teil von ihm wusste, dass die Wahrheit wie Wasser war – wie bei der undichten Stelle in seiner Dusche, die er bislang noch nicht finden konnte. Und wie es ausgerechnet Felisha erst heute behauptet hatte.

Selbst wenn es Ricky gelingen würde, den perfekten Seitensprung zu planen, wie konnte er sich absichern, dass es niemals ans Tageslicht kommen würde? Im Zeitalter von Social Media – so dachte er sich – könnte man nie vorsichtig genug sein. Und in diesem Fall wohnte die Person, die für ihn von Interesse war, direkt nebenan.

Aber er konnte sich nicht mehr vormachen, dass er nicht jeden Zentimeter von Felishas leckerem Körper begehrte. Am liebsten hätte er eine leidenschaftliche Nacht mit ihr verbracht und sie dann komplett aufgegessen, um jede Spur und jedes Risiko zu beseitigen.

Aber fingen so nicht die Gedankengänge eines Serienkillers an?

Ricky rauchte den Joint auf und ging wieder ins Haus hinein. Die Glastür schloss er, und er schaltete im Wohnzimmer das Licht aus.

Was er nicht merkte: Er war draußen nicht allein.

Zwei finstere Augen hatten ihn aus der Dunkelheit beobachtet, versteckt unter der niedrigen Krone eines Mangrovenbaumes zwischen Rickys Garten und dem Strand. Diese kalten Augen scannten gründlich das Haus, den Garten, den ungepflegten Rasen, die Fenster, die Türen. Die finstere Gestalt rührte sich nicht, sondern beobachtete nur.

Und sie rührte sich nicht vom Fleck. Wie eine Säule stand sie in der Nacht und absorbierte das Haus mit gründlichen Blicken.

2

HARTNÄCKIGE PILZE

Eine Woche später.

Das Drehbuch über Neil Armstrongs Reise zum Mond war inzwischen bereits ans Studio geschickt. Nun würde die Fassung gelesen werden, und es würde zu diesem Projekt noch einige Diskussionen geben. Aber zunächst war das Studio am Zug, so dass sich Ricky in der Zwischenzeit auch um andere Projekte kümmern konnte, bis eine Rückmeldung kam.

Ricky hatte bereits damit begonnen, sich eine grobe Rahmenhandlung für sein nächstes Drehbuch zu überlegen.

Immer wieder schwebte ihm vor, dass seine eigene Geschichte vielleicht ganz gut funktionieren könnte – wenn sie auch wirklich bereit war, einige dunkle Gegenden zu durchqueren.

Ricky dachte viel an seine Familie. Was wären die echten Konsequenzen, wenn er einen Seitensprung begehen würde und Danielle es erfahren würde – egal von wem? Wie würde danach für alle das Leben weitergehen? Würde Danielle es verzeihen? Es sogar verstehen? Würde sie sich trennen? Würde sie sich revanchieren, sich rächen? Fragen über Fragen kreisten Ricky durch den Kopf. Dabei war es theoretisch noch nicht einmal eindeutig klar, ob Felisha ebenfalls bereit wäre, mit Ricky untreu zu werden. Es waren zwar Schwingungen zwischen ihnen in der Luft, aber diese hätten beide Parteien auch als rein freundschaftlich abtun können. Besonders Felisha könnte auch behaupten, dass sie nur berufliche Interessen verfolgen würde.

Es war ein sonniger und heißer Montagnachmittag. Karibische Musik war in der Ferne der Innenstadt zu hören.

Der Gärtner Miguel war ein kleiner, braungebrannter Mann mit weißen Haaren und einem ledrigen, von Lebenserfahrungen gezeichneten Gesicht. Jede seiner vielen Falten schien ihre eigene Geschichte zu haben. Für seine 76 Jahre war der kleine Mann dennoch topfit und arbeitete noch hart und leidenschaftlich.

Danielle war von Ricky mit der Aufgabe betraut worden, die Gartengestaltung zu planen und durchzuführen. Hierfür hatte sie sich Miguel angeheuert, der trotz seines Alters Gartenarbeit liebte und immer für etwas Taschengeld zu haben war.

Danielle führte Miguel übers Gelände und teilte die mit Ricky abgesprochene Vision mit.

Dieser war nicht weit entfernt. Er saß konzentriert auf dem Ostbalkon und konnte alles im Auge behalten. Doch er arbeitete fokussiert an seinem Drehbuch. Heute gab es keine besonderen Ablenkungsfaktoren, die ihn bei der Arbeit sabotieren könnten.

Die Kinder spielten draußen unter Danielles Aufsicht, und die leckere Felisha von nebenan schien heute außer Haus.

Dafür befand sich aber der Familienanwalt Pablo in seinem verwilderten Garten und rauchte gestresst eine Zigarre. Der unberechenbare, kräftige kleine Mann mit dem schwarzen Ziegenbart ging nachdenklich auf und ab und führte leise Selbstgespräche. Sein Arbeitstag schien wieder kein Zuckerschlecken gewesen zu sein. Oder war es sein Privatleben, das ihn so stresste?

So oder so, es war heute offensichtlich wieder einmal ratsam, ihm möglichst aus dem Weg zu gehen.

„Bis hierhin soll die Terrasse gehen", zeigte Danielle dem

kleinen, weißhaarigen Mann, der teilweise schneller nickte und verstand, als man seinen Satz beenden konnte. Danielle führte ihn dann weiter nach hinten in den Garten und zeigte auf den Bereich der großen Fläche, wo die lästigen, hartnäckigen Pilze wuchsen, die vermutlich auch noch giftig waren.

„Und da wollen wir den Pool hinhaben. Wir denken so an vier mal sechs Meter. Das reicht uns total."

Die Stelle war nicht optimal, aber dort fiel die meiste Sonne in den Garten, und Danielle hatte keine Lust mehr auf die Pilze. Ein Pool würde dieses Problem lösen.

Nebenan blickte Pablo auf und lauschte dem Gespräch. Es schien ihn von seinen aktuellen Sorgen abzulenken.

„Ich nehme diesen Busch übrigens weg", rief er zu Danielle, die sich zunächst nicht angesprochen fühlte. Sie beriet sich weiter mit Miguel über die optimale Platzierung des Pools.

„Señora Gomez", rief Pablo dann.

Danielle drehte sich zu ihm.

„Ich heiße nicht…"

Pablo fiel ihr ins Wort: „Dieser Busch, der nimmt euch ordentlich Sonne weg. Ich brauche ihn nicht, ich mache ihn gerne weg."

„Das ist ja nett", antwortete Danielle lächelnd, aber unsicher. Sie konnte sich Pablos Namen wieder nicht merken.

„Dann könnt ihr euren Pool auch hier buddeln. Ist doch zehnmal geiler."

Danielle musste innerlich zustimmen, obwohl das Problem mit den Pilzen damit nicht gelöst war. Der Bereich des Gartens, der im Schatten von Pablos Busch stand, war in der Tat der optimale Ort für ein Schwimmbecken. Der Rest der Gartenfläche würde in sich geschlossen bleiben und würde so den besten „Flow" haben.

„Das wäre schon nicht schlecht", grübelte Danielle laut und wandte sich an Miguel. „Oder was denken Sie? Hier wäre doch der beste Bereich dafür, oder?"

„Na ja, bis auf den Schatten. Es sei denn, Sie baden gern im Schatten."

„Wie gesagt, der Busch kommt ja weg", mischte sich Pablo wieder ein. „Die Blüten ziehen Wespen und allen möglichen Scheiß an."

„Kriegen wir die Pilze trotzdem weg?", fragte Danielle ihren Gärtner.

Ehe Miguel antworten konnte, behauptete Pablo nebenan: „Ich hab was gegen die Viecher. Einmal rüber schütten, und die sterben einen qualvollen Tod und kommen nie wieder. Keine grauen Penisse mehr im Rasen."

„Wie bitte?", empörte sich Danielle und verkniff sich das Lachen. Sie traute ihren Ohren nicht.

„Ist doch so, so sehen die doch aus. Schaut doch hin."

„Also, ich habe ehrlich gesagt nie so darüber nachgedacht. Aber schön, dass wir das geklärt haben."

„Allerdings."

„Das ist sehr nett von Ihnen", freute sich Danielle. „Was meinen Sie, Miguel, kriegen wir auch hier in diesem Bereich den Pool gegraben?"

Miguel murmelte: „Na ja, nur das Ausgraben wird nervig, da dort die Wurzeln von dem Ding verlaufen. Das ist schon fast kein Busch mehr, das ist ein Baum."

„Du wirst doch bezahlt, Hombre", lautete Pablos lakonische Antwort.

Danielle sah Pablo verblüfft an.

Was bildet der sich denn ein? Dieser Mann ist doch alt und hat keinen eigenen Bagger.

Wiederum gab es diesen einen Teil von ihr, der den Pool genau dort haben wollte, wo sich der große Schatten befand.

Sie drehte sich zu Miguel um und fragte vorsichtig und höflich, ob er es dort schaffen würde, den Pool zu realisieren. Dieser zuckte mit den Schultern und nickte dann.

„Kriegen wir schon irgendwie hin, wenn Sie das wünschen."

„Wann wollen Sie denn das Ding fällen?", fragte Miguel.

„Wenn der Pool fertig ist, wäre das eine ziemliche Sauerei."

„Ich hatte es schon länger vor. Willst du das nicht sonst machen, alter Mann? Was nimmst du dafür?"

Danielle wurde stutzig. Ihr passte auch nicht, wie flapsig Pablo mit Miguel sprach.

„Was ist denn mit Ihrem eigenen Gärtner?"

„Du meinst meine Frau?", lachte Pablo auf. „Mal ganz unter uns: Die taugt nichts. Ich meine, schaut euch doch um. Schreit das hier gerade nach Postkarte? Ich brauche einen Gärtner, dann läuft das hier."

„Ist Ihre Frau nicht Schauspielerin?", interessierte sich Danielle.

Pablo blickte sie stutzig an.

„Stalkt ihr uns?"

„Was? Nein. Wir sind Nachbarn, so etwas kriegt man ja mit."

„Aber anscheinend nicht, dass meine Frau für den Garten zuständig ist."

Danielle schwieg und fühlte sich unwohl. Konversationen mit Pablo waren kein Highlight des Alltags. Dieser wandte sich dann wieder an Miguel.

„Also, was nimmst du die Stunde, Hombre?"

Das Gespräch wurde von einem lauten Kreischen unterbrochen. Miguel und Pablo zuckten vor Schreck. Danielle benötigte einen Augenblick, um zu realisieren, dass das Kreischen von ihr selbst kam.

Vor ihrem Fuß kroch etwas durch das Gras, was zunächst wie eine lebendige Halskette aus schwarzen, roten und gelben Perlen aussah. Es war jedoch eine Giftschlange, knapp einen Meter lang, schnell, geschmeidig und flink.

Miguel erblickte die Schlange und lachte entspannt.

„Nun bewegen Sie sich nicht, Señorita. Das ist eine Maya-Korallennatter. Wenn man die verärgert, heißt das zwei Löcher in der Hacke und die stickige Notaufnahme."

Miguel schnappte sich seinen Spaten und ging furchtlos der Schlange hinterher, die den nächsten Gartenbusch als Unterschlupf aufsuchte.

Er stellte sich vor die Schlange, zielte mit seinem Spaten auf den Kopf und stach schnell und präzise zu. Die Schlange zog sich ruckartig zusammen, zappelte und undulierte schnell und aggressiv. Der alte Gärtner hatte sie gekonnt enthauptet. Aus dem grellbunten Halsstumpf schoss signalrotes Blut und besudelte den Rasen.

Danielle hielt entsetzt sich die Hand vor den Mund. Ihr wurde sofort flau im Magen.

Miguel ließ den hysterisch schlängelnden, kopflosen Körper der Natter unbeachtet und sammelte stoisch mit seinem Spaten den Kopf auf, um diesen schnellstmöglich zu begraben.

„Du magst keine Schlangen, was?", fragte Pablo die erschütterte Danielle.

„Wer mag die schon?"

„Ich finde, das sind hübsche Tiere. Clevere Tiere. Wenn sie nicht gerade geköpft auf einem Rasen tanzen."

Miguel begann an der mit Pilzen bewachsenen Stelle zu graben, um den Kopf der Schlange zu begraben, da dort schließlich kein Pool mehr entstehen sollte. Pablo und Danielle sahen ihm dabei schweigend zu. Dieser Kopf sollte möglichst tief begraben werden, damit niemand durch ihn gefährdet werden könnte.

Der erfrischende Geruch von Salzwasser war dem zitronigen Duft von Reinigungsmitteln gewichen. Am Hafen, einen überschaubaren Fußmarsch von Rickys Villa entfernt, putzte er das weiße Deck seiner Yacht und schwitzte stark in der prallen Sonne. Er trug Bermudashorts, Flipflops und ein weißes, ärmelloses Hemd, das bereits nass und schmutzig war.

Mit dem Schrubber entfernte er erste Moosspuren vom

Rumpf des Schiffes und spülte gelegentlich alles mit einem Schlauch ab. Dass der Schaum der Reinigungsmittel ins Meerwasser floss, das interessierte hier niemanden so richtig.

Zwei Männer in Anzügen schritten über den Steg auf ihn zu. Sie trugen Sonnenbrillen, durch die ihre Augen verborgen blieben. Einer war Mitte 50 und hatte kein einziges Haar auf dem Kopf, der Andere war leicht korpulent und hatte kurze, schwarze Haare. Dieser aß währenddessen seine Tortilla auf und achtete darauf, dass der flüssige Käse nicht auf seinen Anzug tropfte.

„Hast du's gleich?", bellte ihn sein kahlköpfiger Partner an.

Sie hielten vor Rickys Yacht.

Der korpulente Mann im Anzug antwortete nicht, da sein Mund voll war. Er leckte sich die Finger und holte ein Taschentuch aus seiner Sakkotasche, um sich die Hände zu säubern.

Die zwei Männer erreichten Rickys Yacht und hielten an.

„Ricky Gomez?", fragte der glatzköpfige Mann.

Ricky drehte sich zu ihnen um, vom Sonnenlicht geblendet.

„Wer will's wissen?"

Die Männer wiesen sich synchron aus, indem sie ihre Polizeimarken hochhielten.

„Das da ist Detective Sanchez, ich bin Detective Martinez", sprach der glatzköpfige Ordnungshüter und steckte seine Marke gekonnt wieder weg. „Wir sind von der lokalen Mordkommission und hätten ein paar Fragen an Sie. Hätten Sie einen Augenblick Zeit für uns?"

„Mordkommission? Wer ist denn ermordet worden?", fragte Ricky neugierig und sprang von der Yacht auf den Steg, um beiden Männern die Hand zu geben.

„Meine Hände sind schmutzig", warnte er sie dabei. „Also, rein im wörtlichen Sinne, vom Putzen."

„Kein Problem, wir schlagen uns den ganzen Tag mit Schmutz herum", antwortete der korpulente Sanchez.

„Das kann ich mir vorstellen. Also, was kann ich für Sie tun?"

„Kennen Sie diese Frau? Schon mal gesehen, oder von ihr gehört?"

Martinez hielt ein Foto hoch, auf dem die vermisste Lola abgebildet war. Dunkle Haut, schwarze Locken, und ein strahlendes Lächeln.

Ricky sah sich das Foto gut an und schüttelte stirnrunzelnd den Kopf. Obwohl er das Gesicht sofort von Felishas geteiltem Foto auf Facebook wiedererkannte.

„Tut mir leid, sagt mir so nichts."

Das war gelogen.

Aber warum sich nicht dumm stellen? Ricky hatte nichts mit diesem Fall zu tun.

„Sie haben noch nie von Lola gehört?", wunderte sich Sanchez und nahm seine Sonnenbrille ab.

„Sollte ich das?"

„Na ja", antwortete Martinez, „sie ist seit letztem Jahr vermisst. Das war hier länger eine große Sache."

„Sie war Studentin, gerade mal 20 Jahre alt", ergänzte Sanchez.

„Sie wäre heute 21", fügte wiederum Martinez hinzu.

„Ihr seid gut eingespielt", scherzte Ricky, „wie ihr euch

den Ball hin und her spielt. Einer spricht, dann der Andere. Wie aus einem Krimi, exzellent."

Aber den zwei Männern war nicht nach Lachen zumute.

„Ihre abgeschnittene Nase, und zwar *nur* ihre Nase, wurde uns damals per Post geschickt. Wir gehen also davon aus, dass sie das letzte Opfer des berühmten Serienkillers ‚Nariz Fuera' war. Noch nie von ihm gehört? Auch ab und zu ‚Schnabelmann' genannt?"

„Der Name dämmert. Vielleicht irgendwann flüchtig in einer Doku oder so gesehen, keine Ahnung. Ich komme aus Los Angeles, verstehen Sie?"

„Nun ja", sagte Sanchez, „seit diesem Fall vom letzten Jahr haben wir nichts mehr von ihm gehört. Er hat eine lange Laufbahn hinter sich. Die Anzahl seiner Opfer ist gerade mal noch im zweistelligen Bereich. Und keine Leiche wurde bisher gefunden."

Ricky grübelte und sah dann die beiden Männer an.

„Das ist ja wahnsinnig spannend. Aber ich nehme nicht an, dass ihr mir gerade ein Krimi-Drehbuch pitchen wollt. Also, warum erzählt ihr mir das alles?"

„Es stellte sich heraus, dass die Opfer alle eine Kleinigkeit gemeinsam hatten – abgesehen von ihrem weiblichen Geschlecht. Sie waren alle liiert, und untreu."

Ricky versuchte zu verstehen, worauf das alles hinauslief. Dass das Thema Untreue aufkam, warf ihn etwas aus der Bahn.

„Ich verstehe immer noch nicht, warum mich das alles interessieren sollte."

„Nun ja, vor ihrem Verschwinden wurde Lola Peña zum letzten Mal in Begleitung Ihres Nachbarn, dem Familienanwalt Pablo Aguado, gesehen."

Diese Information machte Ricky hellhörig.
Und die zwei Detektive bemerkten es.
„Wissen Sie irgendetwas darüber?", fragte
Martinez.

Ricky sah sich um und senkte die Stimme.

„Also, ich hab schon mitbekommen, dass er wohl einmal seine Frau… hintergangen hat. Aber ich wusste nicht, mit wem."

„Mitbekommen? Wie haben Sie das mitbekommen?"

„Seine Frau hat es mir erzählt."

„Seine Frau erzählt Ihnen so etwas?", wunderte sich Martinez. „Stehen Sie sich denn nahe?"

„Na ja, das würde ich nicht so sagen."

„Sondern?"

Ricky stockte.

„Also, wir plaudern gelegentlich. In der Regel so oberflächliches Zeugs. Aber letzte Woche, oder wann das war, da schienen die Zwei sich gestritten zu haben. Und als ich meine Post holte, unterhielt ich mich kurz mit Mrs. Aguado. Und da hat sie mir das erzählt. Mir schien, dass sie einfach jemanden zum Reden brauchte."

„Verstehe", antwortete Martinez.

anchez fügte dann hinzu, dass jedoch noch nicht von einem Seitensprung die Rede gewesen sei, sondern nur davon, dass die Zwei miteinander gesehen worden waren.

„Oder hat Ihnen Mrs. Aguado eventuell wortwörtlich gesagt, dass Pablo Geschlechtsverkehr mit Lola Peña hatte?"

Das konnte Ricky nicht bestätigen. Aber er ahnte, dass dies durchaus eine Variante sein könnte.

Dennoch schüttelte er verneinend den Kopf.

„Glauben Sie denn, dass Mr. Aguado etwas mit dem Verschwinden von dieser Lola zu tun hat?", fragte er die zwei Ordnungshüter.

„Wir haben ihn schon damals verhört. Er behauptete, dass er sie für irgendein Referat beraten hätte. Er hätte sie über einen seiner Mandanten kennengelernt."

„Und was führt Sie heute dazu, ihn wieder unter die Lupe zu nehmen, wenn das Ganze schon ein Jahr her ist?"

„Sie stellen ja ganz viele Fragen!", bellte Sanchez.

„Man interessiert sich."

„Nun ja, Sie wohnen nun seit einem halben Jahr neben ihm, richtig?"

„Das ist richtig."

„Uns würde einfach interessieren, ob Ihnen in der Zeit irgendetwas Komisches aufgefallen ist. Haben Sie vielleicht den Namen ‚Lola' aus seinem Mund gehört, verhält er sich komisch, hat er irgendetwas Verdächtiges erwähnt?"

Ricky überlegte.

„Wenn Sie so fragen, müsste ich echt überlegen. Ich finde ihn generell etwas komisch. Er war anfangs sehr unfreundlich. Es war so, als würde er uns vergraulen wollen. Er tat Dinge, die einfach störten. Zum Beispiel: Wir würden ihn begrüßen, und er würde so tun, als hätte er uns nicht gesehen. Er machte zu blöden Uhrzeiten den Rasenmäher an. Laute Musik am Wochenende. All sowas."

Martinez und Sanchez sahen sich an, dann zurück zu Ricky.

„Wie ist es denn jetzt?"

„Jetzt hat es sich etwas beruhigt. Wir sind zwar nicht richtig warm miteinander oder so, aber er ist nicht mehr so unerträglich."

Dann zückte Martinez eine Visitenkarte und überreichte diese Ricky.

„Sie waren schon mal eine Hilfe. Wir wollen Sie nicht länger hier bei der Arbeit stören. Sollte Ihnen noch irgendetwas einfallen, auch wenn es das geringste Detail ist, dann rufen Sie uns doch bitte an. Rund um die Uhr."

„Danke. Das werde ich machen."

„Und tun Sie uns den Gefallen und finden Sie heraus, ob Mr. Aguado tatsächlich mit der Vermissten Geschlechtsverkehr hatte."

„Wie soll ich das anstellen?"

„Fragen Sie doch seine Eherau. Mit der Sie sich so gut verstehen."

Die Männer verabschiedeten sich und verschwanden so schnell, wie sie aufgetaucht waren.

Ricky blieb stutzig zurück und zückte sein Handy. Er googelte dann den Fall der vermissten Studentin Lola Peña und sah sich einige Berichte und Fotos an. Dies führte ihn dann zum berüchtigten Serienkiller „Nariz Fuera".

„Was für ein Kack-Name", murmelte er zu sich.

Alle möglichen Phantomzeichnungen waren von diesem Mörder gemacht worden, basierend auf den vielen wirren Zeugenaussagen. Die meisten von dieser Zeichnungen zeigten eine vermummte schwarze Gestalt mit einer venezianischen Schnabelmaske, durch die zwei finstere Augen sahen.

Eine dieser Zeichnungen war so schaurig, dass sich Ricky die Nackenhaare aufrichteten, je länger er sie anstarrte.

Beim weiteren Stöbern fand er unzählige Fälle von vermissten jungen Frauen, deren abgetrennte Nasen zu den lokalen Polizeistationen ihrer Heimatstädte überall in Mittelamerika geschickt worden waren. Die Fälle waren kaum zu zählen. Und es hatte noch nicht eine einzige Leiche gegeben, zumindest wurde keine bisher gefunden.

Dann bekam Ricky eine Meldung, dass Felisha Aguado ihm auf Instagram folgte. Er sah sich ihr Profil an und fand etliche Fotos mit viel Haut, wie auf ihrem Facebook-Profil. Jedes Foto löste in seinem Hinterkopf eine nicht jugendfreie Fantasie aus.

Er „folgte" ihr dann ebenso, starrte sein Handy noch einen Augenblick an und steckte es dann wieder weg.

Dann sprang er auf seine kleine Yacht und begann wieder zu putzen.

E s dauerte nicht lange, und in der Hosentasche seiner Shorts vibrierte das Handy. Er zückte es und schaute nach. Eine persönliche Nachricht über Instagram von Felisha: „Vielen Dank!"

Er tippte direkt eine Antwort ein: „Wofür denn?"

Wenige Sekunden später kam eine weitere Nachricht: „Fürs Folgen."

Ein Teil von Ricky freute sich hämisch. Nun brauchte er ihre Nummer gar nicht mehr. Er könnte fortan jederzeit mit Felisha schreiben, und das auch noch gut vor Danielle verborgen. Diese würde nie darauf kommen, seinen Nachrichtenverlauf bei Instagram zu durchsuchen.

Nun hatte er offiziell doppelten Grund dazu, mit ihr im Gespräch zu bleiben: Einerseits würde sie ihm bei der Recherche helfen, andererseits könnte er die Ohren nach Hinweisen spitzen, dass der Anwalt Pablo womöglich Dreck am Stecken haben könnte. Zumindest hätte er eine recht wasserdichte Erklärung für den vermehrten Kontakt zu Felisha, Danielle gegenüber – im Härtefall.

Dennoch hatte Ricky zunächst nicht vor, der konkreten Bitte der zwei Detektive nachzukommen und Felisha diese eine Info zu entlocken. Damit würde er nicht nur ihr Vertrauen missbrauchen, sondern sie womöglich ebenfalls in Gefahr bringen.

Felishas nächste Frage auf Instagram lautete: „Was treibst du denn gerade so?"

Rickys Antwort lautete: „Yacht putzen. Will morgen zum

Schreiben auf See fahren, bis Sonntagabend. Keine Ablenkung, gute Energie."

„Das klingt Hammer. Worüber schreibst du?"

„Es wird ein Thriller. Mit etwas Erotik."

„Spannend."

Ein Teil von Ricky fragte sich, ob er denn nicht selbst gerade dabei war, sich in ein waschechtes Thriller-Szenario mit verbotener Erotik und einem psychopathischen Nachbarn zu verwickeln.

Fragen türmten sich in seinem Kopf. Fragen, auf die es keine Antworten gab.

War Pablo vielleicht wirklich schuld am Verschwinden von Lola?

War sie sein Seitensprung gewesen?

Waren Ricky, Danielle und ihre Kinder, Holly und Sean, vielleicht sogar in Gefahr?

Wohnten sie etwa direkt neben dem gefürchtetsten Serienmörder von Mittelamerika?

Und war Ricky gerade schleichend dabei, die Gefahr sogar zu verschärfen?

Warum hätte Pablo aber die vielen anderen „untreuen" Frauen vorher getötet? Als Familienanwalt hätte er jedenfalls sicherlich von so mancher Untreue gewusst.

War „Nariz Fuera" vielleicht eine völlig andere Person, die aber zuletzt in Belize zugeschlagen hatte und sich immer noch irgendwo in dieser idyllischen Stadt befand?

Würde Ricky Felisha etwa in Gefahr bringen, wenn er sie „untreu" machen würde?

A n jenem Montagabend packte Ricky einen Vorrat an Stiften, farbigen Karteikarten, Kleidung und Lebensmitteln ein, um eine Woche lang auf seiner Yacht zurechtzukommen. Er wollte sein neues Drehbuch in absoluter Abgeschiedenheit und ohne jegliche Ablenkung entwickeln.

Ziel war es also, mit einem ausführlichen, marktfähigen Treatment nach Hause zu kommen, so dass er dann direkt ins „Runterschreiben" – so nannte er es – übergehen konnte. Das würde die nächste große Kohle ins Haus zaubern.

Danielle und die Kinder erwarteten am Folgetag den Besuch von Danielles Mutter Chelsea, die am späten Vormittag am Belize City Municipal Airport landen sollte. Chelsea war nicht nur ein Gast, sondern gewissermaßen auch ein Ersatz für Ricky, denn Danielle war ungern allein. Sie respektierte seine Entscheidung, das Treatment auf der Yacht zu schreiben, denn schließlich ernährte er die Familie und hatte gerade für solche Unterfangen das Boot gekauft.

Auf hoher See gab es weder mobiles Netz noch Internet. An Bord der kleinen Yacht hatte Ricky für Notfälle ein Satellitentelefon, aber die Regel war es grundsätzlich, ihn in seiner Entwicklungsphase möglichst komplett in Ruhe zu lassen. Einmal am Tag kurz mit der Frau und den Kindern sprechen, und dann zurück zum Schreibmarathon.

Die Abfahrt würde am Abend stattfinden, nach der Abholung, Begrüßung und Unterbringung von Chelsea.

Im Schlafzimmer lief eine Sendung im „Bachelor"-Verschnitt auf Spanisch. Intriganter Zickenkrieg zwischen temperamentvollen Latinas um einen muskulösen Charmeur, der aufgesetzte, tiefgründige Einzelgespräche mit einigen von ihnen führte und kurz vor der Entscheidung stand, wem er am Ende des Abends eine Rose geben würde und wem nicht. Eifersüchtige Blicke. Missgunst. Kampfbereitschaft.

Im Badezimmer direkt nebenan packte Ricky fokussiert seine Kulturtasche, nahm sich einige frische Handtücher, Sonnencreme und Aspirin.

Seine „heilige Schachtel" durfte natürlich nicht an Bord der Yacht fehlen. Unter klarem Sternenhimmel auf hoher See einen kiffen und auf verzwickte Filmideen kommen, das war für ihn eine große Besonderheit. Und niemand würde nörgeln oder ihn missbilligend ansehen.

Heute Abend würde er aber den Joint weglassen, um sich eventuell Pluspunkte bei Danielle zu holen.

Schnelle Fußschritte von Kindern ertönten durch den Flur.

„Ins Bett, ihr Beiden", hörte Ricky seine Freundin einige Zimmer weiter befehlen. „Macht euch eine Geschichte an."

„Aber Mommy, warum darf ich kein Netflix mehr sehen?", fragte die sechsjährige Holly mit ihrer hellen, leicht krächzenden Engelsstimme.

„Wir haben das schon versucht. Ihr seid morgens vor der Schule so müde, das geht nicht, okay?"

„Aber Mommy…"

„Da diskutieren wir jetzt auch nicht mehr, ja? Am Freitag, da könnt ihr gucken, bis euch die Augen zufallen. Aber heute gibt's nur was für die Ohren."

„Wann kommt Nana morgen?"

„Nana und ich holen euch zusammen von der Schule ab. Sie landet um elf."

„Kommt sie mit dem Flugzeug?", fragte der kleine Sean.

„Ja, mit dem Flugzeug."

„Ist Papa morgen weg?"

„Ja, das ist er. Er kommt euch gleich noch ‚gute Nacht' sagen."

„Das vergisst er wieder", seufzte Holly.

„Nein, vergisst er nicht. Ich werde ihn erinnern. Und jetzt gute Nacht, ihr Süßen."

„Nacht, Mommy."

„Nacht, Mommy."

Danielle betrat das Schlafzimmer, während sich Ricky nebenan im kleinen Bad die Zähne putzte. Er trug nur Boxershorts und Pantoffeln. Sein Oberkörper war einst durchtrainiert, inzwischen war sein Sixpack mit einer leichten Fettschicht gepolstert. Zwar kämpfte er noch darum, keine „Plauze" zu haben, aber aufgrund des neuerdings höheren Arbeitspensums kam er nicht mehr so regelmäßig zum Sport. Das morgendliche Joggen musste er sich häufig erkämpfen. Dabei war sein häufigster Gegner er selbst.

„Ich hab's gehört", nuschelte er mit vollem Mund und spuckte den Mundschaum ins Waschbecken.

„Mache das am besten jetzt gleich, damit sie einschlafen können."

„Es ist gerade mal halb neun, ich wollte in die Dusche springen."

„Die schlafen nicht genug, Rick. Mom und ich, wir haben einiges mit ihnen vor. Die müssen fit sein."

„Ihr macht richtig Programm, ja?"

„Mom muss die Highlights der Stadt sehen. Wir wollen Mittwochnachmittag zu den Maya-Ruinen von Xunantunich, das ist über eine Stunde Fahrt. Donnerstag oder Freitag ist Altun Ha dran, eine richtige Ruinenstadt der Mayas."

„Ich glaube, das heißt bloß ‚Maya'."

„Wie auch immer. Mehrere Steinpyramiden um einen Platz, richtig beeindruckend."

„Das ist doch auch eine Stunde Fahrt."

„Ein bisschen weniger."

„Und das sind so ziemlich die gleichen Pyramiden."

„Mom ist nicht oft hier. Sie würde das gerne sehen."

„Und die Kinder? Ist das nicht ein bisschen doll für sie?"

„Das ist doch toll, da ist ganz viel Grün, sie können da frei auf dem Platz rumrennen, die alten Pyramiden sehen.

Außerdem wird die Fahrt für sie der schönere Teil, sie kriegen die Tablets mit."

„Das dürfte deine Mutter richtig gut finden", spottete Ricky sarkastisch.

„Was soll das? Und seit wann machst du dir so Gedanken um die Kinder?"

Ricky warf Danielle einen scharfen Blick zu.

Eigentlich wollte er seine Freundin die ganze Zeit fragen, ob sie ernsthaft vorhatte, ihn für knapp eine Woche ungevögelt auf See zu schicken.

Wiederum war es erst 20:30 Uhr. Vielleicht hatte sie noch vor, ihren Freund zu verführen.

Aber dafür hätte es im Normalfall schon im Laufe des frühen Abends irgendwelche Anzeichen gegeben.

„Egal. Scheiß drauf. Wir sind nun mal nicht erst ein halbes Jahr zusammen. That's life."

Ricky spülte sich am Waschbecken den Mund aus und trocknete sich ab.

Er verließ das Badezimmer und durchquerte das Schlafzimmer, direkt an Danielle vorbei, die es sich im Bett vor dem Fernseher gemütlich machte.

„Scheiß auf Duschen. Ich gehe schon."

Nachdem Ricky seine Kinder küsste und ihnen „gute Nacht" sagte, stieg er zu Danielle ins Bett. Da er sich erst auf See in die Stoffentwicklung stürzen wollte, hatte er nun einen frühen Feierabend. Und er wünschte sich eine bestimmte Form der Aufmerksamkeit von Danielle.

„Aber das sage ich ihr natürlich unter keinen Umständen. Diese Blöße gebe ich mir nicht. Wir sind ein Paar, wir sollten uns gut genug kennen. Die Bedürfnisse des Anderen gut genug kennen."

Die Bedürfnisse des Anderen, über diesen Punkt stolperte Ricky in Gedanken. Kannte er denn Danielles Bedürfnisse?

Und stillte er diese?

Interessierte er sich überhaupt dafür?

Ein Teil von ihm wollte am liebsten diese eine plumpe Frage stellen. Würde Danielle ihren Freund wirklich ungevögelt auf See schicken?

„Ich arbeite doch so hart. Wäre das nicht fair?"

Dieser Teil von Ricky erschreckte ihn, denn dieser Teil schien bereit, Danielle mit einem Seitensprung zu bestrafen, wenn sie Ricky heute Nacht wieder einmal leer ausgehen lassen würde, und das mit zunehmender Selbstverständlichkeit.

Rickys Gedanken drehten sich einzig und allein um dieses eine Thema. Er fühlte sich wie ein Gorilla, und es frustrierte ihn beinahe, männlich zu sein.

„Der Mann hat es ja echt hart", kommentierte Danielle das Geschehen in der Traumvilla im Fernsehen. Sie wusste natürlich nicht, wie sehr ihr Spruch zu Rickys Gedanken passte, sondern bezog sich lediglich auf den inneren Konflikt des Schönlings im Fernsehen, der in seinem Schlafzimmer unschlüssig vor fünf Frauenfotos saß und nur vier Rosen in der Hand hielt.

Ricky blickte zum Fernseher. Im Gegensatz zu ihr, sprach er fließend Spanisch, was aber in diesem Moment eher ein Fluch als ein Segen war. Ricky verabscheute die meisten TV-Sendungen, während Danielle wiederum selten für „anspruchsvolle Filme" zu haben war. Sie strengte sich vor dem Fernseher nicht besonders gern gedanklich an, während Ricky es liebte, von einem Film intellektuell herausgefordert zu werden.

„Verstehst du denn alles, was sie reden?"

„Die meisten Teile, ja", antwortete Danielle. „Ist aber eh immer das Gleiche. Das versteht man auch ohne Ton. Die da ist die Brave, die da die Drama Queen. Die da die Hinterfotzige, die da das Küken."

„Und die da?"

„Eindeutig das Luder. Der hat sich bestimmt schon vorgestellt, auf ihre Titten zu spritzen."

„Was redest du denn da für Saukram, sag mal?"

„Ist doch so."

War das jetzt eine Einladung? Irgendeine Anspielung? Vermutlich nicht.

Ricky sah sich im Schlafzimmer um und begann zu grübeln.

„Das wäre eine witzige Filmszene", ächzte er müde.

„Was denn?"

„Stell dir vor, das hier wäre irgendein heruntergekommener Kellerbunker. Irgendein islamistischer Terrorist sitzt da und baut sich einen Bombengürtel. Und im Fernsehen läuft nebenbei der Stuss, sinnbildlich für den Sittenverfall der westlichen Welt. Was für ein Kontrast."

Danielle sah Ricky sprachlos und entsetzt an.

„Na ja", faselte er weiter, „wiederum könnte ihn so eine Sendung motivieren, sich auf seine 40 Jungfrauen zu freuen, von denen er keine nach Hause schicken muss."

„Was hast du denn schon wieder für eine Scheiße geraucht, dass du so einen Müll redest, Schatz?"

Ricky war es egal. Immer wieder kamen geschmacklose Worte aus seinem Mund. Er mochte es, zu provozieren. Danielle hatte es immer noch nicht geschafft, sich daran zu gewöhnen – wohl weil es sie unterbewusst an die vielen verbalen Provokationen erinnerte, die ihre Mutter immer wieder vom Stapel gelassen hatte.

Aber Ricky hörte hier noch nicht auf.

„Dieser Frauenmörder, Nariz Fuera, der Nasenab-schneider mit der Schnabelmaske, der guckt die Show bestimmt auch gerade."

„Gleich schlafe ich bei den Kindern", drohte Danielle.

„Hast du denn noch nie von ihm gehört?"

„Von wem?"

Ein Teil von Ricky war bemüht, nach wie vor als Familienvater das Richtige zu tun. Treu zu bleiben. Auf die Hoffnung zu setzen, dass sich seine Beziehung stabilisieren würde. Wichtige Informationen über eventuelle Gefahren mit seiner Freundin zu teilen.

Insgesamt befand er sich gefühlt noch in einem grüngelben Bereich. Er schrieb nur mit der Nachbarin und zog sich daraus einige Ideen für sein neues Drehbuch. Vielleicht war Felisha nicht einmal an Ricky interessiert. Konkret wusste er es schließlich nicht.

So beschloss er, auszupacken und seine anstößigen Bemerkungen in einen sinnvollen Themenwechsel umzuwandeln.

„Nariz Fuera. Er ist ein ziemlich bekannter Serienkiller hier in der Gegend. Das war er zumindest. Man vermutet, dass er hier in Belize untergetaucht ist."

„Na, das ist ja beruhigend", antwortete Danielle sarkastisch und schaltete den Fernseher stumm. „Wie kommen die Leute denn darauf?"

„Letztes Jahr hat er zum letzten Mal zugeschlagen. Hier in Belize. Seitdem kein Zeichen von ihm. Es sei denn, frankierte Umschläge, mit abgetrennten Nasen darin, können tatsächlich mit der Post verlorengehen."

„Dazu müssten aber wiederum auch Mädchen verschwinden", wusste Danielle hinzuzufügen.

„Das stimmt. Also ist er seit einem Jahr inaktiv."

„Dann kann er auch gestorben sein, oder vielleicht ist er geschnappt worden."

„Nein, ich denke, das wüsste man dann."

„Vielleicht hat er aber auch aufgehört."

„Das ist natürlich eine ernsthafte Möglichkeit."

Ricky hielt inne. Er wusste nicht, wie er auf den Nachbarn Pablo zu sprechen kommen sollte. Denn er hatte diesen ernsthaft in Verdacht, aber einen Abend vor seiner Abfahrt wollte er seine Freundin nicht unnötig beunruhigen. Wer würde schon seine Familie für knapp sechs Tage neben einem potenziellen Mörder zurücklassen?

„Was hat der denn genau angestellt?", fragte Danielle neugierig.

„Na ja, technisch gesehen, weiß man es nicht genau. Er hat jedenfalls über die Jahre dafür gesorgt, dass viele, viele Frauen verschwunden sind, bis auf ihre Nasen. Die hat er stets an die entsprechende Polizeibehörde geschickt. Daher sein Name im Volksmund."

„Ah ja, ‚Nase ab‘ heißt das. Ich glaube, ich hab mal irgendwo von ihm gehört. Aber man weiß nicht, ob die Frauen wirklich tot sind, oder?"

„Genau, es wurden ja keine Leichen gefunden."

„Das ist unheimlich."

„Jap. Belize hat zwar noch die Todesstrafe, aber seit 1985 wurde keiner hier hingerichtet. Ich frage mich, was die hier machen würden, sollten sie Nariz Fuera wirklich schnappen."

„Der wäre doch sicherlich der perfekte Kandidat", vermutete Danielle.

„Ohne eine einzige Leiche? Ich weiß nicht."

„Stimmt auch wieder."

Stille kehrte ein. Ricky kämpfte mit sich selbst. Sollte er ihr von seinem konkreten Verdacht über den Familienanwalt Pablo von nebenan erzählen?

Oder war das keine gute Idee?

Was war denn gerade das Richtige?

Danielle schaltete den Ton des Fernsehers wieder ein und schaute weiter das „Liebes-Casting". Der Schönling sortierte inzwischen einige Kandidatinnen aus, schickte sie mit geheuchelt liebevollen Worten nach Hause. Tränen flossen, Blicke wurden zu Waffen. Ricky sah entgeistert auf den Bildschirm und schüttelte den Kopf.

„Was für eine Grütze."

„Na ja, zwischendurch mal etwas leichte Kost ist ja auch nicht verkehrt."

„Du meinst zwischendurch Scheiße. Scheiße ist immer verkehrt."

„Spaßverderber."

„Aber gut, man könnte auch wiederum sagen, Scheiße sei leichte Kost. Nicht besonders nahrhaft. Das können wir auch mal frühstücken, wenn wir abnehmen wollen."

„Nun übertreibst du, Ricky."

Ricky merkte, dass Danielle nicht die Absicht hatte umzuschalten. Oder gar auszuschalten. Sich den Abend anders zu gestalten. Es frustrierte ihn. So schwieg er einfach vor sich hin und hoffte, dass sie von alleine darauf kommen würde, ihm die Aufmerksamkeit zu schenken, die er sich wünschte.

Aber die Minuten vergingen.

Und vergingen. Ohne dass irgendetwas für ihn Relevantes passierte.

Ricky rückte ungemütlich im Bett umher, räusperte sich mehrfach, fand keine bequeme Position, kam nicht zur Ruhe. Aber jede Reaktion von Danielle blieb aus.

„Sag mal, willst du mich wirklich ungevögelt auf See schicken?", rutschte ihm dann plötzlich heraus. So plötzlich, dass es ihn selbst erschreckte.

„Wie bitte?", fragte Danielle.

Nun war es zu spät, nun war die Frage gestellt. Ricky schwieg. Was sollte er nun tun, etwa die Frage wiederholen? Er war sich ziemlich sicher, dass sie diese bereits gut verstanden hatte.

Danielle seufzte entgeistert, schaltete den Fernseher aus und zog sich den Slip aus.

„Na los, komm rauf."

„Moment, so nicht."

„Ja, wie denn?"

„Eben nicht so. Du klingst ja so, als wäre das jetzt ein Pflichtprogramm."

„Ist es das nicht?", fragte Danielle. „Ist es nicht das, was du von mir erwartest?"

„Mann, ich will ja auch, dass du auch Lust drauf hast."

„Aber genau das kannst du nicht erzwingen, Ricky. Tut mir leid, ich habe momentan eben nicht so viel Lust, ich weiß auch nicht. Was soll ich da machen? Ich kann nicht so tun, als hätte ich gerade Lust, wenn es nicht stimmt. Wiederum weiß ich, du brauchst das öfter, bist ja eben ein Mann. Und ich bin deine Lebenspartnerin. Also ist es am Ende dann doch einfach mein Problem."

„Echt klasse, wie Sex inzwischen ein Problem ist. Wirklich. Und es nervt mich echt, dass wir immer so über Sex reden müssen. Aber wenn man am Verhungern ist, redet man nun mal auch mit Sicherheit mehr über Essen als sonst. Du sorgst dafür, dass ich mich schäme, männlich zu sein. Ich will gar nicht jeden Abend mit dir über Sex streiten. Ich habe heute keinen geraucht, ich versuche mich zu bemühen, aber es geht an dir vorbei!"

„Ach so, du hast nur deine Tüte weggelassen, damit du mich eventuell besteigen kannst?"

„So direkt würde ich es nicht sagen, aber…"

Danielle zog sich ihren Slip wieder an. „Ricky, ich weiß nicht, was gerade mit mir los ist. Es kommen ja auch andere Zeiten. Ich finde es gut, dass du auf mich Rücksicht nehmen willst. Und ich kann dich verstehen, dass du gerade gefrustet bist. Ich finde es auch super, dass du jetzt gerade ‚nein' gesagt hast. Du bist nicht der typische Macho. Du willst, dass wir beide Spaß daran haben. Aber ich glaube, das muss ich einfach mit mir selbst ausmachen."

Ricky biss sich auf die Unterlippe. Wie sollte man da noch argumentieren? Waren Argumente überhaupt gerade angebracht?

„Na, dann viel Erfolg damit", seufzte er und stand auf.

„Wo willst du hin?"

„Ich baue mir einen. Ich muss das mal verarbeiten."

Er verließ das Zimmer. Und er hatte heute Nacht nicht vor zurückzukehren.

Heute Nacht ging Ricky nicht zum Balkon hinaus, sondern beschloss in den Garten zu gehen. Vielleicht würde er mit etwas Glück auf Felisha treffen. Vielleicht hatte sie gerade ähnliche Probleme mit Pablo. Er baute sich im geräumigen Wohnzimmer seinen Joint, schnappte nach einem Feuerzeug und spazierte durch den Hinterausgang hinaus in den Garten. Rasch zündete er sich den Joint an und nahm einen tiefen Zug.

In dieser Nacht hörte Ricky nicht nur das Rauschen des Meeres. Im Gebüsch seines Gartens hörte er plötzlich ein kurzes Geraschel und wurde stutzig. Es war zu kontrolliert, um von einem Tier zu kommen.

Ricky blieb stehen und erstarrte zu Eis. Die Bewegungsmelder waren immer noch nicht außen am Haus installiert, sonst hätte es hier etwas Licht gegeben.

Wer zum Teufel trieb sich in Rickys Garten herum?

Und warum?

„Hallo?", rief er.

Keine Antwort.

„Wer ist da?"

Immer noch keine Antwort. Nun herrschte absolute Stille im Garten.

Ricky wechselte die Sprache: „Quien esta ahí?"

Immer noch keine Antwort.

Er warf den Joint auf die Treppenstufe und begann durch den Garten zu schreiten. Langsam, vorsichtig...

„Ich rufe die Polizei, wenn Sie nicht sofort verschwinden!"

Je näher Ricky dem Busch kam, desto unsicherer war er, was nun geschehen würde. Es war immer noch still. Ein Tier wäre schon längst davongerannt.

Nun fiel Ricky ein, dass er nicht einmal bewaffnet war. Keine Keule, kein Messer, bloß seine leeren Hände.

Was würde in den nächsten Sekunden passieren?

Ricky wurde immer langsamer und blieb stehen. Neben ihm war bereits ein langes Rechteck auf dem ungepflegten Rasen eingezeichnet, wo der Pool entstehen sollte. Der große Busch in Pablos Garten, der Wespen anlockte und das Tageslicht stahl, war bereits gefällt, aber noch nicht beseitigt.

Davon nahm Ricky natürlich nichts wahr. Ihn beschäftigte nur die Frage, wer sich auf sein Grundstück geschlichen hatte und warum.

„Quien esta ahí?"

Ricky wagte dann einen weiteren Schritt...

Plötzlich raschelte der Busch laut in der Dunkelheit, und eine finstere Gestalt sprang über den niedrigen weißen Lattenzaun, der das Grundstück vom Strand trennte.

„Hey!"

Ricky reagierte schlagartig und rannte hinterher und sprang ebenso schnell über den Zaun.

Aber die finstere Gestalt rannte mit der Geschwindigkeit einer Gazelle und suchte schneller das Weite, als Ricky folgen konnte.

Seufzend und außer Puste, blieb Ricky im schneeweißen Sand stehen und sah der geheimnisvollen Gestalt hinterher, die in der Ferne immer kleiner wurde. Innerlich hoffte er im Nachhinein, eben keine venezianische Schnabelmaske gesehen zu haben. Es war jedoch zu dunkel, um dies festzustellen – oder auszuschließen.

„Ja, renn bloß!", schrie Ricky hinterher. „Verpiss dich und lass dich nie wieder auf meinem Grundstück blicken, du Stalker, sonst schlage ich dich kurz und klein! Hast du mich gehört?"

Einige Häuser weiter ging ein Licht an. Ricky hatte sicherlich einige Nachbarn mit seinen lauten Rufen geweckt.

Er kehrte um und ging schwer atmend zu seinem Garten zurück.

„Dieser fucking Zaun muss höher", murmelte er.

Dann blieb er stehen und betrachtete die Stelle, wo der geheimnisvolle Eindringling entflohen war.

Er zückte sein Handy, schaltete dessen Taschenlampe ein und ging in die Hocke, um die Fußspuren im Sand zu betrachten. Tatsächlich war ein Schuhabdruck zu erkennen, der Ricky zunächst an einen Autoreifen erinnerte. Ein Muster voller Furchen, anscheinend ein sportlicher Laufschuh.

Ricky machte einige Fotos vom Schuhabdruck und

grübelte für einen Augenblick, ob er denn vielleicht die Nummer auf der Visitenkarte von Detective Martinez anrufen sollte, um den Vorfall zu melden.

Hatte dieser schnelle Läufer irgendetwas mit dem Fall von Nariz Fuera zu tun?

Oder handelte es sich bloß um irgendeinen Streuner?

Würde Ricky seine Familie beschützen, indem er die Polizei einschaltete, oder eher beunruhigen?

Wie würde es sich auf seine Abfahrt auswirken?

Ehe Ricky weiter zu einer Entscheidung finden konnte, was er denn nun tun würde, brummte das Handy in seiner Hand. Eine neue Nachricht von Felisha über Instagram leuchtete auf. Das bereitete ihm einerseits Freude, andererseits alarmierte es ihn, dass die Mitteilung so offensichtlich auf seinem Display erschienen war.

Dies stellte ein Risiko dar. Bloß einmal unüberlegt das Handy irgendwo liegen lassen, und Danielle könnte sehen, dass Ricky Kontakt mit Felisha hatte.

Deswegen öffnete er den Nachrichtendienst von Instagram und schaltete den Dialog mit Felisha stumm. So würde er keine direkten Meldungen mehr bekommen, wenn sie ihm schrieb, sondern es würde nur ein Hinweis auf der App erscheinen, dass es ungelesene Nachrichten gab. Instagram war für Ricky und sein Umfeld keine besonders gängige Plattform, um mit Menschen zu schreiben.

„Bist du gerade draußen?", lautete Felishas Frage.

Ricky sah auf. Das Haus von Pablo und Felisha war komplett dunkel. Es brannte kein einziges Licht.

Ricky tippte seine Antwort ein: „Zufällig ja. Habe ich euch geweckt?"

Anstatt ins Haus zu gehen, blieb Ricky nun draußen. Er stieg über den weißen Lattenzaun und wanderte zurück in seinen Garten, wo sich die noch nicht angefangene Pool-Baustelle befand.

Ricky steckte sich das Handy in die Tasche und wartete auf eine Antwort. Dabei starrte er hinüber zum Garten seiner Nachbarn.

Dann, als ihm die Wartezeit etwas zu lang erschien, fiel ihm ein, dass er die Nachrichten von Felisha stummgeschaltet hatte. Er zückte rasch sein Handy, und siehe da, er hatte bereits eine neue Nachricht erhalten.

Sie lautete: „Ich bin noch wach. Pablo sitzt irgendwo am Tresen und besäuft sich sinnlos."

Ricky tippte prompt die nächste Antwort ins Handy: „Oha. Wieder dicke Luft?"

Und prompt kam die Antwort: „Wieder? Die Luft ist immer dick."

„Das tut mir leid zu hören."

„Du meinst zu lesen."

„Ja, natürlich."

„Wo bist du gerade? Schon wieder im Bett oder noch irgendwelche Bananendiebe verjagen?"

„Ich zähle meine Bananen. Alle noch da."

Ricky erntete ein lachendes Emoji.

In der Regel war dies dann der Moment, an dem man die Online-Unterhaltung beendete. Wie antwortete man auch auf ein Emoji?

Für einen Augenblick blieb Ricky dort stehen und starrte unschlüssig auf das Nachbargrundstück. Die Vorstellung, Felisha mitten in der Nacht zu begegnen, reizte ihn.

E ine halbe Minute verging. Der Chat schien tatsächlich erst einmal beendet. Ricky ging langsame Schritte auf seine Glastür zu und beschloss noch eine letzte Nachricht zu tippen...

„So, ich fahre morgen mit dem Kahn raus, ich muss ausgeschlafen sein. Halt die Ohren steif. Und wenn du einen zum Quatschen brauchst, du weißt, wo du mich findest."

Dazu ein zwinkerndes Emoji.

Aber ehe er die Nachricht absenden konnte, hörte er eine laute und dennoch im Flüsterton sprechende Stimme aus dem Nachbargarten. Leicht erschrocken sah er auf und versuchte in der Dunkelheit etwas zu erkennen.

„Hier drüben", flüsterte Felisha und knotete sich den Bademantel zu.

Rickys Puls war erhöht. Er ging zum niedrigen Lattenzaun, der die Gärten trennte. Dort begegnete er Felisha. Diese Frau verdrehte ihm auf eine Weise den Kopf, über die er mit keiner einzigen Seele sprechen konnte. Solange er es für sich behalten konnte, war doch alles gut.

Oder?

D ass Ricky aber aufgrund seines eingeschlafenen Sexlebens das Gefühl hatte, als würden ihm jeden Augenblick die Genitalien platzen, das war nicht sonderlich hilfreich.

„Ich kann nicht schlafen", flüsterte sie.

„Tut mir leid, dass ich dich geweckt hab. Hier trieb sich irgendeine schräge Gestalt herum."

„Ja, das kommt immer wieder vor. Könnte ein Besoffski aus einem der Clubs sein."

„Könnte dein Mann gewesen sein."

„Hast du ihn nicht verjagt?", lachte Felisha.

„Ja, stimmt", antwortete Ricky und nickte. „Das ergibt keinen Sinn. Dein Mann wäre doch nicht weggerannt."

„Na ja, auf andere Art tut er es wiederum doch."

„Wie meinst du das?"

„Er rennt vor Verantwortung weg, er rennt vor unseren Eheproblemen weg, er besäuft sich. Wahrscheinlich bumst er schon lange irgendwo rum. Wir existieren nur noch nebeneinander vor uns hin. Ich sitze hier auf der ganzen Scheiße und soll alles alleine regeln, weil ich ja die arbeitslose Schauspielerin bin, die mehr Zeit hat als er. Es ist schon lange keine Ehe mehr."

„Das tut mir leid zu hören."

„Ach, ich hab mich schon daran gewöhnt."

„Und dabei hast du doch so viel Feuer. Das ist echt schade, wenn ich das so sagen darf."

„Ich nehme das mal als Kompliment."

„Darfst du auch. Du brichst da draußen sicherlich jeden Tag irgendwelche Männerherzen, ohne es überhaupt selbst mitzubekommen."

Felisha lachte laut auf.

Für einen Augenblick war Ricky besorgt, dass Danielle die Zwei hören könnte.

Das merkte Felisha wiederum.

„Oh, sorry. Deine Frau und Kinder schlafen."

„Na ja, mit Pech sind sie eh schon wach, nach meinem Geschrei von eben."

„Immerhin mal ein paar laute nächtliche Geräusche an diesem Strand", erwiderte Felisha mit neckischem Unterton. Ricky verstand die Anspielung natürlich.

Ja, die Frau war anscheinend auch sexuell frustriert. Eine gefährliche Synergie zwischen den Zweien.

Ricky und Felisha sahen sich für einen Moment in die Augen und sprachen kein Wort.

„Ich hatte überlegt, Pablo einen Brief oder sowas zu schreiben", seufzte sie dann. „Aber ich hab's dann doch gelassen. Da würde nichts Neues stehen. Ich glaube, ich will hier einfach nur mal weg. Meine Tasche ist schon gepackt, kannst du das glauben?"

„Oh Mann, so schlimm zwischen euch, ja?"

„So schlimm."

„Das ist wirklich schade. Woran liegt das?"

Felisha seufzte.

„Ach, lange Geschichte. Einige Details kennst du ja. Am Ende glaube ich, wir haben uns einfach auseinandergelebt."

Am liebsten hätte Ricky an dieser Stelle erwidert, dass er sich in einem ähnlichen Problem befinden würde.

Aber er verkniff sich so eine Bemerkung. Ein Gentleman hörte zu, stellte Fragen und zeigte Interesse an dem, was die Frau auf dem Herzen hatte. Etwas, was Ricky in seiner eigenen Beziehung immer wieder falsch gemacht hatte. Alles auf sich beziehen, das Zentrum des Universums sein, das war nicht die feine Art.

Ironischerweise machte er die Dinge in diesem nächtlichen Gespräch mit Felisha alles richtig. Er machte sich selbst nicht zum Thema.

„Was ist eigentlich mit Kindern?"

„Kindern?"

„Na ja, ihr seid schon ein paar Jährchen verheiratet, oder nicht? Wird das nicht irgendwann zum Thema?"

„Das war es mal für mich. Bis er damals zu mir kam und mir erzählte, dass er mich mit dieser Studentin betrogen hatte. Die danach dann auch noch verschwunden ist."

D as war wie ein Seitenhieb für Ricky. Nun war ihm bestätigt worden, dass die vermisste Lola in der Tat der Seitensprung von Pablo gewesen war – wie ohnehin bereits vermutet. Es wäre nun ein konkreter Anlass, an Ort und Stelle die Detektive Sanchez und Martinez zu informieren.

Aber er tat es nicht. Er wollte seine Verbindung zu Felisha nicht gefährden. Ebenso wollte er Felisha nicht in die unglückliche Lage bringen, gegen ihren Ehemann aussagen zu müssen.

„Ja, hab von ihr gehört", antwortete er also beiläufig.

Doch dann merkte er selbst, dass dies eher die Antwort für die Detektive Sanchez und Martinez gewesen wäre. Die Antwort, die er dort wahrheitsgemäß hätte sagen sollen.

Stattdessen hatte er am Hafen abgestritten, von Lola zu wissen.

So war ihm nun unbewusst diese Antwort in Felishas Richtung rausgerutscht. Und es sorgte für kurze Verwirrung. Als Felisha ihn fragend ansah, erklärte er: „Äh, in den Medien. Dass diese Jurastudentin Lola Peña seit letztem Jahr vermisst ist. Bis auf ihre Nase natürlich. Dieser maskierte Killer. Oder meinst du die etwa nicht? Verschwinden hier viele Studentinnen?"

„Ach so. Nein, das war diese Lola. Genau."

Ein guter Moment, um auf die große Frage des Tages umzulenken: War Pablo ihrer Meinung nach für Lolas Verschwinden verantwortlich?

War er der maskierte Killer?

Diese Fragen stellte Ricky jedoch nicht, sondern hörte einfach weiter zu.

„Seitdem ekelte mich dieser Mann ganz lange einfach nur noch an. Und dann ist er danach immer wieder der Eifersüchtige gewesen. Einfach nur krank. Aber Pablo hat komischerweise in den letzten Monaten immer wieder über Kinder gesprochen. Ausgerechnet er. Wahrscheinlich liegt das an euch. Kann sein, dass er auf den Geschmack gekommen ist. Man sieht ja, wie harmonisch das alles bei euch läuft."

„Na ja, es ist nicht alles Gold, was glänzt, Felisha. Wir haben auch unsere Probleme."

Felisha blickte Ricky neugierig an.

„Aber es geht hier gerade nicht um mich", blockte er dann höflich ab. „Es geht um dich."

„Quatsch, das interessiert mich."

„Ich weiß nicht, ob ich hier in meinem eigenen Garten stehen sollte, um dir zu erzählen, was bei mir gerade nicht so rund läuft. Dein Mann ist irgendwo in der Bar und kippt sich Rum hinter die Kiemen. Aber Danielle ist womöglich wach."

Felisha senkte die Stimme noch tiefer als ohnehin: „Meinst du, sie belauscht uns?"

„Das glaube ich nicht", flüsterte Ricky. „Egal, wo willst du denn jetzt eigentlich hin mit Sack und Pack?"

„Ich weiß es nicht. Einfach nur weg. Den Kopf frei kriegen. Irgendwo alleine rumsitzen und ungestört darüber nachdenken, was ich wirklich will."

„Mit deinem Kumpel Dana?"

„Nein, ich glaube, dieses Mal tatsächlich ohne Dana."

„Ohne deine beste Freundin?", scherzte Ricky. Dana war zwar ein junger, hübscher Mann, aber laut Felisha ein totaler Frauenversteher ohne sexuelle Absichten.

Wenn Felisha nun also ohne Dana durchbrennen wollte, war davon auszugehen, dass es ernst war.

„Und du glaubst wirklich, dass das die Lösung ist?", fragte Ricky besorgt. „Ich meine, ist es nicht besser, wenn ihr euch mal aussprecht? Also, du und Pablo?"

„Alles schon geschehen, Ricky. Das bringt nichts mehr. Ich brauche Zeit für mich, und er braucht einen Denkzettel."

„Verstehe."

In diesem Moment ging Ricky eine konkrete Idee durch den Kopf. Darauf folgten tausend Gedanken, die seinen Puls wieder einmal erhöhten. Bilder aus seiner Vergangenheit, seiner Gegenwart, und sogar die verschiedensten möglichen Versionen seiner Zukunft.

Und dieser Gedanke brachte seine Genitalien zum Pochen, auch wenn er es versuchte zu ignorieren.

Felisha merkte Ricky an, dass ihn etwas beschäftigte. Ein Teil von ihm wurde das Gefühl nicht los, dass Felisha ihn sogar auf irgendeine Weise auf diesen Gedankengang gebracht hatte.

„Na los, was denkst du?"

„Na ja. Okay. Ich hätte da ein Angebot", sprach Ricky mit extrem leiser Stimme. „Aber ich möchte wirklich, dass das jetzt nicht irgendwie creepy rüberkommt."

„Creepy? Was kommt denn jetzt?"

„Das ist jetzt in keinster Weise als Baggern gemeint, okay?"

„Jetzt bin ich aber neugierig", flüsterte Felisha.

„Erst einmal bitte bestätigen, dass wir uns verstehen."

„Ja, ja, ist ja gut."

„Okay. Also, ich fahre ja, wie du weißt, morgen Mittag mit meiner Yacht raus auf See, um ein Drehbuch zu entwickeln."

„Ja, hattest du mir geschrieben. Den Erotikthriller. Soweit, so gut, noch ist hier nichts creepy."

Ricky lachte.

„Nein, also, es ist so: Ich werde da auch meine Ruhe brauchen. Schreiben ist ein sehr persönlicher Prozess. Und wo geht das hier besser, als auf hoher See? Ohne Funknetz, ohne Internet. Nur ich und das Meer."

„Das klingt total schön."

„Na ja, die Yacht hat ein recht großes Doppelbett. Solange

du mich nicht bei Nacht überfällst, kannst du meinetwegen gerne mitkommen. Du kannst dein Ding machen, du hast deine Ruhe. Ich schreibe tagsüber, du kannst schwimmen, schlafen, nachdenken, was dein Herz begehrt."

Felisha biss sich überrascht auf die Lippe und ließ sich diese Vorstellung auf der Zunge zergehen. Eine Woche auf einer Yacht mit einem erfolgreichen Drehbuchautor, das klang für sie wie ein Lottogewinn. Und attraktiv war er auch noch. Alles Gedanken, die sie natürlich für sich behielt.

„Das klingt ehrlich gesagt gar nicht schlecht. Hat das Boot eine Dusche?"

„Es ist eine kleine Yacht", erklärte Ricky. „Sie hat eine kleine Klokabine mit Waschbecken. Da kann man sich die Haare waschen, wenn man will. Aber ganz ehrlich, wir würden auf der größten und schönsten Badewanne der Welt treiben: auf dem Meer. Handtücher habe ich genug, und eine stabile Aufstiegsleiter."

„Ganz ehrlich, findest du das Ganze eine gute Idee?", fragte Felisha. Diese Frage war auf vielerlei Art gemeint.

„Na ja, es wäre kein Problem für mich. Du würdest nicht großartig stören. Und wenn ich dir den Gefallen tun kann, einmal runter vom Radar zu kommen und zu dir zu finden, oder wie auch immer. Why not?"

W as erst als leichtfüßige Spinnerei anfing, wurde immer mehr zu einer plastischen Vorstellung – mit allen Nebenwirkungen. Eventuelle Konsequenzen schossen sowohl Ricky als auch Felisha durch den Kopf.

„Ich weiß nicht, ob ich das machen soll", flüsterte Felisha unschlüssig. „Wenn das rauskommen würde…"

„Das wäre sicher nicht gut für beide von uns", stimmte Ricky zu. „Auch wenn da keine bösen Absichten im Spiel wären. Es würde nach etwas aussehen, was es natürlich nicht wäre. Es wäre eine reine Gefälligkeit unter Nachbarn."

„Ich weiß, das glaube ich dir auch."

„Aber du hast schon recht", flüsterte Ricky, auf gewisse Art resignierend. „Vielleicht ist das keine gute Idee. Wir sind Nachbarn, beide liiert. Ich glaube, keiner von uns braucht noch mehr Drama in seinem Leben."

Aber Felishas Antwort überraschte Ricky…

„Es dürfte nie rauskommen", flüsterte sie. „Wir müssten es wirklich für uns behalten."

„Wow. Das überrascht mich jetzt. Du würdest wirklich mitkommen wollen?"

„Why not?", flüsterte Felisha neckisch.

„Das klang neckisch. Das macht mir Angst. Wir haben nur einen Deal, wenn du wirklich die Finger von mir lässt."

Ricky wusste jedoch seine Worte so zu betonen, als würde er sie geradezu auffordern, eben nicht die Finger von ihm zu lassen.

Aber gut, alles Deutungssache.

„Du bist ja aber selbstbewusst", kicherte Felisha. „Wer sagt, dass du überhaupt mein Typ bist?"

„Natürlich bin ich dein Typ", scherzte Ricky.

Felisha lachte.

„Also gut, wenn ich mit dir komme, dann verspreche ich dir, dass ich die Finger von dir lasse."

Am liebsten hätte Ricky auf den doppeldeutigen Klang dieser Aussage reagiert. Das verkniff er sich aber.

„Gut, ich schreibe dir auf Insta, wann du dich morgen mit Sack und Pack dort zum Hafen rüberschleichen musst", flüsterte Ricky und zeigte mit dem Finger auf seine Yacht, die in nicht allzu weiter Ferne zwischen einigen anderen Booten am Kai trieb.

„Stellt sich nur die Frage, wo ich *jetzt* hingehe", grübelte Felisha. „Irgendwann heute Nacht wird Pablo mit einer Fahne nach Hause kommen und versuchen mich zu besteigen, als wäre nichts gewesen."

„Würde es dich nicht freuen? Sex kann ein ganz gutes Mittel zur Versöhnung sein."

„Igitt, so nicht. Er ist eklig und stinkt, wenn er besoffen ist."

„Das erkenne ich wieder. Danielle findet es abstoßend, wenn ich nach Weed rieche."

„Ach, Weed mag ich."

Das törnte Ricky an. Die Vorstellung, abends mit Felisha auf hoher See einen Joint zu rauchen, war die Krönung.

„Weißt du was? Wenn du jetzt wirklich ernsthaft hier weg willst, und wenn ich keinen Einfluss darauf habe, dann schnapp dir doch deine Tasche und gehe doch schon in die Kabine. Ich kann dir den Schlüssel geben."

„Wird mich niemand erwischen?"

„Nein. Nicht, solange du dich unten aufhältst. Einfach schön lange ausschlafen, bis ich dazustoße und rausfahre."

„Wird dich deine Familie nicht am Steg verabschieden oder so?"

„Quatsch, ich sag hier zu Hause tschüß und latsche da rüber. Das ist kein großer Abschied."

Ein Moment der Stille.

„Und das geht nicht schief, sagst du?"

„Was soll da schiefgehen?", lautete Rickys Gegenfrage. „Wir sind zwei Erwachsene, die keinen Scheiß machen. Die etwas Zeit für sich brauchen. Die sich hoffentlich nicht gegenseitig auf die Eier gehen."

„Ich habe keine Eier."

„Du weißt, wie ich es meine."

Felisha dachte nach, dann nickte sie, sein Angebot annehmend.

Worüber beide nicht sprachen: Der Reiz der ganzen Sache war zu groß, um es jetzt nicht darauf ankommen zu lassen. Besonders Ricky konnte seine sexuellen Fantasien mit Felisha nicht loswerden – ebenso wenig wie Danielle die lästigen, hartnäckigen Pilze in Rickys Garten, die laut Pablo wie schmale Penisse aussahen.

Übrigens hatte Pablo Danielle noch nicht damit geholfen, diese zu bekämpfen. Aber er hatte es angekündigt.

Und man konnte ebenso fest davon ausgehen, dass Pablo ebenso gewaltsam handeln würde, wenn zwischen Ricky und Felisha tatsächlich etwas Nachweisliches entstehen würde.

„Ich hole mal den Schlüssel", sagte Ricky gähnend. „Ich muss langsam zu Bett, es ist spät. Ich muss fit sein."

„Du bist echt verrückt."

„Es ist Teil meines Jobs."

„Ich hole dann mal meine Tasche."

„Du hast gesehen, welche Yacht ich meine. Die da drüben, das ist meine."

„Ich weiß."

„Schaffst du zufällig noch eine Einkaufstüte mitzunehmen? Wenn du da schon hingehst, würde ich dir die Lebensmittel mitgeben, die ich für die Zeit besorgt habe. Kannst ja dann auch durchgucken, ob das alles dein Fall ist."

„Reicht das dann auch für zwei?"

„Locker. Ich hab an Bord auch einen Grundvorrat. Hab heute halt frisches Zeug dazu besorgt. Obst, Gemüse, Kaffeepads, all sowas."

„Alles klar. Das dürfte ich schaffen."

„Okay, ich komme dann gleich wieder."

„Bis gleich."

J etzt war langsam der Punkt erreicht, an dem es bei dieser spontanen Idee keine Rückkehr mehr geben würde. Nun spielte Ricky mit dem Feuer. Dennoch stritt er es innerlich für sich ab.

„Selbst wenn ich mich zu ihr hingezogen fühle, gerade dann ist sie die perfekte Inspiration für mein Drehbuch."

Ähnlich wie er, redete sich Felisha ein, dass dieser geheime Ausflug sie beruflich weiterbringen würde. Sie sagte sich, dass in Zeiten von #MeToo das sogenannte „Hochschlafen" zum Tabuthema der Filmbranche geworden war.

Alles schön, alles gut. Wäre da nur nicht diese eine Kleinigkeit: Ricky und Felisha fühlten sich zueinander hingezogen und verloren kein Wort darüber.

Zumindest kein direktes.

Ihre Zuneigung zueinander könnte alles verändern und zerstören, wenn Ricky und Felisha entsprechend handeln würden.

3

GRAUZONEN

Es war 11:30 Uhr am Belize City Municipal Airport, dem kleinen Flughafen direkt am Rande der Stadt. Die Start- und Landebahn grenzte direkt ans Meer an, so hatte man als Passagier einen unbezahlbar idyllischen Ausblick, wenn man auf der richtigen Seite des Fliegers saß.

Danielles Mutter Chelsea saß auf der falschen Seite des kleinen Jets der Fluggesellschaft „Maya Island Air". So hatte sie nur einen Ausblick auf die Stadt Belize.

Spätestens beim Aussteigen aus dem Flieger war man im Paradies angekommen, wenn man von der Sonne geküsst wurde, die salzige Meeresluft einatmete und irgendwo in der

Ferne der Stadt den Klang von ethnischem Gesang und Handrassen in den Ohren hatte.

Chelsea war eine recht kleine, aber energiebeladene Frau in ihren frühen Fünfzigern, die eine gescheiterte Ehe und einen Kampf mit dem Alkoholismus hinter sich hatte. Sie trug eine Kurzhaarfrisur und hatte sich die Haare sogar rötlich gefärbt, um schlichtweg aufzufallen.

Zwar zeigte sich Chelsea immer wieder gern als die stereotypische Schwiegermutter, der man am liebsten eine dreizackige Mistforke zum Geburtstag geschenkt hätte, aber immer wieder schimmerte durch, dass sie das Herz am rechten Fleck hatte.

Chelsea war aus Los Angeles angereist und hatte bereits einen Zwischenstop in Miami hinter sich. Dementsprechend war sie müde und unausgeschlafen. Ricky und Danielle empfingen sie im kleinen, überschaubaren Terminal, nachdem sie ihren Koffer vom Fließband geholt hatte.

„Willkommen in Belize!", so wurde Chelsea von ihrer Tochter freudig empfangen.

„Schön dich wiederzusehen", freute sich Ricky, wenn auch etwas verhalten und geistig abwesend.

„Ist das stickig hier drin", beschwerte sich Chelsea und wedelte sich mit ihrem Fächer etwas Frische ins Gesicht.

„Komm, ich nehme deinen Koffer", bot Ricky an.

Gesagt, getan. Chelsea wühlte gestresst in ihrer Handtasche herum, während Ricky den wuchtigen Koffer auf einen Rollwagen lud.

„Scheiße, mein Mückenspray. Ich glaube, ich hab das Zeug im Koffer."

„Lasst uns doch erst mal zum Auto gehen, wir haben hier nicht so viele Mücken."

„Das soll wohl ein Scherz sein."

„Na ja, sieh uns an", neckte Danielle spöttisch. „Wir sind nicht zerstochen, und wir wohnen hier. Komm, wir holen dir einen Kaffee auf die Hand, dann schnappen wir uns die Kinder. Die freuen sich schon."

„Mir wäre eine Piña Colada lieber", scherzte Chelsea.

„Mom!", empörte sich Danielle.

„Ja, meine Güte, dann eben nicht. Ein Joint mit deinem Freund, der immer noch nicht mein offizieller Schwiegersohn werden will, täte es natürlich auch."

Nun hing nicht nur die Kinnlade von Danielle, sondern ebenfalls die von Ricky runter.

Und er dachte, ihre Tochter Danielle wäre die „etwas andere Frau" gewesen.

Das dürfte noch eine spannende Woche werden.

Chelsea hatte ihre offensichtlichen Ecken und Kanten. Danielle hatte es nicht immer einfach damit, mit ihren häufigen kleinen Meckereien klarzukommen. Ricky dagegen strahlte grundsätzlich eine souveräne Ruhe aus und ließ vieles an sich abprallen. Er war immer wieder Danielles Ruhepol.

Bei der Fahrt zur Schule fragte sich Danielle, ob sie denn wirklich diese sechs Tage allein mit ihrer Mutter und den Kindern aushalten würde. Sie wusste wiederum, dass es Ricky stressen würde, wenn sie auch nur irgendetwas in dieser Richtung äußern würde. Die Arbeit ging vor, und Ricky war der Hauptverdiener.

Das war ihre Bürde.

Das Paradies, in dem sich diese Menschen befanden, die idyllischen Palmen, der erfrischend blaue Himmel, der Geruch von exotischen Pflanzen und deftigem mittelamerikanischem Essen, das alles wurde nicht wahrgenommen. Jeder hatte seine eigenen Gedankenstränge im Kopf, und nichts davon hatte mit Freude über die offensichtlichen schönen Dinge zu tun.

Aber war das nicht der Grund, hierher zu ziehen?

Die Abholung der Kinder um 13:00 Uhr machte schnell den eigentlich geräumigen, silbernen Audi Kombi zu einer klaustrophobischen Blechdose. Danielle quetschte sich als „kleinste Erwachsene" zwischen die zwei Kindersitze auf der Rückbank, so dass ihre müde Mutter auf dem Beifahrersitz Platz nehmen konnte.

Während der Fahrt nach Hause erzählten Holly und Sean euphorisch und durcheinander von ihrem Vormittag. Die Schule war für sie ein Ort der Abenteuer, wo alles noch Spaß machte. Ricky und Danielle wünschten sich offenkundig, dass die Zwei diese Haltung beibehalten würden.

Ricky dachte am Steuer darüber nach, wie kompliziert

das Leben wurde, sobald man als Erwachsener Verpflichtungen hatte, Steuern zu zahlen, Bedürfnisse zu stillen, und so weiter. Ein Teil von ihm vermisste seine Kindheit, die Einfachheit des Kind-Seins. Aber so war das Leben nun einmal.

Chelsea bekam in der Villa das Gästezimmer im Erdgeschoss und richtete sich für die anstehenden Tage ein, machte sich frisch. Ricky und Danielle sprachen sich noch einmal final ab, und er nahm sich eine halbe Stunde Zeit, um mit seiner Schwiegermutter etwas Smalltalk durchzuführen. Sie war – wie immer – besonders interessiert an der Erziehung der Kinder im Alltag. Ricky aber ließ keine Diskussionen zu und hielt das Thema kurz, indem er ihr versicherte, dass alles gut lief.

Er verabschiedete sich mit seiner gepackten Reisetasche und seiner Laptop-Tasche.

„Hast du den Schlüssel zum Boot mit?", fragte Danielle, während Ricky zur Gartentür ging.

Diese Frage verpasste ihm einen Stoß in den Bauchbereich, denn er hatte den Schlüssel bereits Felisha gegeben, die höchstwahrscheinlich bereits im Doppelbett unter Deck schlief.

„Ja, selbstverständlich."

„Ach so. Ich hab kein Klirren gehört, daher die Frage."

„Schlüssel packe ich immer als Allererstes ein, ohne Schlüssel läuft nichts."

„Das stimmt. Ich wollte nur nicht, dass du hinläufst und dann wieder zurück musst."

„Lieb von dir."

„Wo geht's eigentlich hin? Gehst du zu einer von den kleinen Inseln? Zu den Hick's Cays?"

„Mal schauen, weiß ich noch nicht. Vielleicht lasse ich mich auf See auch einfach treiben. Der Plan ist es, Ruhe zu kriegen, damit ich den Fokus aufs Drehbuch schreiben habe."

„Und wir sind dir zu unruhig", piesackte Chelsea, während sie auf der Couch im geräumigen Wohnbereich Platz nahm und sich das Gesicht und die Oberarme eincremte.

„Das sagte ich nicht."

„Ich verstehe das nicht, warum schreibst du nicht einfach auf dem Balkon? Wir machen doch Ausflüge, du hast tagsüber deine Ruhe."

„Aber abends nicht. Morgens nicht. Nichts für ungut, aber ich habe keine festen Zeiten, wo ich schreibe. Das hängt von der Inspiration ab. Es kann sein, dass ich erst einmal etwas im Kopf durchspielen muss, und das kann sich auch schnell über Stunden hinziehen. Das kann man vorher nicht berechnen."

„Künstler eben", seufzte Chelsea.

„Wenn ich Sonntag wieder da bin, können wir auch gerne gemeinsam was machen."

„Ich fliege Dienstag wieder, das weißt du."

„Meinetwegen nehmen wir auch den Montag mit. Wenn ich gut durchkomme, kann ich auch früher zurückkommen. Das wird sich alles zeigen."

„Na, dann viel Glück."

Danielle brachte Ricky zur Glastür und öffnete sie, so dass er zum Garten hinaus konnte.

„Pass gut auf dich auf. Don't smoke and drive."

„Mach dir keinen Kopf."

Danielle nickte und küsste Ricky verhalten. Der Kuss war nicht direkt auf dem Mund, aber auch nicht auf der Wange. Irgendwo dazwischen.

R icky verabschiedete sich und durchquerte den Garten, wo der kleine, alte Gärtner Miguel mit einem Spaten und einer Schubkarre ankam.

„Sie verreisen?"

„Ja, Arbeit."

„Na, dann viel Glück."

„Ihnen auch beim Buddeln. Ach, und vielleicht können Sie bei Gelegenheit unseren Lattenzaun erhöhen."

Miguel richtete sich auf und sah zu Ricky und dem niedrigen weißen Lattenzaun.

„Überall rum?"

„Nein, hauptsächlich erst mal hier hinten, damit sich keine Streuner auf unser Grundstück verlaufen."

„Entiendo."

„Alles klar. Dann bis spätestens Sonntag."

„Hasta domingo."

Ricky erreichte den niedrigen Lattenzaun und stellte zunächst seine Reisetasche dahinter im weißen Sand ab. Sein Blick schweifte für einen Augenblick zu den noch leicht erkennbaren Fußspuren des unheimlichen Eindringlings von der letzten Nacht.

Über den er noch schwieg...

War er das größte Arschloch aller Zeiten, weil er weder seiner Familie, noch den zwei Detektiven von diesem nächtlichen Besuch erzählt hatte, sondern nur Felisha?

War es höchst fahrlässig, seine Familie allein neben einem potenziellen Mörder zurückzulassen, der bald genug seine Frau vermissen würde?

Oder machte sich Ricky zu verrückt?

War alles eine harmlose Sache ohne jede böse Absicht?

Ricky nahm seine Reisetasche in die Hand und schritt den halben Kilometer schräg über den Strand Richtung Hafen. Während die heiße Sonne auf sein Gesicht einprügelte, wanderte sein Blick zwischen seiner Yacht, dem weißen Lattenzaun seines Gartens und seinem Haus hin und her. In seinem Kopf türmten sich unzählige Gedanken.

Würde er gleich Felisha unter Deck vorfinden?

Wenn nicht, wie würde er dann an seinen Schlüssel herankommen?

War dieser eine Vertrauensschritt ihr gegenüber vielleicht dann doch zu groß?

Das würde sich alles innerhalb der nächsten Minuten herausstellen. Nun waren die Dinge so, wie sie waren. Nun gab es nur den Weg nach vorn.

Ricky stieg auf den Holzsteg und ging an den anderen Booten und Yachten vorbei, die wie angeleinte Hunde im Wasser vor sich hin tänzelten. Vereinzelte Besitzer waren auf ihren Booten und pflegten sie, oder sonnten sich einfach nur. Er erreichte seine kleine Yacht und stieg darauf. Sein Herz raste, als hätte er zehn Kaffee hintereinander getrunken. Aber er ließ es sich nicht anmerken, sondern warf einige flüchtige Blicke zu seinem weißen Lattenzaun in der Ferne, an dem er sich orientieren konnte, um festzustellen, wo sein Grundstück lag. Er vergewisserte sich, dass weder der kleine Gärtner Miguel, noch seine Familie ihn beobachtete.

Die Luft schien rein.

Ricky öffnete die Luke zur Kabine unter Deck, sie war nicht abgeschlossen.

Er stieg samt Reise- und der Laptop-Tasche die schmale Leiter hinab. Unter Deck konnte man nicht ganz aufrecht stehen. Die Kabine war relativ kuschelig, aber dann doch geräumiger, als man bei einem Blick auf die Yacht von außen vermuten würde. Heute war sie besonders stickig.

Es duftete hier leicht wie in einem Schlafzimmer am Sonntagmorgen. Im Bett lag Felisha in Unterwäsche, hellwach und anscheinend ausgeschlafen. Sie trug ein T-Shirt und Hotpants und tickerte an ihrem Handy. Ihre Reisetasche lag neben dem Bett.

„Na, guten Morgen", begrüßte sie ihn. „Sagenhaft heiß hier drin."

„Du hast dich tatsächlich hier eingenistet", wunderte sich Ricky. „Gut geschlafen?"

„Wie gesagt, es war heiß. Wie ein Backofen."

„Du hättest die Luke offen lassen können."

„Das hätte vielleicht Verdacht erweckt", antwortete Felisha neckisch. „Du sollst nicht auffliegen."

Ricky schluckte. Mann, war sie heiß!

„Aber bis auf die Hitze, geschlafen ein Stein."

„Das freut mich."

„Das Doppelbett ist aber nicht besonders groß, wollte ich nur am Rande erwähnen."

„Na ja, denk an die Verhältnisse. Das hier ist eine kleine Yacht. Dafür wiederum ist die Kabine dann doch recht groß."

„Das stimmt."

„Bist du von irgendwem gesehen worden?"

„Nein, ich bin erst seit einigen Minuten wach. Ich hab den Schlaf echt gebraucht."

„Hast du es dir noch anders überlegt?"

„Nee, wieso sollte ich?"

„Und du hast alles dabei?"

„Vollkommen startklar. Ich will mir nur gleich einmal die Zähne putzen, dann fühle ich mich wohler."

„Hast du mal das Essen und Trinken durchgecheckt? Wirst du die Woche überstehen?"

Dabei öffnete Ricky die Schränke und den kleinen Kühlschrank, wo alles bereits einsortiert war. Vorrätig hatte er Toastbrot, Nudeln, Gewürze, Getränke, Zerealien, Milch, Aufschnitt, Essig, Öl, Fertigsoßen, Konserven, was man so zum Überleben brauchte.

Die gestern besorgten frischen Lebensmittel waren alle bereits in den Kühlschrank einsortiert. Mangos, Papayas, Bananen, Äpfel, Salat, Gurken, Desserts, und noch einige andere leckere Kleinigkeiten. Es gab in dieser Kabine ein kleines blechernes Waschbecken sowie einen Herd und eine kleine Kaffeemaschine, für die man Pads benötigte. Diese standen in einigen verschiedenen Geschmacksrichtungen daneben parat. Café Latte, Schoko, Vanille, Karamell, was das Herz so begehrte.

„Du hast hier gute Arbeit geleistet", stellte Ricky verwundert fest. Alles hatte seine Ordnung. So würden sich die nächsten Tage gut aushalten lassen.

„Hab mir beste Mühe gegeben", scherzte Felisha, „das ist ja das Mindeste."

„Dann werden wir wohl nicht in den nächsten Tagen verhungern. Ich habe Angelzeugs da, falls wir mal Lust auf etwas Fisch bekommen. In der Klokabine habe ich ein paar Medikamente, falls du seekrank wirst oder so."

„Ach, ich kann das Wasser ab, du. Vergiss nicht, ich heiße Aguado."

R icky bekam Tatendrang. Es war an der Zeit, schnell von hier zu verschwinden. Das heimliche Abenteuer war zum Greifen nah.

„Na, dann wollen wir mal in die Gänge kommen, was?"

„Ich wäre soweit."

„Dann sei so lieb und bleib hier unter Deck, bis wir abgelegt haben und weit genug weg sind. Ich sage dir dann Bescheid."

„Das klingt ja so, als wäre ich eine illegale Immigrantin oder sowas."

Ricky lachte.

„Du weißt, wie ich es meine. Wie du sagtest, wir wollen ja nicht zu zweit gesehen werden. Auch wenn wir nichts Böses vorhaben. Wir wollen keine komischen Fragen und Gerüchte aufwerfen..."

„Ja, ja, ist ja gut, Ricky. Ich verstehe schon, und da sind wir uns total einig."

„Okay. Also, noch wirst du Empfang auf dein Handy kriegen. Guck dir irgendwas an oder so. Ich würde aufpassen, was du postest, das kann zurückverfolgt werden."

„Ich poste gar nichts, keine Sorge."

„Aber anziehen kannst du dich schon mal, wenn du willst."

„Mal schauen, ob ich das schon will. Ist ja heiß."

„Das kriegen wir geregelt."

Ricky stieg dann wieder auf und löste das Tau, das die Yacht am Steg angeleint hielt. Er startete den Motor und stellte sich hinter das Schiffsruder, und relativ schnell war die Yacht unterwegs ins Freie.

Die frische Luft küsste sein Gesicht und blies ihm zunehmend den Schweiß weg, während er Kurs auf das Weite nahm und an Tempo zulegte, sobald er weit genug vom Hafen entfernt war. Es fühlte sich an wie eine Fahrt in die Freiheit.

Bei einem Blick zurück konnte er in der weiten Ferne seinen weißen Lattenzaun und seine Villa gerade noch erkennen, zwischen etlichen anderen Strandhäusern. Sein

Haus, sein Reich, sein Kosmos, wo sich geliebt und gestritten wurde, war vom Meer aus betrachtet eines von vielen Grundstücken. Beliebig.

„Ich denke, die Luft ist jetzt rein!", rief Ricky nach unten.

Nach einem Augenblick stieg Felisha die Leiter hinauf und sah sich um, während der Wind ihre Bobfrisur aufwirbelte. Sie trug inzwischen ein dünnes Kleid.

„Da hast du wohl recht", antwortete sie.

„Guck mal, da vorn", sprach Ricky und zeigte mit dem Finger vor den Bug der Yacht.

Felisha sah zur Bugwelle und entdeckte zwei fleckige, graue Delfine, die diese spielerisch ritten und gelegentlich auftauchten.

Dieser Anblick zauberte Felisha ein Lächeln ins Gesicht.

„Voll kitschig, oder?", scherzte Ricky.

Dann Strecke er die Arme spaßig aus und rief: „Ich bin der König der Welt!"

Felisha lachte.

„Schreib das auf, das ist eine perfekte Filmidee."

„Ja, originell vor allem. Wird mir bestimmt den Oscar bringen."

„Dann können wir schon umdrehen."

„Nee, ich habe eine bessere Idee fürs Drehbuch."

„Na, dann bin ich mal gespannt."

„Nachts, plötzlich ein Blitz…"

Felisha lachte laut auf, Ricky lachte mit. Die Stimmung war heiter und fröhlich. Beide hatten sich seit langem nicht mehr so frei gefühlt. Es war beflügelnd.

Die Yacht zischte wie schwerelos über die ruhige See. Ricky sah sich um, wählte spontan und willkürlich eine beliebige Richtung. In nicht allzu weiter Ferne befanden sich einige Inseln. Ricky beschleunigte auf Höchstgeschwindigkeit und umkreiste die kleinste davon.

Der Wind peitschte Ricky und Felisha durch die Haare.
Sie hielten sich beide fest und federten ruckartig auf und ab.
Felisha lachte überwältigt und euphorisch, fast sorglos.
Es war therapeutisch.

R icky steuerte dann auf eine größere Insel zu und
verlangsamte das Tempo, bis er am Ufer halten
konnte.
Die Insel war unbebaut und unbewohnt. Nichts weiter als
hohes Gras und einige Palmen. Normalerweise der perfekte
Ort, um für immer unterzutauchen.
Wäre da nicht die Küste von Belize, gerade noch in Sicht-
weite. Die Realität des Alltags, am Horizont wartend und
lauernd. Es gab kein Entkommen davor.
„Los, wir wandern rum", sagte Ricky und zog sich das
Hemd aus, so dass er nur noch Shorts trug.
Daraufhin sprang er ins türkisfarbene, seichte Wasser.
Felisha lachte in sich hinein und zog sich das Kleid
wieder vom Leib, so dass sie nur noch einen Bikini trug.
„Moment, warte!", rief Ricky, als er sah, dass sie kurz
vorm Abspringen war.
„Wann warst du das letzte Mal schnorcheln?"
„Keine Ahnung, ist schon etwas her."
„Hol dir eine Schnorchelmaske. Das wirst du nicht
bereuen."
„Wo finde ich die denn?"
„Die liegen beim Ruder."

Felisha ging zum Ruder und fand einige schwarze Schnorchelmasken. Sie nahm zwei in die Hand.

Eine davon setzte sie sich auf. Dann sprang sie ins Wasser und schwamm zu Ricky, um ihm die zweite Maske zu bringen.

„Du brauchst doch auch eine."

„Ich kenne den Anblick schon. Gönn dir."

Ricky nahm aus Höflichkeit die Schnorchelmaske entgegen, watete aber auf die Insel zu, ohne abzutauchen.

Felisha begann ihm zu folgen.

„Willst du dich nicht einmal abkühlen?"

„Ich will lieber spazieren, meine Recherche beginnt."

„Was, hier? Auf dieser kleinen Insel?"

„Geh du bloß. Ich bin ja nicht weit weg."

Felisha starrte Ricky perplex nach, dann tauchte sie ab und genoss den Anblick vieler bunter Fische, die durch das helle, kristallklare Wasser schwammen, soweit das Auge reichte. Es war ein überwältigendes Bild, ein anderes Universum, zum Greifen nah.

Ricky wäre am liebsten auch ins Wasser getaucht und mit ihr geschwommen.

Aber innerlich führte er bereits seinen ersten Kampf und wollte sich selbst ein Prinzip beweisen: Er würde nicht sofort jeder offensichtlichen Versuchung zum Opfer fallen. Auch wenn ihm heiß war.

Außerdem bestand bereits in der ersten Stunde das erste

Risiko, dass er und Felisha sich zu nahe kommen würden. Dass man sich gegenseitig nass spritzte, dann rangeln und dann der unvermeidlichen Knutscherei verfallen würde, das war ihm zu berechenbar. Und der größere Teil von ihm hatte noch die reine Absicht, am Ende der Woche ein Treatment für sein nächstes Drehbuch mit nach Hause zu bringen, und keine Leichen im Keller.

Barfuß und unterhalb der Hüfte nass tropfend, wanderte Ricky nachdenklich durch das hohe Gras und ließ seine Hand darüber gleiten. In Gedanken begann er die Geschichte zu skizzieren, deren Vorlage er bei einem zufälligen Telefonat mit seinem Freund Max bekommen hatte – von einem Fremden, dem er womöglich nie im echten Leben begegnen würde.

Felisha blieb im Wasser stehen und sah zu, während Ricky quer über die kleine Insel wanderte und, vollkommen in sich gekehrt, nachdachte. Hin und wieder sah es aus, als würde er flüchtige Selbstgespräche führen.

U m seinen Gedankenfluss nicht zu stören, legte sich Felisha in den samtweichen, schneeweißen Sand und sonne sich. Diese Zeit konnte sie hervorragend nutzen, um über ihr Leben und ihre Ehe nachzudenken – das war auch der Plan gewesen.

Die Stille war wie ein Geschenk des Himmels: Alles, was man hier hörte, waren das Rauschen der Brandung und das gelegentliche Kreischen der Möwen. Keine Autos, keine Rasenmäher, keine Sirenen irgendwo in der Ferne, keine Stimmen von anderen Menschen. Reine Natur. Hier hatten die ganzen Spielchen und Intrigen, die einem zu Hause begegneten, kaum Bedeutung.

Nur schade, dass dieser Moment nicht für immer anhalten würde.

R icky setzte sich ins hohe Gras und lehnte seinen Rücken an eine Palme. Im Schatten dieses idyllischen Baumes beschäftigte er sich mit der Figurenzeichnung seiner Hauptcharaktere, und es war nicht verwunderlich, dass er sich dabei Danielle, Felisha, Pablo und sich selbst in den Rollen vorstellte. Dies war ihm eine Hilfe, um sich ohne allzu viele Logikfehler die Handlung auszumalen.

Orientierte er sich an echten Menschen mit echten Hintergrundgeschichten, dann war automatisch mehr Glaubwürdigkeit vorhanden. Fiktion war ja irgendwie Lüge, und Lügen flogen immer wieder auf. Dazu musste man sich nur eine Filmkritik ansehen. Sogar bei den Oscar-Drehbüchern gab es immer wieder Logiklöcher, die verrieten, dass die Geschichten konstruiert waren.

Diese intrigante Geschichte hier könnte äußerst glaubhaft skizziert werden, da Ricky diese aus dem Leben griff – natürlich nur bis zu einem gewissen Punkt. Darüber hinaus musste er seine Vorstellungskraft spielen lassen. Aber er war schon lang dabei, sich eine Affäre mit Felisha vorzustellen, also war dies das geringste Problem.

Nach wie vor hatte er den Vorsatz, es bei reiner Fantasie zu belassen und keine Fehler zu machen. Nur erkannte er womöglich nicht, dass bei Seitensprüngen der Fehler nicht zwingend in der Aktion selbst lag. Denn gerade bei Männern galt das Naturgesetz, dass eine Erektion kein Gewissen hatte. Gewissermaßen würde Ricky nichts dafür können, wenn er zur falschen Zeit am falschen Ort landen und verführt werden würde.

Der Fehler lag bei so etwas weiter am Anfang. Der Fehler war es, sich überhaupt in die Nähe einer solchen Gefahr zu begeben.

Mit einer attraktiven Frau, für die er eindeutig etwas empfand, für mehrere Tage und Nächte auf See zu fahren.

Ein Teil von Ricky konnte diese Wahrheit nicht abstreiten. Solange aber nichts passierte, gab es keinen Fehler.

So zog Ricky bestmöglich sein Programm durch.

A m frühen Abend lag die Yacht unter dem feuerroten Himmel auf hoher See vor Anker. Ricky saß an Deck auf seinem Klappstuhl, seinen Laptop auf dem Schoß. Felisha beobachtete den Sonnenuntergang und ließ ihn in Ruhe arbeiten. Sie trank Saft und genoss die Stille, blickte ab und zu zu ihm herüber.

„Haut's hin?", fragte Ricky dann, ohne aufzusehen.

„Haut was hin?"

„Na, das hier? Ich am Arbeiten, du am Nachdenken. Entspricht das mehr oder weniger dem, was du wolltest, als du deine Tasche gepackt hast?"

„Ich kann mich nicht beschweren."

„Das ist auch wirklich okay, dass ich hier mein Ding mache, ja? Du fühlst dich nicht wie bestellt und nicht abgeholt oder so etwas, oder?"

„Alles gut."

„Fein."

Felisha pausierte und beobachtete seine Finger beim schnellen Tippen.

„Na ja", fuhr sie dann fort, „ein Teil von mir ist natürlich neugierig, was du da tippst."

„Ich fasse Themen zusammen."

„Themen?"

„Ja", antwortete er und klappte seinen Laptop zu. „Filme werden von Themen angetrieben. Die sind der Puls des Films. Sogar ein Film wie ‚Jurassic Park' hat ein Thema. Kannst du mir sagen, welches?"

„Puh, ist eine Weile her, dass ich den gesehen habe. Aber ich würde sagen, dass das Thema da ist, dass man nicht Gott spielen soll oder so. Mensch und Natur."

„Ja, das ist eines der Themen, das stimmt. Aber das Hauptthema ist das Kinderkriegen."

„Kinderkriegen?"

„Ja, der Protagonist Alan Grant hasst Kinder und mag es, sie zu terrorisieren. Im Park lernt er dann die zwei Kids kennen, die ihm regelrecht auf die Eier gehen. Dann gerät er in die Lage, dass er sie beschützen muss, und gegen Ende des Films ist er sogar bereit, sein Leben für sie zu opfern. Im Hubschrauber schlafen sie dann in seinen Armen, und er sieht seine Frau an und ist bereit, ein Vater zu sein."

„Ja, ich erinnere mich."

„Der Film pflanzt auch ständig sinnbildliche Allegorien ins Unterbewusstsein, ohne dass du das auf den ersten Blick merkst. Zum Beispiel der Bildschirm am Anfang in der Wüste, wo sie einen Scan vom Dinosaurierskelett unter der Erde machen. Alle stehen drum herum versammelt, wie Eltern vor einem Ultraschall. Nur Grant und der Bildschirm können sich gegenseitig nicht ausstehen. Wenn er ihn berührt, wird das Bild gestört."

„Ja, das stimmt", lachte sie verwundert auf.

„Dann gibt es im Park die Szene mit dem Raptor-Baby, das schlüpft. Grant ist der Erste, den der kleine Dinosaurier ansieht. Er wird unterbewusst aufs Vatersein vorbereitet. Später findet er zertrampelte Eierschalen im Dschungel, von denen viele kleine Fußspuren von Raptor-Babys weg führen. Seine These dazu lautet, dass das Leben einen Weg findet. Dieses Bild sehen wir ziemlich exakt noch einmal, nachdem er den Jungen aus dem Auto rettet, das vom T-Rex zerstört wurde. Seine Frau findet das Auto im Dschungel leer vor, wie die Eierschalen, und aus dem Auto verlaufen die Fußspuren von Grant und den Kindern ins Freie. Das Leben findet einen Weg."

„Wow, das ist ja ganz schön tiefgründig", wunderte sich Felisha. „So hatte ich noch nie über diesen Monsterfilm nachgedacht."

„Guter Autor eben, und guter Regisseur."

F elisha sah nachdenklich auf Rickys Laptop. Erst traute sie sich nicht zu fragen, aber dann überlegte sie es sich relativ schnell anders. „Und was ist das Thema von *deinem* Drehbuch?", fragte sie forsch.

„Na ja", antwortete Ricky, „es wird mehrere Themen haben. Aber gerade bin ich an Schamgefühlen und Hemmschwellen dran."

„Schamgefühle und Hemmschwellen? Das ist ein krasses Thema."

„Ja, in Kombination mit Lügen, einem weiteren großen Thema des Buches."

„Das ist interessant."

„Ja, selbst im Kindesalter geht das los, dass man zu eigenen Gunsten Unwahrheiten erzählt, und wenn man auffliegt, dann bekommt man die schlimmsten Schamgefühle. Liegt es daran, dass man von Natur aus weiß, was sich gehört und was nicht, oder eher daran, dass man es bei der Erziehung immer wieder gesagt bekommt?"

„Gute Frage", sagte Felisha nachdenklich. „Bist du eigentlich gläubig oder so?"

„Katholische Erziehung. Also frühzeitig entlassen wegen bereits abgesessener Zeit."

„Gut, dann dürftest du eigentlich wissen, dass Lügen weder eine der sieben Todsünden ist, noch kommt sie so direkt in den Zehn Geboten vor. ‚Du sollst nicht stehlen, du sollst nicht töten, du sollst nichts begehren, was dein Nachbar besitzt, du sollst nicht ehebrechen', aber da steht nichts von Lügen."

Ricky fragte sich, ob Felisha ihm gerade damit etwas zwischen den Zeilen sagen wollte. Er ließ sich die sieben Todsünden durch den Kopf gehen, die er bereits im Kindesalter gelernt hatte, darunter waren vor allem Neid und Wollust.

Aber anstatt auch nur ansatzweise thematisch umzusteigen, spielte er mit einem geübten Pokerface mit und blieb beim Thema ‚Lügen'.

„Na ja, technisch gesehen heißt es, man soll nichts Falsches über seinen Nächsten sagen. Also nicht über einen Mitmenschen lügen."

„Das deckt aber lange nicht jede Lüge ab", betonte sie mit erhobenem Zeigefinger.

„Also willst du mir sagen, einige Lügen gehen in Ordnung, ja? Irgendwie habe ich das Gefühl, dass wir erst vor kurzem dieses Thema hatten."

„Stimmt, richtig!", lachte Felisha auf. „Ich erinnere mich. Pinocchio auf Jobsuche. Und, hast du im Nachhinein den perfekten Job für Pinocchio gefunden?"

Oh ja, das hatte er.

Aber das würde sie nicht von ihm erfahren.

„Nein, das tut mir leid, du. Pinocchio ist einfach nicht vermittelbar."

„Auch nicht Schauspieler?"

„Zu hölzern."

Felisha lachte laut auf.

„Film ist Fiktion, und Fiktion ist grundsätzlich Lüge", fuhr er fort. „Man inszeniert etwas, was nicht wirklich in dieser Situation so passiert. Deswegen sind viele Schauspieler nicht gut. Die Situationen sind inszeniert, sie sagen in diesem Moment technisch gesehen nicht die Wahrheit. Sie sind nicht in der Lage, den Lügendetektor zu bescheißen. Sie sagen auswendig gelernte Sätze, und man merkt es ihnen an. Sie verstellen sich, sobald sie ihren Text aufsagen. Gut zu schauspielern, das ist eine hohe Kunst."

In diesem Moment bekam Felisha Selbstzweifel. Schließlich war sie derzeit recht erfolglos. Rickys Anspruch schien verdammt hoch zu sein. Ob sie jemals bei ihm eine Chance bekommen würde?

Ricky war aber nicht im geringsten darauf sensibilisiert, dass Felisha sich bei ihm eine Rollenvermittlung erhoffte.

„Und Pinocchio sieht man ja mal deutlich an, wenn er lügt, nicht wahr?"

„Das stimmt", seufzte Felisha und starrte auf das Wasser, während die goldene Sonne den Horizont berührte und langsam begann, scheinbar im Meer zu verschwinden.

Für einige Augenblicke wurde kein Wort gesprochen. Das einzige Geräusch, das nun zu hören war, war das dumpfe, regelmäßige Schwappen des Wassers gegen das schaukelnde Boot.

„Was ist denn eigentlich dein größtes Schamgefühl im Leben gewesen?", fragte Ricky dann, während er auf seinen Bildschirm starrte.

Felisha musste über diese Frage zunächst nachdenken. Ricky sah schließlich zu ihr auf.

„Schwierig. Ich glaube, das größte Schamgefühl hatte ich im Traum."

„Im Traum? Nicht im echten Leben?"

„Im Traum hat man ja auch Gefühle, und die sind meistens zehnmal intensiver als im echten Leben. Schon mal im Traum einen Orgasmus gehabt?"

„Eine sehr persönliche Frage, aber ja. Und am nächsten Morgen musste ich die Shorts wechseln."

Felisha kicherte.

„Was hast du denn geträumt, was so beschämend war?"

„Das war im Teenageralter, da habe ich den Klassiker geträumt."

„Den Klassiker?"

„Ja, du kommst zur Schule und stellst fest, dass du nackt bist. Alle sehen dich und lachen dich aus, und du möchtest am liebsten verschwinden, bist aber umzingelt."

„Wenn mich meine katholische Erziehung nicht täuscht, war Nacktheit sogar das erste Schamgefühl der Menschen. Adam und Eva bedeckten sich mit einem Feigenblatt."

„Ja, stimmt. Hast du diesen Traum eigentlich nie gehabt?"

„Nein, aber etwas Ähnliches habe ich geträumt."

„Was denn?"

„Bei mir war es so, dass ich auf ein öffentliches Klo ging, aber es stellte sich dann als ein richtiges ‚öffentliches Klo' heraus. Ein Schaufensterklo bei Ikea. Überall standen empörte Menschen und sahen mir dabei zu, wie ich versuchte, mir möglichst unauffällig den Arsch abzuwischen."

„Oh Gott, das ist ja furchtbar!"

„Das kannst du laut sagen. Ich wäre am liebsten im Erdboden versunken."

Beide lachten für einen Augenblick gemeinsam.

Dann wurde es wieder still.

„Hast du eigentlich schon Hunger?", fragte Ricky.

„Ein bisschen, ja."

„Lust auf Fisch?"

„Ich will dich nicht vom Arbeiten abhalten, Ricky."

„Das kann ich nur selbst, mach dir keine Sorgen. Wenn ich allein hier wäre, müsste ich trotzdem auch essen. Und ich habe Lust auf Fisch."

„Okay, ich will nur nicht, dass es irgendwie am Ende heißt, ich hätte dich beim Schreiben gestört, deinen Tagesplan durcheinander gebracht oder so."

„Das ist ja das Schöne bei Autoren. Sie haben keinen richtigen Tagesplan. Sie schreiben so, wie sie Lust haben, ob tagsüber oder mitten in der Nacht. Der Saft muss fließen, sonst läuft nichts."

„Oha", lachte Felisha, „dann hoffe ich, dass diese Woche dein Saft fließt."

Ricky gefielen ihre gelegentlichen Sätze, die sich wie Anspielungen anfühlten.

„Hast du geile Sau gerade ernsthaft deine Zunge kurz ausgestreckt?"

Einer von Rickys vielen Gedanken, die er wieder einmal nicht aussprach…

Die Dunkelheit kehrte ein.

Während Ricky und Felisha irgendwo draußen am Rande des Karibischen Meeres vor Anker lagen und Toastscheiben anfeuchteten, um daraus Kugeln zu formen und mit diesen Fische zu ködern, war es daheim an der Küste von Belize Stadt still. Alles war in das schwache, kaltblaue Licht des Halbmondes eingetaucht.

Inzwischen hatte Miguel bereits angefangen, die Ränder des Pools abzustechen und zu graben. Um den rechteckigen Grundriss war eine Schnur gespannt, mit Wasserwaage abgemessen. Wo sich einst die hartnäckigen Pilze befanden, war nun ein Erdhaufen entstanden.

Chelsea, Danielle und die Kinder schliefen tief und fest. Ein leichter Wind wehte über die Küste und brachte die Palmen und Mangrovenbäume zum Rauschen.

Eine finstere Gestalt näherte sich dem weißen Lattenzaun, langsam schleichend und umsichtig. Dieselbe Person, die letzte Nacht von Ricky verjagt worden war. Dieselbe Person, die seit geraumer Zeit diesen Garten aus irgendeinem Grund beobachtete.

Wer auch immer diese Person war, sie wollte etwas und war nicht bereit fernzubleiben, bis sie dieses „Etwas" bekommen würde.

Langsam stieg die Gestalt über den niedrigen Lattenzaun

und schlich sich durch das dichte Gebüsch. Sie blickte auf das Haus: Es brannte kein einziges Licht. Alles befand sich im Tiefschlaf.

Miguels Schubkarre stand noch im Garten. Einige seiner Werkzeuge lagen herum, darunter ein Spaten.

Die krumme Gestalt schritt leise auf den Spaten zu und nahm diesen hoch. Sie ging zum Erdhaufen und begann die Erde beiseite zu kratzen. Sie ging in die Hocke und konnte einen zerdrückten Pilz freilegen.

Dann begann die Gestalt zu graben. Immer schneller, kraftvoller, immer tiefer. Immer entschlossener...

Minuten vergingen...
Die krumme Gestalt blieb unentdeckt. Das Loch wurde immer größer.

Der abgetrennte Kopf der Maya-Korallennatter tauchte dabei auf. Stutzig pausierte die Gestalt und betrachtete ihn. Dann hob sie ihn behutsam mit dem Spaten hoch und legte ihn beiseite.

Doch dann ging ein Licht nebenan im Erdgeschoss von Pablos Haus an.

Die Gestalt hörte sofort auf und sah hin, rührte sich keinen Millimeter.

Pablos Stimme war auf dem Nachbargrundstück zu hören, verkatert und verärgert: „Felisha, ich weiß nicht, was das jetzt werden soll, aber ich spreche dir zum gefühlt hundertsten Mal auf die Mailbox. Nun schwing deinen

Arsch nach Hause und hör auf, irgendwelche Kinderspielchen zu spielen."

Dann war eine Tür zu hören, die sich öffnete und zugeknallt wurde.

Pablo tauchte in seinem Garten auf, eine Flasche Rum in der Hand, eine Zigarette im Mund. Er fluchte und wanderte hin und her. Dann trank er den letzten Schluck aus der Flasche und warf sie in die Dunkelheit.

Er ahnte nicht, dass er nicht alleine war. Nach einem Moment zückte er erneut sein Handy und rief wieder einmal seine verschwundene Frau an.

Wieder einmal eine direkte Umleitung zur Voicemail.

„Felisha, wer hat dich mitgenommen? Dein Fahrrad steht hier noch im Carport. Du bist doch nicht einfach davon spaziert. Wenn du dich nicht in den nächsten 24 Stunden blicken lässt, werde ich es tun. Hast du mich verstanden?"

Diese Aussage machte die dunkle Gestalt in Rickys Garten besonders hellhörig.

Während Pablo noch sprach, wanderte sein Blick nach nebenan zu Rickys Garten. Es war zu dunkel, um irgendetwas zu erkennen. Er ging einige Schritte auf den niedrigen weißen Lattenzaun zu, der beide Gärten trennte.

Die dunkle Gestalt wich langsam und vorsichtig einige Schritte zurück, um sich im Gebüsch zu verstecken.

Pablo jedoch spürte langsam die Präsenz dieser Person. Er sprach aber kein Wort. Er rief nicht, stellte keine Fragen.

Stattdessen aktivierte er die Taschenlampen-Funktion seines Handys und leuchtete plötzlich in den Garten von Ricky.

„Du?", fragte Pablo erstaunt. „Was machst du denn dort?"

Der Eindringling war ertappt. Und er war Pablo nicht fremd. Dieser Moment hielt einige Sekunden an.

Was nun?

Anstatt dieses Mal wegzurennen, trat die Gestalt auf Pablo zu und konfrontierte ihn.

„Sie hat mir alles erzählt, Pablo."

„Das glaube ich kaum."

„Deine Tat wird ans Licht kommen. Und du wirst ins Gefängnis wandern."

„Damit du Felisha endlich für dich haben kannst, was? War das die ganze Zeit euer Plan, Dana? Wollt ihr mich aus dem Weg schaffen?"

„Du redest dir auch alles Mögliche ein, nur willst du von der Wahrheit nichts hören."

„Hör zu, du Schauspieler. Du weißt nicht, wovon du da sprichst."

„Wo ist Felisha eigentlich? Hast du sie inzwischen auch beseitigt?"

„Da du derjenige bist, der sie mir wegnehmen will, wäre das meine Frage an *dich*, Dana."

Die dunkle Gestalt, die Rickys Garten seit geraumer Zeit beobachtet hatte, war Felishas Schauspielkollege und Freund Dana, der blonde, blauäugige Schönling. Er hatte von Felisha Dinge erfahren, die ihn zum Handeln antrieben.

Das eskalierende Wortgefecht wurde allerdings von einem Ruf aus Rickys Haus unterbrochen.

„Könnt ihr da draußen leiser sein?", rief eine verschlafene Chelsea aus dem dunklen Haus. „Hier schlafen Kinder, verdammt nochmal."

Stille…

Pablo und Dana sahen sich an und sprachen kein Wort. Dann entschloss sich Dana: „Ich gehe zur Polizei. Sollen sie hier herausfinden, warum hier diese Pilze hochschießen."

„Du weißt nicht, womit du es hier zu tun hast, Dana."

„Du schüchterst mich nicht ein. Nariz Fuera."

Dana sprang über den Lattenzaun und rannte davon. Pablo sprintete los, kämpfte sich durch sein Gebüsch und über seinen Zaun und rannte ihm hinterher.

Pablo war sportlicher als Ricky. Wie ein Jaguar bei der Jagd auf eine Gazelle, blieb er Dana auf den Fersen und verfolgte ihn quer über den Strand.

Dana sah sich einmal um und erschrak, als er sah, dass Pablo ihn allmählich einholte. So versuchte er einen Zahn zuzulegen, aber seine Kräfte ließen nach.

Pablo blieb entschlossen und konstant in seiner Geschwindigkeit. Der Abstand zwischen den zwei Männern wurde immer kleiner.

Dann erreichte Pablo Dana und ergriff seinen Arm. Dana riss sich los und schlug ihm ins Gesicht.

Pablo schmiss sich dann mit seinem ganzen Körpergewicht auf Dana und riss ihn zu Boden. Sie kämpften brachial um Leben und Tod.

„Du weißt gar nichts!", brüllte Pablo den Schönling an, der im Gerangel verzweifelt versuchte, die Oberhand zu bekommen. Dabei fiel Pablo erst auf, dass Dana eine leichte

Alkoholfahne hatte – ein Geruch, der ihm selbst sehr vertraut war. Hatte sich Dana Mut angetrunken, um auf diesen Kreuzzug in Rickys Garten zu gehen?

Man zog sich gegenseitig die Haare, würgte sich. Dana kratzte Pablo am Hals, so dass es blutete. Alles war in diesem Kampf erlaubt.

Aber dieser Kratzer löste bei Pablo einen gefühlten Stromschlag aus.

„Fuck! Du miese Ratte!"

Nun kämpfte er umso härter…

Pablo wollte um jeden Preis vermeiden, dass Dana zur Polizei gehen würde – dabei wusste er nicht einmal, dass ihn die zwei Detektive der Mordkommission, Sanchez und Martinez, schon längst im Visier hatten.

Dana wiederum hatte nichts weiter als einen Verdacht, basierend auf den Aussagen von Felisha, die ihm sicherlich als „beste Freundin" so einiges aus ihrem Privatleben anvertraut hatte.

W as lag im Garten begraben, was so interessant für die Polizei sein könnte? Lag hier etwa die Leiche der vermissten Lola Peña, mit der Pablo vor einem Jahr fremdgegangen war? War sie der Grund dafür, dass an dieser Stelle im Garten diese merkwürdigen Pilze wuchsen? War sie der Grund dafür, dass Pablo so aufdringlich dazu beigetragen hatte, dass diese Stelle in Rickys Garten von Danielles Pool-Projekt verschont blieb? Er hatte schließlich den Gärtner Miguel zusätzlich bezahlt, um seinen großen Busch zu entfernen, damit mehr Sonnenlicht in Rickys Garten gelangen würde. Der eigentlich ausreichend ausgelastete Anwalt hatte sogar mitgeholfen. So hatte er ziemlich idiotensicher dafür gesorgt, dass der Bereich mit den Pilzen nicht mehr ausgegraben werden würde.

Warum das alles?

War die Antwort so offensichtlich?

Und warum würde diese Leiche nebenan in Rickys Garten liegen statt in seinem eigenen?

War Pablo in der Tat Nariz Fuera, der mörderische Nasenabschneider mit der Schnabelmaske?

Oder was hatte er sonst zu verbergen?

Egal, was Dana behauptete oder glaubte zu wissen, Pablo hatte keineswegs vor, ihn damit davonkommen zu lassen.

Das Gerangel endete in der Brandung des Meeres. Die zwei Männer schlugen und schubsten sich, dabei war Pablo entschieden stärker als Dana, der nur mit seiner Entschlossenheit punkten konnte.

K latsch!

„Wo ist Felisha?", fragte Pablo aggressiv und schlug Dana ins Gesicht.

„Sag du's mir!", lautete Danas Antwort, bevor er Blut ins schaumige Salzwasser spuckte.

„Hör auf zu spielen!", brüllte Pablo. „Wo ist sie?"

„Ich weiß es nicht!"

„Du lügst! Du willst mich reinlegen!"

Pablo trat Dana in den Bauch, dieser fiel ins Wasser und richtete sich sofort wieder auf, um davonzurennen. Aber Pablo ließ es nicht zu. Er zog Dana ruckartig am Bein, so dass dieser wieder flach auf den Bauch fiel.

„Lass mich los!", schrie Dana verzweifelt.

Doch Pablo sprang ihm auf den Rücken und drückte ihm den Kopf unter Wasser, tief in den Schlamm.

Dana trat und schlug um sich, aber er hatte gegen Pablo keine Chance.

„Ich kann nicht zulassen, dass du zur Polizei gehst, Dana!"

Dana jedoch konnte nicht antworten. Dieser kämpfte um sein Leben, das Gesicht immer noch im Schlamm. Pablo hatte ihn unter Kontrolle und drückte seinen Kopf immer fester.

Die Schläge und Tritte wurden schwächer.

Irgendwann blieben nur noch spastische Zuckungen über. Das Leben verließ Dana.

Pablo saß auf dessen Rücken, die Hand noch fest um Danas Hinterkopf gekrallt. Langsam ließ er ihn los und setzte sich neben den Toten, der mit dem Gesicht im Schlamm liegen blieb.

„Fuck."

Pablo war nicht erfreut über das soeben Geschehene. Er saß klitschnass in der Brandung da und dachte nach, aufgewühlt, außer Atem. Als sein Adrenalin langsam nachließ, begann sein mit Salzwasser genässter Kratzer am Hals nun unerträglich zu brennen.

Die Wellen schaukelten die Leiche von Dana vor und zurück. Pablo stand langsam auf und klatschte sich etwas Salzwasser ins Gesicht. Er sah sich um und dachte nach.

Was jetzt?

Spätestens in der Morgendämmerung war es eine Frage der Zeit, bis jemand diese Leiche entdecken würde. Pablo musste handeln.

Er entschied sich für die einfachste Variante: Er griff den toten Dana am Fußgelenk und wanderte tiefer ins Wasser, immer weiter abseits von seinem eigenen Zuhause.

Immer weiter.

Und noch weiter…

Nach etwa drei Kilometern Wanderung durch die Brandung schwamm Pablo so weit hinaus, wie er konnte, und zog die Leiche mit sich. Dann ließ er sie los und kehrte zum Strand zurück. Dann hielt er an und dachte nach. Er drehte sich zum Meer um, wo er gerade noch die treibende Leiche erkennen konnte. Es war nur zu hoffen, dass Dana von hungrigen Haifischen entdeckt werden würde. Aber selbst wenn nicht, dann war Dana eben ein weiterer Besoffski, der es nach einer Tour durch die Bars für eine gute Idee gehalten hatte, bei Nacht im Meer zu schwimmen.

Pablo beschloss im Wasser zu bleiben und die drei Kilometer nach Hause schwimmend zurückzulegen, damit er weiterhin unentdeckt blieb.

Es war ein langer Weg, und das Wasser war sehr frisch. Aber Pablo schwamm die Strecke an der Küste entlang, ohne einen Ton von sich zu geben. Vor seinem Grundstück angekommen, stieg er tropfend aus dem Meer und strich sich das Wasser aus den Haaren. Leise tapste er durch den weißen Sand und zu seinem Garten, wo er über den Zaun stieg und zu seinem Haus ging. Dabei schweifte sein Blick flüchtig zu Rickys Garten.

Dann blieb er stehen und leuchtete mit seinem Handy in Richtung der Baustelle, die Miguel angefangen hatte. Dana hatte am Erdhaufen bereits angefangen zu graben. Dieses

Loch würde den Gärtner Miguel stutzig machen und Fragen aufwerfen.

So stieg Pablo leise über den Lattenzaun und schlich sich zum Erdhaufen.

Er schnappte sich den Spaten und füllte das frisch entstandene Loch schnell wieder mit Erde. Den Kopf der Schlange ließ er in der Erde wieder verschwinden, noch tiefer als vorher.

Dann trat er die Erde platt und schaufelte noch mehr Erde auf die Stelle, um zu verbergen, dass hier ein Loch angefangen worden war.

Nachdem Pablo alles einigermaßen auf den Urzustand gebracht hatte, schlich er sich wieder zu seinem Grundstück und zog sich in sein Haus zurück.

Zur gleichen Zeit lag Rickys Yacht auf See vor Anker, umgeben von nichts außer Wasser.

Über dem Meeresspiegel leuchtete der Halbmond im klaren Sternenhimmel. Die Stille war magisch. Zu hören war nur das Wasser, das leicht gegen den Rumpf der Yacht klopfte, immer wieder, rhythmisch.

Eine grobe Storyline für Rickys Erotik-Thriller war in Stichpunkten geschrieben. Ein Hauptthema war festgelegt und in die Handlung integriert. Für Ricky durchaus ein amtlicher Tageserfolg. Morgen würde es dann an die Verteilung der Handlung in die drei Akte gehen.

So weit, so gut.

So konnte er, nach einem geangelten Lachs vom Einweg-grill und einem Joint am Bug, guten Gewissens in einen frühen Feierabend gehen, der im Einklang mit der Bettzeit von Felisha war. Er beschloss, ein guter Gastgeber zu sein und für Smalltalk zur Verfügung zu stehen.

Ricky und Felisha lagen im Doppelbett unter Deck, beide noch um 1:00 Uhr nachts hellwach und einander zugewandt. Ihre Köpfe ruhten auf zwei flauschigen Kissen. Die Luke stand offen, denn es war stickig warm. Beide trugen bloß ihre Unterwäsche und lagen unter einer dünnen Seidende-cke, die aufgrund der Luftfeuchtigkeit leicht an ihren Körpern klebte. Und beide Körper pochten vor Wollust.

Aber niemand sprach darüber.

Es war Folter.

Ricky sagte sich in Gedanken, dass er noch nichts Falsches tat. Und selbst wenn er weitergegangen wäre, dann wäre es nach dieser langen sexuellen Durststrecke sein gutes Recht gewesen. Bekam er zu Hause nichts zu essen, dann musste er eben raus zu einer Burrito-Bude.

Dann gab es diese unparteiische, moralisch angetriebene Stimme in ihm, die ihm zurief, er solle nicht sein heiliges Familienglück aufs Spiel setzen.

Neugierig stellte Felisha eine Frage: „Wann hast du denn zum letzten Mal so richtig bewusst gelogen?"
Ricky grübelte ernsthaft.
Doch er fand keine Antwort auf die Frage. So griff er in

die Schublade der „offensichtlichen Lügen", die er noch im Gedächtnis trug.

Eine Lüge ließ er dabei weg, nämlich seine Lüge an die zwei Detektive, er hätte noch nie von Lola Peña gehört. Dieses Detail Felisha zu erzählen, hielt er für keine besonders gute Idee. Der Rattenschwanz wäre einfach zu groß.

So griff er weiter zurück in seinen „Lügen-Vorrat"...

„Ich glaube, als ich einem Fan sagte, ich würde den Gruß an Dwayne Johnson ausrichten."

Felisha lachte in sich hinein und konnte nachvollziehen, dass dies ein klarer Fall einer bewussten Lüge war.

„Und du?", fragte Ricky dann.

Nun war für eine Weile nur das rhythmische Schwappen des Wassers außen am Rumpf zu hören.

„Ich frage mich gerade, ob ich wirklich ehrlich war, als ich deinem Deal zugesagt habe."

Ricky spürte Stromstöße in seinem Körper.

„Wie meinst du das?"

„Na ja, ich sagte, ich würde die Finger von dir lassen. Aber in dem Moment dachte ich ans Gegenteil. Nun weiß ich nicht, warum. Wollte ich das? Oder stellte ich es mir nur vor, weil ich trotzig sein wollte, als du mir eine Bedingung gestellt hast. Wollte ich mir von keinem Mann etwas verbieten lassen?"

Ricky versuchte das Gespräch in einer sicheren Zone zu behalten.

„Du scheinst viel unter Pablo gelitten zu haben."

„Ach, ich bin auch nicht ohne."

„Wer ist das schon?"

„Kinder?"

„Ach, sogar Kinder haben's faustdick hinter den Ohren, glaub mir ruhig. Sie hänseln sich, lügen uns an, tun gerne die verbotenen Dinge."

„Da spricht wohl ein Vater mit Erfahrung."

„Oh, ja."

„Bestrafst du deine Kinder?"

„Nein. Also, nicht so richtig. Davon halte ich nicht viel. Sie können nichts dafür, dass die Gesellschaft, in die sie hineingeboren worden sind, irgendwelche Regeln aufgestellt haben, die sie befolgen sollen. Ein aufgeräumtes Kinderzimmer ist eine Erfindung. Eine Gabel, um beim Essen sauber zu bleiben. Warum sollte ich mein Kind einsperren, oder schlagen, oder anmeckern, nur weil es seine eigene Ideologie der unseren bevorzugt? Wer zwingt mich dazu? Die Gesellschaft? Die Kultur? Fuck off."

„Wow", staunte Felisha. „Du bist mir echt ein Pontius Pilatus."

Allein diese Reaktion törnte Ricky an.

Warum war diese attraktive junge Frau so gebildet?

Ihr cleverer Bezug zum römischen Statthalter Pontius Pilatus, der laut Bibel durch eine wütende Meute genötigt wurde, Jesus zu verurteilen, faszinierte Ricky.

„Weißt du, du überraschst mich schon den ganzen Abend mit deiner Direktheit", faselte Ricky mit leiser Stimme los. „Wenn wir schon bei Christus sind, dann denke ich gerade an das Konzept der verbotenen Dinge. In den Zehn Geboten heißt es, man solle nicht ehebrechen."

„Ich weiß."

„Bei der Bergpredigt sagte Christus aber, dass man bereits

seine Frau betrogen hat, wenn man an Sex mit einer Anderen gedacht hat."

„Okay, und was heißt das für dich?"

„Das heißt, ich habe Danielle schon längst mit dir betrogen", antwortete Ricky mit überraschender Direktheit. „Ich bin bereits schuldig, zumindest vor Gott gesehen – sollte an meiner katholischen Erziehung etwas dran sein. Ich wäre dann also jetzt schon moralisch bankrott. Aber wenn man schon Insolvenz anmelden muss, warum dann nicht mit einem Knall? Alle Kataloge leer bestellen, sich die Bude vollstellen, und dann die Finger heben."

„Du meinst, dann solltest du deine Frau auch richtig betrügen?"

„Na ja. So jung kommen wir schließlich nicht mehr zusammen, oder?"

Felisha lachte.

„Du Ferkel."

„Weißt du", fuhr er fort, „eigentlich hat sie mich geradezu dazu aufgefordert, sie mit einer Blondine zu ‚betrügen', kannst du dir das vorstellen?"

„Wieso aufgefordert?"

„Sie kam letzte Woche irgendwann vom Yoga nach Hause und erzählte mir abends im Bett, dass irgendeine esoterische Tante meinen Kaffeesatz gelesen hatte. Und diese soll in meiner Zukunft gesehen habe, dass ich…"

„Sex mit einer Blondine haben wirst?"

Ricky pausierte.

„Ja, genau."

„Und seitdem kannst du an nichts Anderes mehr denken, hab ich recht? Sie hat es dir eingepflanzt."

„Ich schätze schon."

„Hey, Ricky, denke jetzt bitte auf keinen Fall an pinke Elefanten in Unterhosen."

Gerade unter dem Einfluss des Marihuanas musste Ricky über diese Vorstellung kichern.

„Na, erwischt?", scherzte Felisha. „Stellst du ein Schild auf, auf dem ‚Bitte nicht den Rasen betreten' steht, woran denkt jeder, der es liest?"

„Ans Betreten des Rasens."

„Genau."

„Und was ist die Lösung?"

„Ein Schild aufstellen, auf dem ‚Bitte den Gehweg benutzen' steht."

„Und jetzt frage ich mich, was in meinem Fall auf so einem Schild gestanden hätte."

„In deinem Fall?"

„Meinem Dilemma. Danielle hat es mir eingepflanzt, warum sollte ich das abstreiten? Außerdem fühle ich mich zu dir hingezogen. Warum sollte ich das ebenso abstreiten? Dann wären da die Beziehungsprobleme. Nun soll es heißen, ich darf nicht fremdgehen, um meine Bedürfnisse zu stillen. Was wäre denn ihr Gegenangebot an mich, ihr Gehweg? Ich muss ja von A nach B, ihr Grundstück steht im Weg."

„Das ist eine tiefsinnige Frage. Ein flotter Dreier vielleicht?"

Ricky lachte laut los, wieder einmal verwundert über ihre dreiste Schlagfertigkeit. Was war diese Frau denn bitte für ein Phänomen?

Wie würde sich eine Beziehung mit Felisha nach zehn Jahren anfühlen?

„Tja, nun haben wir einige direkte Worte gesprochen",
stellte Ricky zusammenfassend fest. „Ich frage mich wirklich,
was wir als Nächstes tun."

„Das, was anständige Leute tun, Ricky. Wir schlafen
einfach ein und träumen etwas Versautes. Dann wachen wir
auf, frühstücken, und du machst dich weiter an deinen
Erotik-Thriller, der zum Kassenerfolg wird. Und ich
versuche dich nicht in deiner Konzentration zu stören,
während ich über mein Leben und meine Ehe nachdenke."

Das nahm Ricky jeden Wind aus den Segeln.

Am liebsten wollte er sich sarkastisch darüber empören,
dass sie mitten in diesem intensiven Flirt so eine Reißleine
ziehen würde.

Aber wiederum war es ein Gefallen dem Universum
gegenüber, seinem noch vorhandenen Vorsatz, das Richtige
zu tun und nicht in Versuchung zu geraten. Ein Teil von ihm
wusste es und zeigte sich dankbar, obwohl der Rest von ihm
extrem geil und frustriert war.

„Das klingt anständig, Felisha. Die Gedanken sind zwar
frei, aber du hast recht: Wir sind anständige Menschen."

„Dennoch schön, dass wir darüber gesprochen haben."

„Finde ich auch."

„Dann mal gute Nacht, Ricky. Und Danke nochmals, dass
du mich mitgenommen hast."

„Keine Ursache. Und wenn dir der Service gefällt, dann
bitte vergiss nicht, fünf Sterne und ein paar nette Worte auf
unserer Website zu hinterlassen."

„Du Witzbold", kicherte Felisha.

„So, Spaß beiseite, gute Nacht."

„Nacht."

Das rhythmische Schwappen des Wassers war nun für
einen Moment wieder die einzige Geräuschkulisse.

„Nacht."

„Nacht."

Ein letztes Kichern, und dann Stille.

Beide wussten, dass dies noch ein Nachspiel haben würde. Aber keiner sprach darüber.

Und nach einer Weile des Kopfkinos gingen allmählich die Lichtlein aus. Felisha schlief irgendwann ein, dann Ricky.

Am Mittwochmorgen war Ricky früher wach als Felisha. Er ließ sie ausschlafen. Leise machte er sich auf die Schnelle einen Kaffee mit Vanillegeschmack und setzte sich an Deck in die Morgensonne, um mit der Arbeit anzufangen. Der herrliche Duft des Schnellgetränks, gemischt mit dem frischen Geruch des Ozeans, war der perfekte Start in den Tag.

Die Nacht war ohne Unfug überstanden, worüber Ricky an und für sich froh war. Auf der anderen Seite war sein Schlaf unterbrochen und unruhig gewesen, da er neben einer heißen Blondine gelegen hatte, ohne sie anzurühren.

Und nichts wollte er momentan mehr als das. Es war also im stillen Kämmerlein unerträglich unbefriedigend.

So saß Ricky – wieder einmal – an einem unfassbar idyllischen Ort und konnte nichts davon so richtig genießen, da er gedanklich mit dem beschäftigt war, was er *nicht* haben konnte, anstatt mit dem, was er hatte.

E s war gegen 11:00 Uhr.
Ricky saß in seinem Klappstuhl und trug eine
Sonnenbrille, ein offenes Hemd und Shorts. Er war
bereits mit seinen Charakterbeschreibungen beschäftigt und
schrieb fiktive Biographien, die für die Drehbucharbeit als
Fundament dienen sollten.

Der Protagonist war deutlich nach ihm selbst skizziert,
ebenso dessen Ehefrau. Die „Femme Fatale" war natürlich
nach der Vorlage von Felisha erfunden, außer dass die fiktive
Version ledig war und nichts zu verlieren hatte – im Gegensatz zum Original.

Die Luke stand offen, damit frische Luft in die Kabine
ziehen konnte.

I rgendwann konnte Ricky unter Deck den Wasserhahn
hören, dann das Geräusch von Zähneputzen.
Darauf folgten die Geräusche von Geschirr und
Besteck, das Rascheln von Plastikverpackungen.

Dann das Klappern eines Tablettes.

„Frühstück", sagte eine muntere und gut gelaunte Felisha
und stellte ein liebevoll angerichtetes Frühstückstablett an
Deck ab. Getoastetes Brot, Butter, ein Teller mit Aufschnitt
und Käse, Tomatenscheiben.

„Wow, das ist ja nett."

„Hast du noch genug Kaffee?"

„Ja, danke. Wie sieht's mit dir aus?"

Ohne Kaffee am Morgen läuft bei mir gar nichts."

„Kannst du mit der Maschine um?"

„Ich habe schon längst meinen ersten Kaffee weg",
antwortete Felisha.

Ricky schmunzelte.

„Das sind ja mal geile Geschmäcker", fuhr Felisha fort.

„Ganz schwer, sich da für eine Sorte zu entscheiden."

„Wofür hast du dich denn entschieden?"

„Heute war mir nach Karamell."

„Gute Wahl."

Felisha breitete ein Handtuch an Deck aus und setzte
sich im Schneidersitz darauf. Sie nahm eine Scheibe
Toast und ein Buttermesser.

„Was möchtest du auf dein Brot?", fragte sie, während sie
Butter auf das Brot schmierte. Die Butter begann sofort zu
schmelzen.

Ricky sah kurz zum Tablett und senkte unschlüssig seine
Sonnenbrille.

„Ich nehme mal die Salami. Aber du, ich mache gleich
eine Pause, du musst hier nicht meine Leibeigene spielen."

„Ach, das ist doch das Mindeste."

Felisha hob mit der Gabel eine große Scheibe Salami vom
Teller hoch und legte sie flach auf die Toastscheibe.

Diese reichte sie auf einem Teller zu Ricky, der
seinen Laptop kurz beiseite legte und den Teller entge-
gennahm.

Felisha machte sich selbst eine Toastscheibe mit Käse. Beide fingen simultan an zu essen.

Felisha starrte verzaubert zum Meer hinaus.

„Ein Ausblick für die Götter, oder?"

„Oh, ja", stimmte Ricky zu und biss genüsslich von seinem Brot ab.

„Wie kann das angehen, dass ich schon so lange hier lebe und gar nicht mehr so richtig schätzen kann, was ich habe?"

„Menschen können sich an alles gewöhnen", antwortete Ricky lakonisch, den Mund noch voll.

„Auch wahr", stöhnte Felisha nachdenklich. Sie rührte ihr Brot noch nicht an, sondern starrte weiter auf das Meer.

„Pablo hat mich früher vergöttert. Er sagte, ich sei die schönste Frau auf der Welt, seine Königin. Aber er hat sich an mich gewöhnt. Irgendwann war ich nicht mehr so besonders für ihn. Er machte mir keine Komplimente mehr, behandelte mich immer wieder wie Dreck. Und dann erwartete er von mir, dass ich dennoch jederzeit die Beine breit mache. Als ich irgendwann dazu keine Lust mehr hatte, bis sich etwas in unserer Ehe ändern würde, ging er sich woanders die Hörner abstoßen."

„Bei der Lola."

„Genau. Sie kannten sich von der Arbeit. Ich glaube, sie war die Schwester eines Mandanten oder so etwas. Er hatte ihr geholfen, ein Referat für ihr Jurastudium vorzubereiten. Und dann ist es einfach zwischen ihnen geschehen. Sehr professionell…"

„Hast du ihm das jemals so richtig verziehen?", fragte Ricky und biss wieder von seinem Brot ab. Dabei bekam er die Salami nicht mit den Zähnen durchtrennt, so dass er die ganze restliche Scheibe vom Brot riss und aufaß. „Er hat nie darum gebeten. Und ich glaube, wer so etwas einmal macht, der wird es immer wieder machen. Wie soll man eine Zukunft mit jemandem aufbauen, dem man nicht mehr trauen kann?"

Dies bezog Ricky im stillen Kämmerlein auf sich selbst.

Unter Deck ertönte plötzlich ein Klingelton. Beide sahen leicht irritiert zur offenstehenden Luke. „Ich dachte, wir haben hier draußen kein Netz", wunderte sich Felisha.

„Das ist das Satellitentelefon", sagte Ricky und stand auf.

Er stellte seinen Teller samt dem übrigen Toaststück ab und legte eine neue Scheibe Salami aufs Brot. Dann stieg er in die Kabine hinab und ging zum Satellitentelefon, das an der Wand befestigt war.

Niemand, außer Danielle und seinem Kumpel Max, hatte diese Nummer.

Ricky nahm stutzig den Hörer ab und hielt ihn sich ans Ohr.

„Hallo?"

„Hi Schatz, tut mir leid, dass ich dich störe."

„Ist schon gut. Was ist los? Ist alles okay?"

„Bei uns ja. Aber ich glaube, nebenan bei den Aguados ist wieder Land unter."

„Aha? Wieso, was ist da los?"

„Die Frau ist verschwunden."

„Wie, verschwunden?"

„Der Anwalt, wie heißt er denn gleich… Pablo, oder?"

„Ja, Pablo."

„Der war vorhin bei mir, und er wirkte total besorgt und aufgewühlt. Als hätte er die ganze Nacht nicht geschlafen. Und er hatte einen Kratzer am Hals, ganz merkwürdig."

„Aha. Einen Kratzer am Hals. Und was wollte er?"

„Er hat seine Frau gesucht."

Ricky stockte.

„Bei *dir* hat er nach seiner Frau gesucht?"

„Na ja, er hat gefragt, ob ich irgendwas wüsste. Er sagte, sie war seit heute Morgen einfach verschwunden. Nirgendwo aufzufinden."

„Na, das ist ja spannend. Aber ganz ehrlich, ist Drama wirklich was Neues bei den Beiden?"

„Er sah besorgt aus, Ricky. Er fragte auch, ob *du* vielleicht etwas weißt. Ich hab natürlich gesagt, dass ich mir das nicht vorstellen kann, aber…"

„Aber was?"

„Na ja, du bist seit gestern weg, nun ist auch Felisha weg."

„Was fragst du mich da gerade? Ob ich sie entführt habe oder was?"

„Nein, ich meine… Es kann ja sein, dass du sie mitgenommen hast."

„Weil sie die perfekte Blondine ist, um deine Kaffeesatz-Prophezeiung zu erfüllen, oder was?"

Danielle geriet ins Stocken.

„Ganz ehrlich, Danielle, wir hatten gesagt, du rufst an, wenn es wichtig ist. Ich will von dem ganzen Rosenkrieg unserer Nachbarn nichts wissen, die sich die Augen auskratzen, und auch nicht von irgendwelchen Schlussfolgerungen, die du wegen der Aussage deiner Yoga-Tante machst. Ich möchte jetzt konzentriert mein Drehbuch schreiben und unsere Familie damit ernähren, wärst du damit einverstanden?"

Leicht eingeschüchtert, antwortete Danielle: „Ja, natürlich. Tut mir leid."

„Felisha wird sicherlich wieder auftauchen. Wenn sie eine Auszeit braucht, ist das eine Sache zwischen den Beiden."

„Und was, wenn ihr was passiert ist?"

„Dann sollte er zur Polizei gehen."

„Ja, irgendwie komisch, aber das wollte er wiederum nicht. Das kam mir schon merkwürdig vor. Ich hatte ihm angeboten, die Polizei sofort anzurufen, aber da hat er ganz seltsam reagiert."

„Na klar, weil er wahrscheinlich handgreiflich wurde und sich deswegen auch den Kratzer eingefangen hat. Wer weiß das schon."

„Ja, kann natürlich sein."

„Also, nochmals mein Vorschlag: Geh dem Mann aus dem Weg, und halte dich da raus. Ich mag ihn nicht, und ich halte ihn für unberechenbar. Vielleicht der Grund, warum sie abgehauen ist. Aber das ist deren Sache. Lass die Probleme der Nachbarn die Probleme der Nachbarn sein."

„Okay. Wahrscheinlich hast du recht. Und du bist da draußen auch wirklich allein, ja?"

„Danielle, allein die Frage finde ich echt bescheuert von dir, wirklich. Gib den Kleinen einen Kuss von mir, ja?"

„Okay. Heute geht's los, wir fahren nach dem Mittagessen raus zu den Maya-Ruinen von Xunantunich."

„Viel Spaß damit", würgte Ricky das Gespräch ab. „Bis bald, ich muss an die Arbeit."

„Ja, bis bald."

Beide legten auf.

Wegen des Kratzers an Pablos Hals war Ricky dennoch etwas stutzig – was er seiner Freundin eben nicht gesagt hatte. Denn hätte er es nicht von Felisha erfahren, wenn sie von ihrem Mann körperlich angegriffen worden wäre?

Hatte Ricky gerade seine Freundin angelogen? Technisch gesehen, nicht.

Er hatte sich wieder einmal in den Grauzonen zwischen Wahr und Unwahr aufgehalten und das Gespräch mit Danielle zu seinen Gunsten manipuliert. Dass sie einen Bogen um Pablo machen sollte, das war sein voller Ernst, und es war gut gemeint.

Niemand sollte jemals erfahren, dass Ricky und Felisha gemeinsam auf See waren. Dies war nicht nur sein Wunsch, sondern ebenfalls Felishas. Und selbst wenn es herauskommen würde, dann wäre eine plausible Begründung in den Startlöchern – nicht nur für den Ausflug selbst und die Motivation beider Teilnehmer, sondern auch für das einvernehmliche Stillschweigen.

So oder so, Ricky ließ bei allem immer den Teil weg, der sich in seiner Psyche abspielte. Solange er nicht verboten handelte, war es nicht nachzuweisen, dass er sich zu Felisha hingezogen fühlte.

Währenddessen konnte er sich relativ sicher durch die Grauzonen bewegen...

4

WAS AUF DER SEE PASSIERT...

Danielle blieb für einen Augenblick in ihrer geräumigen Wohnstube stehen, das Handy in der Hand. Sie hätte sich zumindest etwas Smalltalk mit Ricky gewünscht. Aber gut, er war schließlich auf See, um ungestört zu arbeiten, und ein Anruf aufs Satellitentelefon war sehr teuer. Davon abgesehen, war er gerade erst seine ersten 24 Stunden abwesend, und sie wollte ihm nicht auf die Nerven gehen.

Das alles änderte nichts daran, dass ein Teil von ihr enttäuscht war.

„Du hast Ricky ernsthaft gefragt, ob er die Tante von nebenan mit auf seinem Boot hat?", fragte Danielles Mutter

Chelsea, die den Mittagstisch zusammen mit den Kindern abräumte.

„Ich weiß. Total albern. Sie ist ja auch erst seit heute vermisst, das hätte eh nicht hingehauen.“

„Na ja, das weiß ich nicht. Heute Nacht habe ich irgendeine Streiterei im Garten von deinem Nachbarn gehört. Da ging es drum, dass sie weg war.“

„Eine Streiterei?“, fragte Danielle hellhörig.

„Ja. Ich hab dann rausgerufen, dass sie gefälligst bitte etwas leiser sein könnten.“

„Wer hat sich denn gestritten?“

„Es waren zwei männliche Stimmen.“

„Zwei männliche Stimmen?“

„Aber alles war dunkel, man konnte nichts sehen.“

Das machte Danielle stutzig. Vielleicht war Felisha doch nicht diejenige, von der dieser auffällige Kratzer stammte.

Andererseits versicherten ihr diese Hinweise, dass Ricky womöglich in der Tat nichts mit der Sacheum Felisha zu tun hatte – was sie inzwischen ohnehin als alberne Vorstellung abgetan hatte. Wie konnte sie dem Vater ihrer Kinder auch nur im Traum unterstellen, die heiße Blondine von nebenan bei seinem Ausflug mit im Gepäck zu haben?

Genug damit beschäftigt.

Wäre da nur nicht diese eine kleine Tatsache, welche Danielle aber nicht ahnte: Ricky hatte mit Felishas Verschwinden zu tun.

Immerhin war sie nicht in Gefahr.

Oder stand die Gefahr noch bevor?

Die zwei Frauen packten alles Nötige für den Ausflug ein und verloren keine Zeit, damit sie rechtzeitig auf die Straße kommen würden. Danielle trug ihre wichtigsten Papiere, ihr Geld sowie ihr Handy bei Ausflügen grundsätzlich in ihrer kleinen, olivgrünen Hanf-Handtasche, die ihr Ricky vor drei Jahren zum Geburtstag geschenkt hatte.

Draußen rückte der alte Miguel an, um im Garten das Loch für den Pool weiterzugraben. Er drehte sich eine Zigarette und zündete sie an, zog sich seine Gärtnerhandschuhe an und ging auf die Baustelle zu.

Dann blieb er stutzig stehen und kratzte sich die Schläfe. Hier stimmte etwas nicht.

Er nahm einen tiefen Zug von der Zigarette und schwieg zunächst.

Der Erdhaufen sah nicht nur leicht anders aus, als er diesen hinterlassen hatte, obendrein konnte Miguel einige Fußspuren feststellen, die nicht zu ihm gehörten.

Miguel drehte sich zum Haus um, als er die Frauen und Kinder hörte.

„Holly, Sean, rennt nicht zur Straße, schön hier bleiben!", rief eine leicht gestresste Danielle, als die Vier zur Auffahrt gingen, wo der silberne Audi Kombi stand.

„Hast du die Getränke mit?", fragte Chelsea.

„Sind schon im Fußraum verstaut."

„Dann sind sie wohl nicht mehr kühl, was?"

„Mom, bitte."

Miguel grübelte für einen Augenblick, dann wanderte er rauchend am Haus vorbei und zur Auffahrt.

„Señorita?"

Danielle sah auf, während sie Holly in den Kindersitz setzte und anschnallte. „Fräulein" genannt zu werden, gefiel ihr grundsätzlich nicht. Aber sie war nun einmal nicht mit Ricky verheiratet.

„Ah, Miguel! Schön, dass Sie schon da sind. Ich hatte ja gesagt, dass wir heute einen Ausflug machen. Das ist für Sie okay, oder?"

„Kein Problem, Señorita. Ich mache Gartenarbeit, Sie machen Ihre Sachen."

„Alles klar."

„Ihr Mann ist gestern abgereist, oder?"

„Ja, wieso?"

„Er hat nicht hinten gegraben oder so?"

„Nein, das sollen ja *Sie* machen."

„Aha."

Danielle konnte Miguel ansehen, dass er über irgendetwas irritiert war.

„Ist alles okay, Miguel?"

„Äh, ja. Alles bestens."

„Wieso fragen Sie denn, ob Ricky hinten im Garten gebuddelt hat? Er ist ja auf See."

Miguel pausierte für einen Augenblick.

Dann zog er an seiner Zigarette und entschied sich dafür, seine Auftraggeberin nicht weiter zu beunruhigen.

„Nur so. Das ist *mein* Reich. Ich mache Ihnen den Pool. Ich brauche das Geld."

Danielle lachte.

„Keine Sorge, der Auftrag steht."

„Dein Gärtner macht klare Ansagen", scherzte Chelsea, während sie es sich auf dem Beifahrersitz bequem machte.

Danielle setzte sich hinter das Lenkrad.

„Wenn Sie irgendwas brauchen, Miguel, hab ich einen Schlüssel unter die Fußmatte gelegt. Fühlen Sie sich wie zu Hause."

„Su casa es mi casa", antwortete er.

„Genau", lachte Danielle. „Frohes Schaffen."

„Gracias. Wann kommen Sie wieder?"

„Das wird sicher spät. Die Fahrt, dann viel laufen, dann unterwegs was essen, Kinder einpacken, wieder zurück. Sie können gerne einfach solange arbeiten, bis Sie keine Lust mehr haben. Aber je früher der Pool fertig wird, desto besser."

„Sagt eine Frau, die das Karibische Meer direkt vor der Haustür hat", mischte sich Chelsea ein.

„Ja, Mom, ich liebe dich auch."

„Ihr Zwei solltet miteinander reinen Tisch machen", merkte Miguel scherzhaft an.

Aber in seinem Scherz steckte etwas Ernst.

Danielle startete den Motor und fuhr den Audi rückwärts auf die Straße. Alle winkten Miguel zu, als das Auto dann auf der Straße davonfuhr.

Miguel winkte höflich zurück.

Aber als das Auto verschwand, drehte er sich zum Nachbarhaus und grübelte.

Miguel war ein von Erfahrungen geprägter alter Mann. Und hier stimmte etwas nicht, dessen war er sich sicher.

Ihm ging Pablos Verhalten von jenem Tag durch den Kopf, als Danielle Miguel mit dem Pool im Garten beauftragt hatte. In seinem Gedächtnis war hängengeblieben, wie Pablo scheinbar zu vermeiden versucht hatte, dass die pilzbewachsene Stelle des Rasens in Berührung mit einem Spaten kommen würde. Pablo hatte ihn auf die Schnelle bezahlt, um seinen großen Busch zu fällen und zu entsorgen, nur damit der andere Bereich des Gartens mehr Sonne bekam.

Sogar mitgeholfen.

Waren die Fußspuren am Erdhaufen etwa die von Pablo?

Miguel war an und für sich kein Schnüffler, aber diese Fußspuren erregten seinen Verdacht.

Fortan würde er den Nachbarn Pablo genauer im Auge behalten, zum Schutze der Familie, die ihm seine Rente aufstockte.

Auf See machte Ricky gute Fortschritte mit seiner Drehbuchentwicklung. Felisha sonnte sich am Nachmittag und schwamm im Ozean. Sie zog immer wieder die Blicke von Ricky an, der seine Augen hinter einer verspiegelten Sonnenbrille versteckte. Man ging sich höflich und professionell aus dem Weg, obwohl unter der Oberfläche dieser Scharade weiterhin der Reiz köchelte, der in der Nacht zuvor sogar zur Aussprache gekommen war.

„Ricky, guck mal!", rief Felisha.

Es war früher Nachmittag.

Ricky klappte seinen Laptop zu, stand auf und eilte zur Bugreling, wo Felisha hinaus aufs Meer starrte.

„Was ist los?"

„Guck mal da."

Felisha zeigte auf das Meer, einige Meter von der Yacht entfernt. Ricky blinzelte mehrfach und schaute hin, trotz seiner Sonnenbrille immer noch vom direkten Sonnenlicht geblendet, welches sich auf der Wasseroberfläche spiegelte.

Dort konnte er mehrere graue Silhouetten von Haifischen sehen, die Tiere waren etwa anderthalb Meter lang. Stromlinienförmig, schlank, breite Köpfe. Sie sahen ähnlich aus wie die Pilze in Rickys Garten.

„Ach du Scheiße", erschrak sich Ricky, „hier gehe ich nicht mehr schwimmen."

„Na ja, eigentlich gibt es hier nicht viele Haie. Wir sind noch ziemlich weit weg vom Belize Barrier Reef. Die sehen aus wie Schaufelnasen-Hammerhaie."

„Schaufelnasen-Hammerhaie?"

„Ja, eine Spezies, die vor nicht allzu langer Zeit entdeckt worden ist."

„Sind die gefährlich?"

„Na ja, Menschen gehören nicht auf ihr Menü. Wir haben eigentlich nichts im Wasser zu suchen. Oft haben Haie irgendwelchen Tauchern in die Waden gebissen und das Fleisch s0fort wieder ausgespuckt."

„Davon konnten sich die Taucher sicher auch nichts kaufen", scherzte Ricky.

„Höchstens die Lektion, die sollte man immer mitnehmen."

„Wahre Worte."

„Die scheinen irgendwas gerochen zu haben. Die schwimmen alle in eine Richtung und sehen hungrig aus."

„Ich hoffe, die haben nicht uns gerochen."

„Nee, die schwimmen an uns vorbei."

Bei dem Gedanken an Blut im Meerwasser musste Ricky wieder einmal an den Kratzer denken, den Danielle angeblich an Pablos Hals gesehen hatte.

„Du, hat dein Mann dich neulich geschlagen oder so etwas?"

Felisha blickte stutzig.

„Nein, wüsste ich nicht. Er ist kein Frauenschläger, auch wenn man es kaum glaubt. Wieso fragst du so etwas?"

Ricky überlegte, ob er es denn ansprechen sollte.

Aber er tat es.

„Am Telefon sagte Danielle, dass Pablo einen Kratzer am Hals hatte."

„Einen Kratzer am Hals?"

„Ja."

„Vielleicht von der Gartenarbeit, mit der er sich neuerdings herumgeschlagen hat. Er hat doch mit eurem Miguel diesen einen Busch entfernt."

„Dann wäre dir doch längst der Kratzer aufgefallen."

„Ach, ja. Stimmt."

Felisha überlegte kurz. Aber sie kam auf keine Erklärung.

„Keine Ahnung", sagte sie schulterzuckend.

Felisha hatte immerhin recht, was die Haie anging. Diese schwammen in Richtung Küste und rochen ein leckeres Festmahl, nicht allzu weit von der Brandung entfernt.

Ein Festmahl, das inzwischen auch bereits die Aufmerksamkeit der Küstenwache von Belize erregt hatte. Zwei Schnellboote des Belizean Coast Guard Service, vier alarmierte Beamte und viele, viele Fische, groß und klein, im Fressrausch.

Objekt der Aufmerksamkeit von allen war eine bereits zerpflückte Wasserleiche, aufgedunsen und blass. Kaum noch erkennbar. Die Leiche driftete zwischen den Wellen wie ein altes Stück Treibholz. Die Klamotten waren teilweise schon von den heißhungrigen Fischen zerbissen. Ein Bild wie aus einem Horrorfilm.

Verstärkung war bereits unterwegs. Es galt, die Leiche

schnellstmöglich aus dem Wasser zu holen, damit keine Massenpanik entstehen würde. Kein Tourist, kein Einwohner sollte diesen grausamen Anblick zu Gesicht bekommen.

Hier war man es gewohnt, in Zusammenhang mit dem Drogenschmuggel, alle möglichen Gräueltaten aufklären zu müssen. Aber mit Nariz Fuera wollte Belize nicht in Verbindung gebracht werden.

Der glatzköpfige Martinez und der korpulente Sanchez waren relativ schnell zur Stelle, um sich ein Bild davon zu machen, was hier passiert sein könnte.

Die Leiche wurde zur Pathologie gebracht, wo festgestellt werden konnte, dass es sich um einen jungen Mann handelte, etwa Anfang 30. Schuss- oder Stichwunden hatte er keine. In seinem Blut war ein noch recht hoher Promillewert festgestellt worden, und den Anzeichen nach zufolge, war dieser junge Mann im Meer ertrunken.

Ein Betrunkener, der nachts im Meer baden wollte, das war nichts Neues.

Doch als Detective Martinez unter den Fingernägeln des Mannes einige Hautpartikel sicherstellen konnte, wurde hier genauer hingesehen.

Bis die Mordkommission herausfinden konnte, dass es sich bei diesem Toten um Dana Cruz handelte, würde jedoch noch einige Zeit vergehen.

Dementsprechend würde es noch dauern, bis eine

Verbindung des Mordopfers zu Felisha festgestellt werden könnte. Oder bis eine Spur zum Mörder Pablo führen würde.

Mittlerweile war Pablo nicht mehr zu Hause aufzufinden. Er hatte sich auf die Suche nach seiner Ehefrau gemacht – fest der Überzeugung, für sie getötet zu haben.

Welches Geheimnis hatte er versucht zu schützen, als er Dana in der Brandung unter Wasser hielt?

Diesem Geheimnis kam der alte Gärtner Miguel immer näher, denn er hatte längst gewittert, dass eines hier begraben lag.

Danielle war mit ihrer Mutter und den Kindern noch unterwegs, und nebenan war im Hause Aguado niemand da. Miguel war ungestört.

Und er war neugierig.

Unter dem Erdhaufen hatte er bereits das Loch im Rasen entdeckt, das Pablo in der Nacht wieder geschlossen und abgedeckt hatte.

Nun war Miguel dabei, dieses Loch weiterzugraben. Nun wollte er herausfinden, was hier unter der Erde lag.

Dass er sich einigen Fragen stellen müsste, sobald Danielle zurückkehrte, war ihm durchaus bewusst.

Wiederum würde es sicher keine Fragen geben, wenn er hier fündig werden würde.

Bis auf die Frage, warum er hier zu suchen wusste.

Eine Frage, die er nicht fürchtete. Denn schließlich hatte es konkrete Gründe zum Verdacht gegeben, die allerdings nicht unbedingt reichten, um auf eigene Faust die Polizei einzuschalten.

Während die Stelle, wo Miguel eigentlich graben sollte, vor sich hin stagnierte, wurde das Loch, das eigentlich nicht gegraben werden sollte, immer tiefer und tiefer.

Wieder einmal begegnete er diesem ekelhaften abgetrennten Schlangenkopf, der allmählich zu verwesen begonnen hatte. Dabei fiel ihm auf, dass dieser deutlich tiefer lag, als er ihn seinerzeit begraben hatte. Hier war definitiv jemand am Werk gewesen.

Um Vergiftungsunfälle zu vermeiden, nahm Miguel den Schlangenkopf vorsichtig mit sich und begrub diesen an einer anderen Stelle hinten am Lattenzaun.

Danach fuhr er mit dem Graben fort, und es war reine Knochenarbeit.

Der Schweiß triefte ihm vom Gesicht. Die Kräfte ließen nach. Aber das Zeitfenster war schmal. Und es gab ein Rätsel zu lösen, wenn auch inoffiziell.
So rief er einen Freund mit seinem altmodischen Mobil-

telefon an und fragte ihn auf Spanisch, ob dieser denn etwas Zeit zum Aushelfen hätte.

Das alles natürlich nur unter dem Vorwand, dass er ein Loch für einen Pool buddeln müsste und nur noch wenig Zeit dafür hätte. Auf die Frage, warum er das Loch nicht einfach ausbaggern lassen würde, wollte er ungern damit antworten, dass er eigentlich dabei war, auf eigene Faust Detektivarbeit zu machen. So wählte er die freche Variante und erklärte, dass er auf die Arbeitsstunden angewiesen war – was nicht gelogen war, da Miguel schließlich den eigentlichen Pool ebenso per Hand ausgraben wollte. Und Danielle wusste davon, dass Miguel nicht viel Rente hatte. So war es zwar eine unausgesprochene Sache, aber gewissermaßen lagen die Karten auf dem Tisch.

„Ich habe mich hier etwas verzockt", erklärte Miguel auf Spanisch am Telefon. „Das hier muss bis heute Abend fertig werden, da morgen schon betoniert werden soll. Meine Hände sind nicht mehr das, was sie mal waren. Und mit dem Rücken will ich gar nicht erst anfangen. Aber ich habe eine ganz klare Beziehung mit Moneten, wir verstehen uns blind, comprendes? Deswegen habe ich beschlossen, mir Hilfe zu holen."

Ein Lachen war am anderen Ende der Leitung zu hören.

Da Ronaldo zufällig gerade frei hatte, bekam Miguel eine prompte Zusage.

„Bin in etwa 20 Minuten da, du verrückter alter Mann."

„Bring deinen Spaten mit."

R onaldo war 54 Jahre alt, hatte grau meliertes Haar, einen recht muskulösen Körper und einen Vollbart. Er war als Kind illegal in die Vereinigten Staaten eingewandert und in New Orleans groß geworden, wo er ständig mit Alchemie, Hexerei und Voodoo konfrontiert war. Davon gab es in New Orleans an jeder Ecke reichlich. So behauptete Ronaldo stets, dass er einen sechsten Sinn hätte.

Vor 13 Jahren war er nach Belize ausgewandert, nachdem seine Familie verstorben war. In Belize hatte er immerhin noch einen Cousin, der ihm einen Job als Gärtner besorgte. So führte Ronaldo ein entspanntes Leben in der Sonne und verschönerte die Gärten von reichen Einwanderern, pflanzte Palmen ein, stutzte Rosenbüsche, mähte Rasen, baute Brunnen.

Beim Abrechnen gab es für ihn stets zwei Möglichkeiten: per Rechnung oder auf die Hand. Letzteres war generell für alle Parteien lukrativer.

Ein Leben, das sich gut aushalten ließ.

Im Laufe dieser entspannten Karriere als „Postkartenmotiv-Designer", wie er sich gerne nannte, hatte er Miguel kennengelernt. Beide hatten bereits öfter gemeinsam größere Gartenprojekte in Angriff genommen. Wenn einer einen Auftrag nicht annehmen konnte, wurde der Andere angerufen. Provisionen wurden untereinander nicht bezahlt. Eine Hand wusch stets die andere.

Es war schon zu einer regelrechten Freundschaft geworden. Man traf sich auch an Wochenenden, um sich mit einem Kasten Bier an den Strand zu setzen und den hübschen jungen Miezen auf den Hintern zu starren.

Diese Zwei wussten ihr Leben in Belize so zu gestalten, wie es den meisten wohlhabenden Einwanderern nicht gelang, die den Wald vor lauter Bäume nicht sahen.

Ronaldo rückte an, um Miguel wieder einmal zu unterstützen. Kaum betrat er das Grundstück, wurden seine Schritte schon langsamer, und seine Nackenhaare richteten sich auf. Er blieb mitten im Garten stehen und starrte die Baustelle bloß mit aufgerissenen Augen an.

Miguel konnte ihm ansehen, dass er verstört war.

„Hier stimmt was nicht", faselte Ronaldo auf Spanisch. „El diablo está aquí."

Miguel hatte eine Reaktion dieser Art bereits erwartet. Zwar war er nicht besonders gläubig, aber immer wieder hatte Ronaldo es geschafft, ihn mit seiner Sensibilität für übernatürliche Dinge zu überraschen.

„Ich habe dich ein bisschen angeschwindelt", sprach Miguel leise auf Spanisch. „Ich wollte nicht am Mobiltelefon darüber sprechen."

„Was ist hier los, Miguel? Was gräbst du da aus?"

„Ich weiß es nicht."

„Hier muss die Polizei ran."

„Das wissen wir nicht."

„Ich weiß es. Wir beide, wir sollten hier nicht auf eigene Faust buddeln. Hier ist etwas Schlimmes passiert."

„Woher weißt du das, Ronaldo?"

„Ich spüre es, du Witzbold."

Und dies sagte er mit der gleichen Selbstverständlichkeit, mit der man einem ausgebildeten Polizeihund glauben würde, der am Fließband eines Flughafens plötzlich eine Reisetasche anbellen würde.

Ein Teil von Miguel war nun natürlich noch beängstigter.

Aber heute war kein Tag, um sein religiöses Weltbild zu überdenken. Das konnte warten.

Mañana.

Nun war erst einmal wichtiger, dem Mysterium schnell auf den Grund zu gehen und den richtigen Zeitpunkt zu finden, um die Behörden einzuschalten.

„Ich will nicht sofort die Bullen rufen, Ronaldo. Noch haben wir keinen Schimmer. Ich habe nur einen Verdacht. Und wenn die hier fett anrücken, und hier ist nada, dann bin ich meinen Job los und habe ein echtes Feuer gelegt. Dann kann ich wahrscheinlich einpacken und mit einem Hut in der Fußgängerzone sitzen. Davon abgesehen, dieser Nachbar Pablo, der ist nicht koscher. Wenn ich den anschwärze, ohne etwas in der Hand zu haben, dann habe ich diese Familie hier auch noch in Gefahr gebracht."

„Ja, ist gut, ich verstehe. Was ist denn dann dein Plan?"

„Buddeln. Erst mal nur buddeln. Vorsichtig, unauffällig. Ich will irgendetwas finden, und sei es nur der kleinste Hinweis. Und wenn wir was finden, dann rufe ich sofort die Bullen an. Aber vorher nicht."

Ronaldo sah nach nebenan zu dem bereits abgesteckten Rechteck, wo eigentlich für den Pool gegraben werden sollte. Stutzig fasste er sich an den Bart.

„Und da soll der Pool eigentlich hin, ja?"

„Es como es", antwortete Miguel und zuckte mit den Schultern. „So ist es."

„Die Familie kommt wann wieder?"

„Xunantunich, mit Auto. Die sind spät wieder da. Ich denke, zu ganz später Stunde sogar."

„Und wie willst du dann erklären, dass du an der falschen Stelle buddelst?"

„Wenn wir hier fündig werden, dann mit der Wahrheit. Wenn nicht, dann muss ich mir noch was einfallen lassen."

„Wie wäre es mit Demenz?", scherzte Ronaldo auf Spanisch. „Ich meine, du bist ja nicht mehr der Jüngste."

„Fangen wir mal an, ja?"

„Ich weiß nicht, ob ich das hier will."

„Wir könnten die Helden sein, die einen Fall aufklären. Überleg dir mal die Publicity. Junge Weiber stehen drauf, Ronaldo."

„Na dann, wenn das so ist."

Beide fingen an zu graben.

Welches Grauen unter der Erde auf sie wartete, konnte aber keiner von ihnen im Geringsten auch nur erahnen.

D ie Sonne ging allmählich unter.
Die See war leicht unruhig und wellig, die Yacht schaukelte hin und her.

Ricky und Felisha waren glücklicherweise seefest. Nur hatte diese rhythmische Bewegung eine ähnliche Wirkung auf beide, wie etwa das Essen von Austern. Es stimulierte sie.

Und das war nicht besonders gut.

Ricky fiel die Konzentration schwer, so beschloss er den Abend unter Deck ohne seinen Laptop zu verbringen. Stattdessen arbeitete er mit einem Notizblock und skizzierte seine dramaturgische Kurve durch, um den Ablauf der 90 Minuten zu strukturieren, die auf möglichst vielen Leinwänden für ungemütliche Unterhaltung sorgen sollten.

„Wovon handelt deine Geschichte eigentlich genau, wenn man fragen darf?", fragte Felisha nach dem Abendessen, während sie gekonnt einen Joint drehte, den die Zwei sich unter dem Sternenhimmel teilen würden, um hoffentlich besser einzuschlafen.

„Um einen Autor, der über die Stränge schlägt, um die perfekten Drehbücher zu schreiben."

„Das klingt interessant. Ist das etwa autobiografisch?"

„Um Himmels Willen, nein. Der hier, der ist ein Freak. Fast ein Soziopath. Seine Karriere baut darauf, dass Menschen Perverslinge sind. Dementsprechend sind seine Drehbücher, sie graben die dunkelsten und bösesten Eigenschaften der Menschen aus."

„Na ja, Menschen sind in der Tat nicht ganz ohne."

„Allerdings."

„Schreibst du denn viel aus deinem eigenen Leben da rein?", wusste Felisha instinktiv zu fragen.

„Geht so. Nur da, wo nötig."

„Und was macht der Typ in deinem Film? Also, was für ein Drehbuch muss er schreiben?"

„Folgender Vorschlag: Gib mir noch fünf Minuten, damit ich die Stichpunkte für den zweiten Akt zu Ende schreiben kann. Dann treffen wir uns an Deck, und ich erzähle dir darüber. Du bist ja auch eine Frau, da würde mich eh deine Meinung interessieren."

„Kein Problem. Dann haben wir ein Date."

Ricky grinste.

Felisha sammelte die zwei benutzten Teller ein und ging

sie abwaschen. Dann putzte sie sich die Zähne und zog sich ihr Schlafkleid an.

Ricky versuchte sich auf seine eigens gesetzte Tagesaufgabe zu konzentrieren. Den ersten und zweiten Akt heute zu Ende gebastelt zu bekommen, würde er für sich als Erfolg verbuchen. Morgen wäre der dritte Akt dran, danach würde er das Treatment niederschreiben.

Fünf Minuten später. Die Sonne war hinter dem Horizont verschwunden, und der Himmel färbte sich lila. Immer mehr Sterne wurden sichtbar. Ein Bild für die Götter.

Ricky und Felisha lagen auf zwei Decken unter freiem Himmel und ließen sich vom leicht unruhigen Meer schaukeln. Sie reichten sich regelmäßig den Joint hin und her und rauchten ihn genüsslich.

„Also, er bekommt den Auftrag, über einen fatalen Seitensprung zu schreiben. Ein Mann, der seine Frau betrügt, und alles endet in einem Blutbad."

„Autsch. Das klingt hart."

„Ja, und um das Buch so glaubhaft wie möglich zu schreiben, begeht er einen Seitensprung, den er für sich und sein Gewissen rein als Recherche abtut. Seine Frau kriegt es raus, die Dritte hat sich verliebt, alle drehen durch, ein Finale mit epischem Gemetzel."

Felisha ließ es sacken und stellte sich die Geschichte vor. Harte Kost.

„Hör mal", begann sie dann, „ich muss es einfach gefragt haben. Ich meine, aufgrund der Umstände hier und so."

„Was denn?"

„Na ja, du bist Drehbuchautor. Wir beide sind hier auf deiner Yacht. Kein Empfang, kein Internet, komplett abgeschieden. Heutzutage ist eine der größten Gefahren des Fremdgehens die Möglichkeit, dass es der Ehepartner irgendwie übers Internet herausbekommt. Irgendein Post, irgendeine Ortsangabe, was auch immer. Oder man kann auch reingelegt werden, zum Beispiel könnte derjenige, mit dem man seinen Ehepartner betrügt, es irgendwie heimlich filmen und ins Netz stellen, an den Ehepartner verschicken, was auch immer."

„Du hast ja ganz schön verkorkste Gedanken, wenn ich das mal so sagen darf", lachte Ricky und nahm einen tiefen Zug, so dass die Glut am Joint wie ein winziges Lagerfeuer knisterte. Er hielt den Rauch tief in seiner Lunge und ließ ihn dann in die nächtliche Meeresluft davonziehen.

Ricky reichte Felisha den glühenden Joint. „Ich konnte aber bislang noch keine Frage feststellen", fügte er dann stutzig hinzu.

„Ja, die Frage, richtig. Auf jeden Fall habe ich das alles einfach mal festgehalten, nur um es einmal ausgesprochen zu haben: Du hast eigentlich die perfekten Rahmenbedingungen geschaffen, um einen Seitensprung zu begehen. Und du könntest – wie deine Filmfigur auch – theoretisch genauso für dich sagen, dass es Recherche wäre. Dann denke ich an unser Gespräch von letzter Nacht. Das ging schon irgendwie heiß her, muss ich sagen."

Ein stiller Moment verging.

„Ich warte immer noch auf die Frage."

„Meine Frage ist, ob du das mit mir vorhattest, als du mich eingeladen hast mitzukommen."

Ricky wusste, dass diese Frage kommen würde.

Wie antwortete man nur darauf?

Was war denn überhaupt die Wahrheit?

„Na ja, ich glaube, dass gestern Abend die Katze ziemlich deutlich aus dem Sack gelassen wurde. Ich finde dich unverschämt attraktiv."

Ricky ließ eine Pause vergehen und hoffte im stillen Kämmerlein, dass sie dieses Kompliment erwidern würde.

Aber das tat sie nicht. Sie blieb ein geschlossenes Buch.

Was natürlich umso reizender war.

Da Felisha nichts sagte, beschloss Ricky einfach fortzufahren. Die Blöße würde er sich nicht geben, sie auch nur im Ansatz spüren zu lassen, dass er irgendwelche Worte im Kontext von „ich dich auch" gern gehört hätte.

„Ich denke, ich brauche dir nicht großartig vormachen, dass ich es mir nicht bereits vorgestellt habe. Das weißt du. Das Thema hatten wir gestern Abend. Aber keine Angst, ich habe dich nicht hier rausgebracht, um dich zu verführen. Das war nie der Plan."

Felisha schwieg und nahm einen tiefen Zug. Dann ließ sie eine weiße Dampfwolke in den Sternenhimmel aufsteigen. „Okay", stöhnte sie und nahm seine Antwort hin.

Selbst wenn Rickys Antwort gelogen wäre, wer würde es ihm jemals nachweisen können?

„Aber so einfach ist die Frage nicht zu beantworten. Denn ich hatte mir durchaus überlegt, dass es fürs Drehbuch förderlich sein könnte, wenn du dabei bist. Dafür muss ich doch keine Scheiße bauen, die nur Probleme und verletzte Gefühle nach sich zieht. Das spielt sich alles prima im Kopf ab. Das Buch schreibt sich glaubhafter, und da muss ich sagen, ich bediene mich komplett an der Vorstellung, mit dir hier draußen heißen Sex zu haben."

Felisha verschluckte sich fast an ihrem nächsten Zug und lachte laut auf, gefolgt von einem Husten. „Sorry."

„Nein, ist schon gut. Du bist wenigstens ehrlich."

„Zu ehrlich."

„Wahrscheinlich der ehrlichste Mensch, den ich kenne."

„Zu sagen, was ist, bleibt immer noch die revolutionärste Tat", wusste Ricky zu zitieren.

„Allerdings. Rosa Luxemburg?"

„Und Ferdinand Lassalle. Ich weiß gerade nicht, wer von beiden das zuerst gesagt hat."

„Bestimmt die Rosa. Frauen sehen die Dinge klarer."

„Schmeichelt dir das denn wenigstens? Du gibst immer so verdammt wenig von dir preis."

„Damit fahre ich eben meistens besser."

„Aber es muss dir doch schmeicheln. Ich meine, Ricky fucking Gomez liegt hier mit dir auf seiner Yacht und sagt dir, dass deine reine Anwesenheit ihm Inspiration für sein Drehbuch ist. Das muss doch runtergehen wie Öl."

Rickys Ton war leicht sarkastisch, um seinen Narzissmus ein wenig zu entschärfen.

Aber er meinte es durchaus ernst.

„Natürlich ist das ein Kompliment", antwortete Felisha und reichte ihm den Joint zurück.

„Komme ich denn in den Abspann?", fragte sie weiter.

Ricky nahm einen Zug, bevor er antwortete.

„Dann würde dieser Ausflug doch auffliegen."

„Ach ja, da war noch was."

„Dieser Ausflug bleibt doch unser Geheimnis. Was hier draußen auf See passiert, bleibt auf der See."

„Ist das so?"

„Das ist so. Sonst sind wir beide gefickt."

„Ungünstige Wortwahl."

Neckisch sahen die Zwei sich an und schwiegen. Kein Wort wurde gesprochen, wieder einmal war alles zwischen den Zeilen gesagt.

Und wieder einmal loderte in beiden ein leidenschaftliches Feuer, ein verbotenes Feuer.

„Autsch!", rief Ricky dann auf und ließ den Joint fallen.

„Was ist?"

„Hab mich verbrannt."

„Das passiert, wenn man mit dem Feuer spielt", war selbstverständlich ihre neckische Antwort. Dabei streckte sie ihre Zunge aus.

Ricky hob den Joint auf und klopfte die Asche weg.

Ihren Kommentar ließ er schweigend im Raum stehen.

K eine Stunde später teilten Ricky und Felisha wieder einmal das Doppelbett unter Deck. Beide waren hellwach und gedanklich lange nicht mehr jugendfrei unterwegs – jeder für sich. Beide waren sexuell erregt, der Reiz des Verbotenen beanspruchte sie innerlich.

Das Schaukeln der Yacht im Wasser machte alles natürlich nur noch schlimmer.

Felisha lag mit dem Rücken zu Ricky, der ihr auf den Nacken starrte, ohne ein Wort zu sprechen. Mit ihrem Gesäß schaukelte sie leicht und unauffällig mit, synchron zum Meerwasser. Zwischen ihrem Gesäß und Rickys Schritt war der Abstand nur wenige Zentimeter groß.

Einerseits war Ricky besorgt, dass sie durch irgendeine plötzliche Bewegung seine Erektion berühren würde, denn dann wäre es zu spät.

Andererseits wollte er nichts mehr als das.

A ls wüsste das Meer, was Ricky sich wünschte, wurde die Yacht dann durch eine größere Welle etwas kräftiger geschaukelt.

Und Felisha rutschte unwillkürlich in Rickys Richtung, so dass sie mit ihrem Oberschenkel gegen seinen Schritt kam.

„Ist das Treibholz, oder bist du froh mich zu sehen?", flüsterte Felisha scherzend.

„Der Spruch ist ja mal älter als Sanskrit", spottete Ricky, ebenso mit flüsternder Stimme. Es gab keinen konkreten Grund, hier draußen leise zu sprechen, denn Ricky und Felisha waren allein. Dennoch taten sie es.

„Aber du hast mich erwischt", fuhr Ricky fort. „Ich bin beschissen durchblutet. Das ist menschlich."

„Du meinst männlich."

„Wie auch immer."

„Und das hat nichts mit mir zu tun?"

„Was denn?"

„Deine schlechte Durchblutung?"

„Wie viele Komplimente willst du denn heute noch absahnen?", fragte Ricky.

„Alle", antwortete sie frech.

„Na, dann muss ich dir aber sagen, dass der Ständer nicht das Kompliment ist."

„Sondern?"

Nun reichte es Ricky.

Noch ein Wort, noch eine Anspielung, und er würde explodieren. Es war nicht mehr auszuhalten. Nichts mehr war wichtig. Konsequenzen waren egal. Richtig und Falsch, was war das schon?

Das Einzige, was gerade zählte, war die Tatsache, dass Rickys Herz raste wie verrückt und sein Glied die Härte einer Brechstange hatte.

Er griff mit seiner Hand vorsichtig nach ihrer Hüfte und zog sie sanft zu sich heran, so dass er seinen Ständer zwischen ihren Beinen „parken" konnte. Unter ihrem Schlafkleid trug sie einen Schlüpfer, und er hatte noch seine Boxershorts an, so waren ihre Geschlechtsteile immerhin noch durch zwei Schichten Kleidung voneinander getrennt.

So war es für ihn immer noch kein Seitensprung, rein technisch gesehen.

Ja, bis zuletzt testete Ricky zunehmend die Elastizität der moralischen Komfortzone, die er sich gebaut hatte.

Und die Elastizität beider Unterwäschen.

Felisha sprach kein Wort, sondern bewegte sich mit ihrer gesamten Beckenregion auf der Beule in Rickys Boxershorts hin und her. Immer kräftiger, immer intensiver. Zwischendurch rutschte ihr ein stöhnendes Geräusch heraus.

Es dauerte nicht lange, bis beide Unterwäschen komplett durchnässt waren.

Es fühlte sich immer mehr nach waschechtem Sex an.

Aber das war es nicht. Dies wiederum hielt den quälenden Reiz aufrecht.

Die Lust steigerte sich, beide wurden immer energischer, immer lauter. Rickys Hand krallte sich unter dem Schlafkleid an Felishas Hintern fest, seine Finger bohrten sich tief in ihre geschmeidige, weiche Haut – wie die Pranke eines Raubtieres, das über seine lebendige Beute herfiel.

Mit der anderen Hand zog Ricky langsam, vorsichtig und

unauffällig seine Boxershorts herunter, um eine Schicht Kleidung zu entfernen und sein steifes Glied freizulegen. Der Mann redete sich selbst jetzt noch ein, dass immerhin noch eine Kleidungsschicht übrig wäre, und somit alles noch im grünen Bereich war.

Er hatte allerdings nicht mitbekommen, dass Felisha vorher schon ihre Hand zwischen ihre Beine geführt hatte, um ihren Slip beiseite zu ziehen.

So kam das längst nicht mehr Unvermeidliche. Ricky ging endlich über diese eine verbotene Schwelle und drang tief in Felisha ein. Beide hielten sich nun nicht mehr zurück. Sie stöhnten laut auf und pressten ihre Körper fest aneinander.

Für einen Augenblick hielten beide ganz still und genossen die Penetration.

Dann packte Ricky Felisha ruppig am Knie, klappte sie wie ein Buch auf und legte sie flach auf den Rücken.

Er zog ihr den Slip aus und drang erneut in sie ein.

Nun gab es keine moralische Zone mehr. Nun war nichts mehr von Bedeutung. Nun war das Feuer entfacht.

Ricky packte Felisha an den Schultern und rammelte sie wie ein Karnickel. Immer härter, immer rücksichtsloser. Felisha wurde zum Ventil, Ricky ließ in diesen wenigen Minuten all seinen jahrelang aufgestauten sexuellen Frust an ihr aus. Auf der einen Seite war dieses Erlebnis ein extrem befriedigendes Ende für Rickys Kopfkino, auf der anderen Seite irgendwie sogar etwas enttäuschend.

„Na toll, es ist nur Sex!"

Am Ende aller Tage musste Ricky innerlich feststellen, wie überbewertet Sex sein konnte. Dies war ironischerweise immer wieder sein Argument gegenüber Danielle gewesen, wenn sie ihm vorwarf, schwanzgesteuert zu sein. Immer wieder hatte er ihr gesagt, dass Sex für ihn genauso unspektakulär sei wie Essen, aber genauso essenziell. Es würde für ihn nur zu einem Thema werden, wenn es davon zu wenig gab.

Nun ja, nun hatte er endlich wieder harten, hemmungslosen Sex. Und es war nur Sex.

„Nimmst du die Pille?", fragte er Felisha mitten in seinem Rausch.

„Ja", stöhnte sie.

Daraufhin erhöhte er das Tempo seiner Hiebe, wie ein Presslufthammer donnerte er auf sie ein.

Nach wenigen Minuten erreichte er seinen Höhepunkt und packte dabei mit beiden Händen ihre Brüste.

„Aua", rief sie auf. Ricky war etwas zu grob, und noch weit weg von befriedigend.

Bis zum Anschlag drang er in sie ein, hielt an und genoss seinen Orgasmus für einen lang anhaltenden Augenblick.

Dann war alles vorbei.

Wie ein Sumoringer, der seinen Gegner frisch besiegt hatte, stieg Ricky keuchend von Felisha ab und schmiss sich neben ihr auf den Rücken.

Beide lagen außer Atem und schweißgebadet da und schwiegen für einen Augenblick vor sich hin.

Felisha hatte keinen Orgasmus gehabt. Nicht annähernd.

„Fuck", keuchte Ricky.

Langsam dämmerte ihm, was soeben passiert war. Welcher irreparable Schaden entstanden war.

„Was, ‚fuck'?", fragte Felisha.

„Wir haben's getan", sagte Ricky, wie nach einem Rausch verkatert. Er machte sich nicht mehr die Mühe, mit flirtender Stimme zu flüstern. Jeder Zauber war nun verflogen.

„Das kann man wohl sagen."

„Das war nicht der Plan."

„Na, das hört eine Frau gern nach dem Sex."

„Es war nicht böse gemeint. Wir beide sind halt liiert. Wir kriegen den Ärger unseres Lebens. Wir werden gebissen werden. Ich weiß noch nicht, wie."

„Was redest du denn da?", fragte Felisha.

„Das fragst du ernsthaft?"

„Natürlich. Was auf der See passiert, bleibt auf der See. Das waren doch deine Worte."

„Ach, ja. Das stimmt."

Dies zu hören, beruhigte Ricky gewissermaßen.

„Hand drauf?", fragte er und reichte ihr seine Hand.

Zuerst sah sie ihn perplex an. Ein Handschlag zum Stillschweigen nach dem Sex, welche Frau wurde gern um so etwas gebeten?

Dennoch gab sie ihm die Hand.

„Du bist mir aber paranoid, Ricky."

„Na ja, ich bin mir gern sicher."

„Sicher ist nur der Tod."

„Das kann sein."

Ein süßsaurer Beigeschmack der Unsicherheit blieb Ricky auf der Zunge.

Nun war er geradezu gezwungen, sich ernsthaft die Frage

zu stellen, ob er denn wirklich mit einer Lüge leben könnte. Ob er diese Leiche in seinen Keller einsperren und den Schlüssel herunterschlucken könnte.

Wenn er die Kindheit von Holly und Sean nicht zerstören wollte, dann hatte er keine Wahl, als es einfach herauszufinden.

Um dieses Geheimnis zu wahren, war Ricky zudem vollkommen darauf angewiesen, Felisha zu vertrauen. Fortan würde jede Begegnung dieser zwei Nachbarn eine Gefahr darstellen. Beide müssten eine Rolle spielen, um nicht aufzufliegen.

Würde dies gelingen?

Ließ sich eine Leiche einfach in einen Keller sperren?

Oder waren Sünden dieser Art vielleicht doch wie ein Wasserleck und würden sich immer ihren Weg ans Licht suchen?

In Rickys Garten geschah genau das.

Danielles Auto war noch nicht von dem Ausflug zurückgekehrt, aber es konnte nicht mehr lange dauern. Die Dunkelheit war bereits angebrochen, und der gefühlt angemessene Zeitpunkt, um in den Feierabend zu gehen, war bereits längst überschritten.

Miguel und Ronaldo hatten ein inzwischen knapp zwei Meter tiefes Loch in den Garten gegraben, für das sie noch keine Erklärung hatten. Das Loch war gerade einmal breit genug, dass beide Gärtner darin stehen konnten. Ein Sarg würde hier bereits hineinpassen.

Dann stieß Ronaldos Spaten auf etwas Hartes und Hohles. Es war definitiv kein Stein. Davon hatten die zwei Gärtner genug ausgegraben.

Das hier war etwas Anderes.

„Aquí!", rief Ronaldo.

Miguel nahm die Taschenlampe in die Hand, mit der er die Aktion inzwischen spärlich beleuchtet hatte. Er richtete die Taschenlampe auf die Stelle, wo das dumpfe, hohle Geräusch ertönt war.

Ronaldo zog sich seine Gärtnerhandschuhe an und ging in die Hocke. Den Spaten stellte er beiseite.

Dann begann er mit bloßen Händen zu graben. Eine runde Form wurde in der Erde sichtbar, etwa so groß wie eine Kokosnuss.

Miguel und Ronaldo sahen sich an.

Ronaldo schluckte.

„Wenn es jetzt das ist, was ich denke", faselte Ronaldo auf Spanisch, „dann hast du hoffentlich dein Telefon griffbereit, mein Lieber."

„Ja, habe ich."

Ronaldo rüttelte die runde Form wie einen Wackelzahn, drehte sie hin und her – bis er sie aus der Erde ziehen konnte. Was immer es war, es war leicht tatsächlich größer als eine Kokosnuss.

Den überschüssigen Dreck klopfte Ronaldo ab, bis er erkennen konnte, worum es sich bei diesem Gegenstand handelte.

Er erschrak, ließ seine Entdeckung fallen und sprang panisch auf.

„Ruf die Bullen!"

„Was ist es?"

„Ruf sofort die Bullen!"

Miguel leuchtete mit der Taschenlampe nach unten und sah genauer hin. Ronaldo hatte einen menschlichen Schädel ausgegraben. An der linken Seite waren deutliche Risse erkennbar, die nicht vom Spaten stammten, sondern eindeutig älter waren.

Ebenso war sichtbar, dass an der Nasenwurzel ein harter Schnitt vorgenommen worden war. Wer auch immer diese Person war, ihr war eindeutig die Nase abgetrennt worden.

„Nariz Fuera", flüsterte Miguel erschüttert.

„Nun hol dein Handy raus, Miguel! Wir stehen mitten in einem Tatort!"

„Äh, ja..."

Miguels Hände zitterten. Er zog sein Handy aus seiner Hosentasche.

Nun war es ein eindeutiger Fall. Seine schlimmste Befürchtung war bestätigt.

Nicht nur das: Sie war sogar übertroffen worden...

Knack!
Miguel spürte etwas unter seinem Schuh zersplittern, als er einen Schritt beiseite machte. Er sah nach unten und leuchtete mit der Taschenlampe hin.

„Ay mi dios!"

„Was ist das?", fragte Ronaldo.

„Noch einer! Noch ein verfluchter Schädel! Hier sind mindestens zwei Leute begraben!"

„Ruf endlich die Bullen an, verdammt nochmal!"

Miguel wählte den Notruf auf seinem Handy und hielt es sich ans Ohr.

Dann fielen zwei leise, dumpfe Schüsse durch einen
Schalldämpfer...
Peng, peng!

Miguel und Ronaldo sackten im Erdloch
zusammen, aus ihren Schädeln spritzte jeweils
ein pulsierender Blutstrahl.
Ironischerweise war das von ihnen gegrabene Loch tief
und breit genug, um sie beide dort zu begraben.
Über dem Loch stand Pablo, eine Pistole in der Hand. Er
war von seiner erfolglosen Suche nach Felisha zurückgekehrt und hatte das Licht der Taschenlampe im Nachbargarten gesehen. Sofortiges Handeln war nötig. Die zwei
Gärtner hatten ein Geheimnis ausgegraben, das er zu wahren
versuchte.
Sofort steckte er sich seine Pistole hinterm Rücken in die
Hose und schnappte sich einen der Spaten, um damit Erde
ins Loch und über die Beiden zu schütten. Hektisch begann
er die zwei Toten zu begraben. Wie viele Leichen es hier
unter der Erde auch gab, nun waren es zwei mehr.
Die Taschenlampe schaltete er aus und ließ sie mit ins
Grab fallen...

D ann war Schweißarbeit in der Dunkelheit angesagt, und die Uhr tickte gegen Pablo, der nicht wusste, wie lange sich Rickys Familie noch außer Haus aufhalten würde.

Pablo begann kräftig zu schwitzen, beim Ackern fluchte er leise vor sich hin.

„Das hier ist nicht deine Woche, Scheißkerl", geißelte er sich selbst mit Worten.

Gelegentlich fuhr das eine oder andere Auto hinter den Häusern an der Straße vorbei. Bei den ersten Autos hielt Pablo die Arbeiten an und sah paranoid auf.

Doch dieses Loch musste schnellstmöglich geschlossen werden. So ließ er das Aufschauen irgendwann nach und konzentrierte sich auf seine dringende Aufgabe, dabei musste er für sich einfach darauf setzen, dass niemand ihn hier in der Dunkelheit sehen würde.

War das Loch überhaupt tief genug für zwei Leichen?

Würde das hier unentdeckt bleiben?

Pablo wurde von genügend Unsicherheiten psychisch angegriffen, aber er hatte keine Wahl, als die Probleme in dem Moment zu beseitigen, wo sie ihm begegneten.

W ieder war ein Auto im Hintergrund zu hören. Doch dieses hielt an.

Pablo war zu fokussiert, um darauf zu achten. Aufgrund des hektischen Stocherns seines Spatens in

der Erde entging ihm das Geräusch von Autotüren in nicht
allzu weiter Ferne.

Das Loch war inzwischen wieder halb gefüllt.

Fast war Pablo aus dem Schneider…

„Pablo?", rief dann die Stimme von Danielle. Sie war
bereits komisch gestimmt, denn sie ahnte irgendetwas in der
Luft, was sie nicht zuordnen konnte. Womöglich hatte es
etwas damit zu tun, dass ihr Freund und die Frau von Pablo
gerade am Vögeln waren. Womöglich hatte sie diesen
sechsten Sinn und wusste dies schlichtweg nicht.

Erschrocken drehte Pablo sich um und sah Rickys
Freundin im Garten stehen. Sie war frisch vom Ausflug
zurückgekehrt. Auf der Auffahrt stieg Chelsea aus dem
silbernen Audi und brachte den Picknickkorb zur Haustür.
Die zwei Kinder schliefen tief und fest in ihren Kindersitzen.

„Was machen Sie denn da bitte?"

„Äh…"

„Und wo ist Miguel?"

Pablo hatte nicht die Absicht, weitere Menschen in
diesem Erdloch verschwinden zu lassen. In seinen Augen
war eine Verzweiflung zu sehen, die ihn undurchsichtig
machte.

Was bewegte ihn?

Was war die Geschichte hinter diesen Leichen in Rickys
Garten?

Und wie würde er Danielle diese Situation erklären, ohne
auch sie umbringen zu müssen?

Es hatte schließlich in den letzten 24 Stunden genug Tote
gegeben. Pablo sah darüber nicht erfreut aus.

War er wirklich Nariz Fuera, der Mörder dieser vielen
untreuen Frauen, der eine Schnabelmaske trug und seine
Blutspur durch ganz Mittelamerika gezogen hatte?

Schnelles Denken war angesagt.
Pablo richtete sich auf und grüßte Danielle so freundlich, wie es ihm unter diesen Umständen gerade möglich war. Dann fuhr er damit fort, das Loch zuzuschütten und die Erde über den noch warmen Leichen festzustampfen. Er achtete dabei darauf, dass er Danielle unter keinen Umständen den Rücken zukehren durfte, damit sie nicht seine Pistole sehen würde, die er in der Hose stecken hatte.

„Warum buddeln Sie hier in der Dunkelheit?"

„Miguel ist ein ganz schöner Tüddelkopf. Der hat mich vor einigen Augenblicken angemeckert, seinen Spaten hingeschmissen und ist abgehauen."

„Was? Wieso das denn?"

„Ich kam von der Arbeit nach Hause und sah ihn an der falschen Stelle buddeln, völlig verpeilt und schlecht gelaunt. Keine Ahnung, was ihn geritten hat. Ich meine, sehen Sie selbst. Dort ist der Pool abgesteckt, und hier buddelt er schon wieder rum. Kann das eine Ego-Sache sein, weil er eigentlich hier buddeln wollte? Keine Ahnung."

„Das klingt alles merkwürdig", antwortete Danielle, die mit verschränkten Armen dastand.

„Ja, es war auch merkwürdig. Ich hatte ihm nur gesagt, dass er an der falschen Stelle gräbt, und da ist er total ausfallend geworden. Ich hatte es doch nur gut gemeint. Ich meine, hey, ich hatte für euch sogar den Busch hier entfernen lassen, dafür hat Ihr Gärtner von mir etwas Cash extra auf die Hand bekommen. Das alles war wirklich nur, damit ich als

Nachbar auch mal was Nettes tun kann. Ich war ja nicht immer einfach zu euch."

„Allerdings. Da haben Sie recht."

„Sehen Sie, so nett bin ich. Und dann diese Nummer. Vielleicht ist der Mann auch etwas dement, ich weiß es nicht. Jedenfalls stand ich dann da, völlig perplex, und er war weg. Da dachte ich mir, ich mache das Loch wieder zu, und gut ist."

„Das verstehe ich alles nicht."

„Hören Sie, wenn der Miguel nicht wiederkommt, kann ich Ihnen einen Bagger klarmachen, der das Loch hier in null Komma nichts ausgräbt."

„Das ist doch teuer, oder?"

„Nein, das geht schon. Ich schmeiße als Zeichen des guten Willens was dazu. Was sagen Sie?"

Zu behaupten, dass Danielle bloß stutzig wäre, war in diesem Augenblick untertrieben. Sie hatte Pablo noch nie so bemüht gesehen. Er wirkte nahezu hyperaktiv und nervös.

Danielle war kein Dummerchen.

„Warum ist es Ihnen so wichtig, dass dort kein Loch gegraben wird, Pablo?"

Pablo sah sie für einen Augenblick an. Er erkannte, dass sie seiner Geschichte nicht glaubte.

„Ist mir doch egal", bluffte er. „Buddeln Sie hier, wo Sie wollen. Ich dachte, wir wären uns einig gewesen, dass der

Pool dort drüben viel besser kommt. Ich will doch nur helfen."

Danielle schwieg wieder und starrte Pablo an, während er weiter das Loch auffüllte.

Er war fast fertig.

„Haben Sie eigentlich Ihre Frau gefunden?"

„Bitte?"

„Felisha? Sie war doch abgehauen. Ist sie inzwischen wieder aufgetaucht?"

„Äh, ja. Alles gut. Falscher Alarm."

Ein Moment der Stille.

„Ach so."

„Wenn das hier zu ist, verschwinde ich wieder aus Ihrem Garten. Ich hoffe, das ist okay für Sie. Ich wollte das alles hier nicht so lassen."

Danielle drehte sich weg und ging Richtung Auffahrt.

„Ich muss meine Kinder in ihre Betten legen. Sie kennen den Weg über den Zaun."

„Gute Nacht, Mrs. Gomez."

„Mein Nachname ist nicht Gomez. Die Freude hat mir Ricky noch nicht gemacht."

„Ach so, tut mir leid. Wie heißen Sie denn?"

„Gute Nacht, Mr. Aguado", blockte Danielle ab und ging zu ihrem Auto, wo Chelsea bereits dabei war, Holly abzuschnallen und sich auf die Schulter zu legen.

Danielle schnallte Sean ab, der tief und fest schlief. Sie hob ihn hoch und legte ihn sich auf die Schulter, um ihn dann zum Haus zu tragen.

„Hast du schon aufgeschlossen?", fragte sie ihre Mutter, die vor ihr lief.

„Du hast doch den Schlüssel. Was war denn da hinten los? Macht der Gärtner dir Probleme?"

Danielle wusste darauf nicht zu antworten, noch verar-

beitete sie selber die wirre Geschichte, die ihr ein plötzlich
unnormal zuvorkommender Pablo aufgetischt hatte.

An der Haustür blieben beide Frauen stehen, während
Danielle ihren Schlüsselbund einhändig nach dem richtigen
Schlüssel abtastete und damit die Tür aufschloss.
Sie betraten das Haus, und Danielle schloss sofort die Tür
von innen ab. Obwohl die Last eines sechsjährigen Kindes
auf ihr ruhte, wartete sie damit keine Sekunde. Sie fühlte sich
unsicher.

„Was ist los?", fragte Chelsea. Sie kannte ihre Tochter und
konnte ihr ansehen, dass diese aufgewühlt war.

„Da stimmt was nicht."

„Was denn?"

„Mein Nachbar Pablo, der steht da hinten und macht ein
Loch zu."

„Dein Nachbar Pablo?", fragte Chelsea perplex, während
beide die Treppe hochgingen und die Kinderzimmer
aufsuchten. Beide Kinder wurden in ihre Betten gelegt und
schliefen in ihren Tagesklamotten weiter.

„Ist er Gärtner?", fragte Chelsea, während sie Holly die
Schuhe und Socken auszog und sie zudeckte.

„Nein, Anwalt."

Beide trafen sich im Flur wieder und gingen dann
zum Wohnzimmer hinunter.
„Wieso gräbt ein Anwalt in deinem Garten herum?"
„Er sagt, er hätte Miguel wohl unbeabsichtigt vergrault."

„Vergrault?"

„Ja, irgendwie ganz komisch alles."

„Und jetzt steht er da draußen und macht für ihn weiter?"

„Ja. Er steht da und macht, wie gesagt, ein Loch zu."

„Sollte da nicht ein Loch *gegraben* werden?"

„Ja, und angeblich hat Miguel aus Sturheit an der Stelle gegraben, die erst besprochen war. Dann haben wir uns für eine andere Stelle entschieden, die seitlicher am Rand war, damit man mehr Rasenfläche nutzen kann. Miguel war nicht besonders scharf darauf, sich mit den Wurzeln von diesem Busch aus Pablos Garten herumzuschlagen, daran kann ich mich noch erinnern…"

„Aber?", fragte Chelsea und setzte sich auf die Couch.

Danielle setzte sich dazu und starrte zur hinteren Glastür, hinter der um diese Uhrzeit nur Dunkelheit zu sehen war. Chelsea nahm die Fernbedienung in die Hand und schaltete den Fernseher ein.

„Na ja, wir hatten uns ja darauf geeinigt, wo der Pool hinkommt. Das kommt mir alles spanisch vor."

„Vielleicht liegt da eine Leiche im Garten", scherzte Chelsea. Ohne zu wissen, dass sie nicht nur recht hatte, sondern sogar untertrieb.

„Mom, du bist mir ja eine Beruhigung."

„Manchmal ist die einfachste Antwort die richtige."

„Manchmal aber auch nicht."

Chelsea lachte und fühlte ihrer Tochter weiter auf den Zahn: „Ja, tut mir leid, Süße, aber was willst du denn jetzt von mir hören? Da steht dein schräger Nachbar, der von Beruf Anwalt ist, nachts in deinem Garten und macht ein Loch zu, das gar nicht erst gebuddelt werden sollte, und du sitzt hier in der Wohnstube und lässt es zu, obwohl du das alles merkwürdig findest. Das ist eigentlich zum Totlachen, ganz ehrlich, Danielle."

Danielle sah ihre Mutter ernst an.

„Was ist, wenn du am Ende auch noch recht hast? Wäre es dann für dich immer noch zum Totlachen? Mein Mann ist irgendwo da draußen auf See, und wir hängen hier mit zwei Kindern, und unser Nachbar verjagt meinen Gärtner und buddelt Leichen in unserem Garten zu. Wenn so ein abgedrehtes Szenario auch noch wahr ist, dann würde das heißen, wir sind hier in Gefahr. Findest du das etwa zum Lachen?"

Chelsea hatte auf diese Frage keine Antwort.

Danielle lehnte sich in ihrem weichen Sessel zurück und sah sich die Einrichtung an, die immer mehr Gestalt angenommen hatte. Langsam war dieses Projekt ein gemütliches Zuhause geworden. Danielles Liebe und Hingabe zum Nestbau war überall zu spüren.

„Wir haben alles in Kalifornien aufgegeben, um uns hier ein neues Leben aufzubauen", seufzte sie. „Was sollen wir denn machen, wenn hier wirklich etwas im Busch ist?"

„Na ja, Töchterlein, vielleicht übertreiben wir beide gerade ein wenig. Ich meine, Leichen im Garten verbuddeln, das ist was für einen schlechten Krimi-Film. Vielleicht ist es am Ende einfach so, wie es dein schräger Nachbar gesagt hat."

„Ja", seufzte Danielle. „Vielleicht ist es einfach so."

„Ist seine Frau inzwischen wieder aufgetaucht?"

„Ja. Das sagte er zumindest."

„Na, siehst du. Dann entscheiden wir vielleicht mal jetzt im Zweifelsfall zugunsten des Angeklagten und stecken unsere Energie in andere Dinge rein, was hältst du davon?"

„Pablo hat mir angeboten, dass er einen Bagger mitfinanziert, um den Pool zu graben."

„Das ist doch super."

„Ich schätze schon."

„Soll ich uns Margaritas machen?"

„Ist das eine gute Idee, Mom? Du bist doch trocken."

„Aber ich bin nicht tot. Also, klingt das nun gut oder nicht gut, wenn ich dir anbiete, uns zwei kalte Margaritas zu machen? Ich rede nicht von Koks. Ich rede von zwei Drinks, und das war's. Klingt das gut?"

„Das klingt gut."

„Na, siehst du. Danach wird's dir sicherlich etwas besser gehen."

„Keine Sorge, mir geht's gut. Das war nur einfach merkwürdig. Das ist alles."

„Merkwürdig? Merkwürdig ist, dass die Anschläge vom 11. September 2001 eindeutig eine Verschwörung unserer Regierung waren, und die kommen einfach damit davon. *Das* ist merkwürdig."

Danielle lachte kurz auf. Dann starrte sie wieder durch die hintere Glastür nach draußen in die Dunkelheit, wo sie irgendwo noch ihren Nachbarn vermutete.

Pablo war durchaus noch da draußen. Aber nicht am Erdloch, das inzwischen wieder geschlossen und festgestampft war.

Nicht annähernd.

Pablo stand an einem der kleineren Fenster zum Wohnzimmer und hatte dem gesamten Gespräch gelauscht.

Nun schlich er sich leise zum niedrigen Lattenzaun und kletterte wieder zurück auf sein Grundstück.

Gesagt, getan.
Chelsea machte zwei Margaritas und brachte sie ins Wohnzimmer. Ein Glas gab sie ihrer Tochter, beide stießen an, und Chelsea setzte sich in ihren Sessel.

„So, Themenwechsel dann. Wie läuft's mit Ricky?"

Für einen kurzen Augenblick stockte Danielle. Diese Frage musste sie sich erst einmal selbst stellen.

„Oha", erkannte ihre Mutter. „Das ist nicht gut. So guckst du nicht, wenn alles in Butter ist."

„Nein, es ist alles okay."

„Okay? Eine Ehe sollte nicht ‚okay' sein, sie sollte der Wahnsinn sein."

„Sagt die richtige", feuerte Danielle zurück.

Damit traf sie ihre Mutter.

So ruderte sie sofort zurück: „Tut mir leid, der war fies."

„Schon in Ordnung. Du hast ja recht. Dein Vater und ich, wir haben es nicht gepackt. Und du weißt, wie lange wir es versucht haben. Aber das Feuer war einfach tot. Wir hatten uns nichts mehr zu sagen. Wir waren nicht einmal mehr scharf aufeinander."

„Hat er dich eigentlich betrogen?"

„Das weiß ich nicht einmal. Ich habe mich irgendwie nie

getraut, ihn zu fragen. Ich schätze, ich hatte Angst vor der Antwort."

„Du glaubst, er hat dich betrogen?"

„Wie gesagt, ich wollte mich damit nicht beschäftigen. Lieber wusste ich einfach nichts. Ein Teil von mir dachte sogar, dass ich immerhin meine Ruhe hätte, wenn sich Greg irgendwo da draußen die Hörner abstoßen würde."

„Oh, Mann."

„Wieso fragst du mich diese Sachen? Ist es schon bei euch schon soweit, dass im Bett nichts mehr läuft?"

„Na ja. Könnte mehr sein."

„An wem liegt's?", fragte Chelsea.

„Ich weiß es nicht. Irgendwie nervt mich seine Kifferei, aber ich kann auch nicht sagen, dass es halt nur daran liegt. Vielleicht ist es einfach eine Phase, keine Ahnung. Es gibt doch diese Phasen."

„Diese ‚Phasen' sind häufig das Ende einer Partnerschaft. Das solltet ihr schnell in den Griff bekommen. Glaub mir, ich weiß, wovon ich spreche."

„Ich weiß aber nicht, wie", seufzte Danielle verzweifelt.

„Findest du deinen Mann noch scharf?"

„Ja, schon irgendwie."

„Dann sag mir bitte nicht, dass ich als Mutter verpennt hab, dir beizubringen, wie man einen Typen aufreißt. Da gibt's keine Zauberformel. Einfach machen. Männer sind einfach, wie Gorillas."

Danielle lachte und trank einen Schluck Margarita.

„Da hast du echt recht."

„Aber wir können uns entweder darüber beschweren, dass wir uns mit Gorillas zusammentun, oder wir könnten lesbisch werden, oder aber auch einfach den Gorillas geben, was sie brauchen. Natürlich solange sie uns auch geben, was wir so brauchen. Respekt, Zuneigung, Kuscheleinheiten,

Geld, ein offenes Ohr, Geld, Komplimente, Unterstützung, und nochmals Geld..."

Danielle lachte laut los. Ihr gefiel die Stimmung mit ihrer Mutter. Irgendetwas schien zwischen den Beiden aufzutauen, was jahrelang in Los Angeles abgekühlt war. Scheinbar schuf Entfernung Nähe.

„Ich hab Ricky erzählt, dass ich meinen Kaffeesatz gelesen bekommen hatte. Angeblich würde er mich bald mit einer Blondine betrügen."

„Oh. Das ist krass. Das hat man bei dir gesehen?"

„Nein, ich hab ihn angeschwindelt. Einige meiner Yoga-Schülerinnen haben es beieinander gemacht. Ich lasse mir doch nicht den Kaffeesatz lesen, ich bin doch die Lehrerin, das ist mir doch viel zu persönlich."

„Du hast deinen Freund angelogen?"

„Ja. Irgendwie schon."

„Warum?"

„Ich schätze, ich wollte sehen, wie er reagiert."

„Wie er reagiert? Das muss einen Grund gehabt haben. Butter bei die Fische, glaubst du denn, dass er dich bescheißen würde?"

„Ich weiß es nicht. Vielleicht wollte ich das irgendwie herausfinden, als ich ihn damit konfrontiert hab. Ich wollte ihn irgendwie testen, schätze ich. Gucken, ob ich damit ins Schwarze treffe."

„Eine Blondine, das ist ja mal sehr konkret. Hast du jemanden im Kopf?"

Danielle pausierte, dann trank sie einen auffällig großen Schluck.

„Unsere Nachbarin."

„Eure Nachbarin?"

„Ja, Felisha Aguado, die Frau von Pablo."

„Pablo, der durchgeknallte Anwalt, der deinen Garten bei Nacht umgräbt?"

„Ganz genau. Ich meine, sie ist schon ein heißer Feger."

„Biete ihm doch einen Vierer an, mit Partnertausch. Männer stehen auf sowas."

„Ach, nun hör doch mal auf."

Chelsea lachte hämisch über ihren eigenen Vorschlag und gönnte sich einen Schluck Margarita.

Dann gingen ihre Augen weit auf.

„Was?", fragte Danielle, etwas alarmiert.

„Oh mein Gott, das ist es!", scherzte Chelsea. „Pablo hat seine blonde Frau bei dir im Garten verscharrt, weil sie scharf auf deinen Freund ist!"

„Das ist nicht witzig, Mom."

„Finde ich schon."

„Vielleicht können wir mal über irgendwas Anderes reden, als nur über Männer."

„Ich bin dabei", stimmte Chelsea zu. „Sie können echt nervige Kreaturen sein, oder?"

„Allerdings."

Und dann zog eine unbehagliche Stille durch den Raum. Ein neues Thema schien schwer zu finden.

So drehte Chelsea die Lautstärke vom Fernseher auf und trank einen weiteren Schluck Margarita.

P ablo schlich sich in der Dunkelheit durch seinen Garten. Er zog sich die Kleidung aus, die voller Erde war, und warf sie in seine Restmülltonne. In seiner Unterwäsche betrat er seine unaufgeräumte Küche und holte sich ein Bier aus seinem Kühlschrank. Den Kronenkorken biss er verspannt von der Flasche ab und spuckte ihn in den Raum.

Aufgewühlt trank er einen Schluck Bier und behielt diesen für einen Moment im Mund, wie Mundwasser.

Nach diesen zwei ereignisreichen Abenden hatte er jede Menge zu verarbeiten, jede Menge zu überlegen.

Er schluckte das schaumige Bier herunter und zückte sein Handy.

Erneut wählte er die Nummer von seiner Ehefrau Felisha und hielt sich das Handy ans Ohr.

Wie er es auch bereits erwartet hatte, wurde er direkt zur Voicemail umgeleitet.

Nach dem Piepton schwieg er für einen Augenblick und überlegte seine Worte gründlich. Er war inzwischen zu erschöpft, um weitere Drohungen und Beschimpfungen auf Felishas Mailbox zu hinterlassen.

„Felisha, wo bist du?", fragte er mit weicher Stimme. „Ich mache mir Sorgen. Ich habe ein paar Dinge getan, wir müssen reden. Ich kann das hier alles nicht mehr. Bitte ruf mich doch wenigstens zurück. Wenn du nicht mehr mit mir verheiratet sein möchtest, dann lass uns wenigstens darüber reden."

Dann schwieg Pablo wieder.

Und legte wieder auf.

Seine Hoffnung, eine Rückmeldung von Felisha zu bekommen, schwand immer mehr.

Zwar war seine Ehe geprägt von Krisen und Problemen, aber Pablo liebte seine Frau.

Schließlich hatte er mehrfach seine Bereitschaft bewiesen, für sie zu töten.

„Felisha, wo bist du bloß?", fragte er sich laut, bevor er seinen nächsten Schluck trank.

Es war 3:00 Uhr morgens. Der Donnerstag war angebrochen. Die See war immer noch unruhig, und Rickys Yacht schaukelte hin und her.

Ricky und Felisha saßen aufrecht in seinem Doppelbett unter Deck, hellwach und aufgewühlt – jeder auf seine eigene Art. Schlafen konnten sie beide nicht.

Ebenso wenig wussten sie miteinander ins Gespräch zu kommen. Sie hatten vor einigen Stunden Sex gehabt, der nicht hätte passieren dürfen. Obwohl sich beide diesen Moment bereits länger ausgemalt hatten, war er dann doch gefühlt sehr plötzlich – und etwas verstörend.

Ricky saß da und konnte an nichts Anderes mehr denken, als an seine Familie. Er stellte sich seine Töchter vor, wie sie ohne ihn aufwachsen würden. Er stellte sich die bitteren Tränen seiner Freundin Danielle vor, sobald sie erfahren würde, was er während seiner Schreibwoche getan hatte.

Die unvermeidliche Frage drängte sich ihm auf, ob er es Danielle überhaupt beichten sollte. Obwohl er bereits mit Felisha abgemacht hatte, dass sie beide diesen Ausrutscher –

wenn man ihn wirklich so nennen konnte – mit sich ins Grab nehmen würden.

Aber er hatte sich selbst diese Frage noch nicht ernsthaft gestellt.

So stellte er sich nun die Frage, was er denn für sich wollte. Was denn sein Ziel war. Das war er vom Drehbuchschreiben gewohnt, denn die Frage, was das Grundbedürfnis einer fiktiven Figur sei, war so ziemlich die erste, mit der er sich beim Schreiben auseinandersetzte. Damit der Zuschauer sich auf eine 90-minütige gemeinsame Reise mit dem Protagonisten einließ, musste der Zuschauer die Ziele und Bedürfnisse des Protagonisten kennen.

Noch wichtiger: Die Ziele und Bedürfnisse des Protagonisten bestimmten seine Reise.

Ricky bezog nun die Autorenformel auf sich selbst und fragte sich, was er denn wollte.

Am Ende kam es auf zwei Fragen an, die für Ricky die einzige Relevanz hatten:

Wollte er seine Frau und seine Kinder verlieren?

Nein.

Wollte er Danielle unnötig verletzen und leiden lassen?

Nein.

Daraus ergab sich für Ricky eine klare Vorgabe: Über das Geschehene würde er niemals sprechen. Auch wenn es immer noch einen kleinen Teil von ihm gab, der Wert auf Ehrlichkeit legte. Klein, aber immerhin noch vorhanden.

„Meinst du, Pablo hat dich inzwischen als vermisst

gemeldet?", fragte Ricky Felisha, um irgendwie das Gespräch
zu ihr zu finden.

Felisha antwortete nicht sofort. Ricky drehte den Kopf zu
ihr und sah sie fragend an.

„Niemals in diesem Leben", antwortete Felisha.

„Wie kommst du darauf?"

„Pablo will keine Polizei zu Hause haben."

„Warum nicht?"

„Weil der Mann Leichen im Keller hat."

„Was denn für Leichen?"

F elisha rückte unwohl unter ihrer Decke umher.
„Ich kann nicht darüber sprechen", antwortete
sie.

„Ist schon okay. Geht mich vielleicht auch nichts an."

„Ich muss ihm die Wahrheit sagen", begann sie dann zu
faseln. In ihrer Stimme war Angst zu hören.

„Was redest du da, Felisha? Wir hatten eben doch abgemacht, dass wir darüber schweigen."

„Pablo wird es herausfinden, ganz sicher. Und dann sind
wir beide dran."

„Das sind wir auch, wenn du es ihm erzählst."

„Aber dann habe ich es ihm wenigstens erzählt. Dann war
ich wenigstens ehrlich."

„So wie er damals?", fragte Ricky. „Er hat dich doch auch
betrogen. Mit dieser Studentin Lola Peña. Was war denn
bitte damit?"

„Er hatte es mir gebeichtet. Er war immerhin so fair und

hatte es mir gebeichtet."

„Das hat es nicht besser gemacht, oder?"

„Nein, aber man beichtet, wenn man Scheiße gebaut hat. Das bin ich ihm schuldig, Ricky."

„Oh Mann, Felisha. Ich bin nicht einverstanden, hörst du? Du kannst da jetzt nicht nur an dich selbst denken. Ich habe Kinder, verdammt nochmal. Das würde bei mir alles kaputtmachen."

„Hast du noch nie in der Kirche gelernt, dass ‚die Wahrheit dich befreit'?"

„Felisha. Schlaf mal die Nacht drüber. Wir reden morgen beim Frühstück."

„Du meinst nachher. Wir haben schon Donnerstag."

„Wie auch immer. Wir reden beim Frühstück."

„Aye-Aye, Captain."

Ob in Felishas Ton Sarkasmus zu deuten war, konnte Ricky nicht so richtig erkennen.

Und gerade war es ihm egal.

Damit war das Gespräch beendet.
Ricky war unruhig. Er hasste das Gefühl, keine Kontrolle über die Dinge zu haben.

Immerhin hatte er Felisha hier draußen auf hoher See in seiner Gewalt, bis er die Heimat ansteuern würde.

Sozusagen…

Ihm blieb nichts außer zu hoffen, dass er Felisha bis Sonntag noch umstimmen könnte.

Eine leise Stimme in seinem Hinterkopf fragte sich aber,

was er denn zu tun bereit wäre, wenn sie bei ihrer Meinung bleiben würde und zu Hause die Bombe platzen lassen würde.

Wie leicht wäre es, Felisha hier draußen auf See zu beseitigen, wenn es hart auf hart käme?

Schließlich war sie eh bereits vermisst, zumindest für Pablo – wie Ricky von Danielles gestrigem Anruf wusste. Und es gab keinen konkreten Grund zur Annahme, dass Ricky Felisha tatsächlich mit auf See genommen hatte.

Er dachte für einen Augenblick ernsthaft darüber nach, sie zu töten und ihre Nase abzuschneiden, um diese zur Polizei zu schicken. Sie würde ja schließlich ins Opferschema von Nariz Fuera passen, da sie nun offiziell ihren Mann hintergangen hatte – wie die vielen anderen Opfer des ominösen Serienkillers. Darüber hinaus wäre Ricky vielleicht aus dem Schneider, da er nachweislich zur Zeit aller anderen Morde noch in Los Angeles gelebt und gearbeitet hatte. Er konnte unmöglich Nariz Fuera sein.

Einem Serienmörder einen Mord in die Schuhe schieben? Warum nicht?

Nariz Fuera konnte das sicher verkraften. Nach all den Frauen, die der „Schnabelmann" auf dem Gewissen hatte, würde eine weitere vermisste junge Frau den Kohl sicherlich nicht fett machen.

Ja, Ricky hatte zu viele Krimis in seinem Leben geschrieben, um nicht zwischendurch solche Gedanken zuzulassen.

Aber er war kein Mörder.

Das alles waren nur Spinnereien.

So setzte Ricky lieber auf die Hoffnung, dass es ihm noch gelingen würde, Felisha zur Vernunft – wie er sie auffasste – zu bringen.

Er setzte auf die Hoffnung, dass das, was auf der See passiert war, am Ende doch dort bleiben würde.

❈ 5 ❈
DONNERSTAG

Der Donnerstagmorgen auf dem Festland von Belize Stadt begann seinen Lauf zu nehmen. Die Geschäfte wurden allmählich geöffnet, die neuen Angebote an die Tafeln in den Schaufenstern geschrieben.

Die Obststände an den belebten Straßen wurden von ihren Betreibern geöffnet.

Erste lebhafte Straßentänze waren zu hören und zu sehen.

Kinder kamen in gelben Schulbussen an den Schulen an. Immer mehr Autos und Mofas sausten auf den kaputten Straßen hin und her.

K lopf, klopf, klopf. Außer dem Morgengezwitscher von Vögeln und dem Rauschen der Brandung hinter der Häuserreihe, war kein Geräusch zu vernehmen.

Keine Regung in Pablos Haus.

Die zwei Detektive Sanchez und Martinez standen vor seiner Tür und warteten geduldig.

Doch niemand machte ihnen auf.

Pablos Rover war bereits weg. Er befand sich in seiner Kanzlei und schlug sich mit zerstrittenen Ehepaaren herum, ein regelrechter Schuster, der selber die schlechtesten Schuhe trug – metaphorisch gesehen.

Aber Felishas Fahrrad stand noch im Carport.

„Pennt die noch?", merkte Sanchez spöttisch an, während er seinen frittierten Teigfladen aß.

„Arbeitslose Schauspieler tun nichts Anderes", antwortete Martinez, der sich mit der Hand über den kahlen Kopf fuhr und Sanchez angewidert anstarrte.

„Na, dann freut sie sich sicher über etwas Besuch zwischendurch", schmatzte Sanchez sarkastisch mit vollem Mund und sah auf seine Armbanduhr.

Martinez klingelte und klopfte erneut, entschlossen.

N ebenan war Chelsea bereits wach und trug einen Bademantel. Ihre kurzen, roten Haare waren nass zurückgekämmt. Ihre Nägel waren frisch lackiert. Während Danielle die Kinder zur Schule brachte, machte sie sich allein in der Villa einen gemütlichen Start in den Tag.

Chelsea wurde auf die zwei Männer in den schwarzen Anzügen aufmerksam. Sie setzte sich auf den Bambushocker, der auf der kleinen, überdachten Terrasse vor dem Haus stand, und las die neue Ausgabe der „Belize Times".

Aber ihre Ohren lauschten dem Gespräch der zwei Ermittler, die vor Pablos Haustür warteten.

„Und die Zwei waren ganz dicke miteinander, ja?", fragte Sanchez.

„Der Schauspielagent war da ganz deutlich. ‚Wie Pech und Schwefel', das war seine Wortwahl."

„Was glaubst du denn, wessen Haut er unter den Fingernägeln hatte?"

„Gute Frage, nächste Frage. Vielleicht kann uns die gute Langschläferin hier helfen."

Chelsea hörte jedes Wort mit.

Dabei schweifte ihr Blick über die Titelseite der Zeitung. Dort fand sie einen kleinen, unscheinbaren Randbericht: *„Wasserleiche vor Belize City"*

Stutzig begann sie den Bericht zu lesen. Und sofort fiel ihr auf, dass von einem gewissen Jungschauspieler namens Dana Cruz die Rede war, der inzwischen identifiziert werden konnte. Das Stichwort „Schauspieler" half ihr, eine

Verbindung zwischen dieser jüngsten Schlagzeile und dem Besuch der zwei Detektive bei der Schauspielerin von nebenan herzustellen.

„Der Typ war doch stockbesoffen, laut Bericht des Pathologen", sagte Sanchez. „Vielleicht hatte er sich in einer Bar geprügelt oder so etwas."

„Erstens: Wer kratzt sich denn bitte gegenseitig bei einer Kneipenschlägerei? Da holt man mit dem Aschenbecher aus. Mädels kratzen sich."

„Tunten kratzen sich."

„Sei doch nicht so ein homophobes Arschloch. Weißt du, wer sich kratzt? Jemand, der um sein Leben kämpft. So, zweitens: Keine Angst, wir fahren noch die Bars hier in der Nähe ab. Da kannst du sicher noch ein paar Salzstangen für deinen Hunger abstauben."

„Was ist mit der Kanzlei von ihrem Mann? Wollen wir da nicht als Nächstes hin?"

„Das auf jeden Fall, aber erst sollten wir hier was werden", antwortete ein entschlossener Martinez.

„Glaubst du, es gibt eine Verbindung zwischen dem Verschwinden von Lola Peña und diesem Mordfall?"

„Ich weiß es noch nicht. Aber langsam wird die Welt verdammt klein, muss ich sagen."

Martinez klingelte wieder und klopfte mehrfach.

Beide warteten.

C helsea beobachtete die zwei Männer aus den Augenwinkeln und machte kein Geräusch.

„Vielleicht ist keiner zu Hause", murrte Sanchez.

„Laut dem Agenten ist sie so gut wie nur zu Hause."

„Aber sie macht uns nicht auf. Versteckt sie sich?"

„Wir kommen später wieder. Dann wollen wir mal ihren treuen und liebenden Ehemann aufsuchen. Mal schauen, was er uns sagen kann. Wenn seine Frau und Cruz so gut befreundet waren, wird das auf keinen Fall an ihm vorbeigegangen sein."

„Ich hab einmal wochenlang nicht gemerkt, dass sich meine Frau die Haare gefärbt hat."

„Das liegt auch daran, dass du ein regelrechter Depp bist, Sanchez."

Beide Männer kehrten zu ihrem schwarzen Isuzu zurück und stiegen ein. Der Dienstwagen fuhr rasch davon.

Zurück blieb eine stutzig grübelnde Chelsea, die sich an diesem Ort zunehmend unwohl fühlte und nun wieder an den Garten von Ricky und Danielle denken musste. An Pablos Aktion von letzter Nacht. Hatte sie mit ihren Scherzen etwa tatsächlich ins Schwarze getroffen?

Sollte sie etwa nach hinten gehen und sich vergewissern, dass nicht wirklich etwas im Garten begraben lag, was dort nicht hingehörte?

G egen 11:00 Uhr wachte Ricky unter Deck seiner Yacht auf und stellte fest, dass er allein im Doppelbett lag.

Diese Tatsache alarmierte ihn nicht sofort, denn schließlich war es bisher nicht unüblich, dass derjenige, der früher auf den Beinen war, an Deck die Sonne aufsuchte und auf eigene Faust in den Tag startete.

So blieb Ricky zunächst im Bett liegen und ließ die Ereignisse der letzten Nacht sacken. Sein Schädel pochte, wie nach einer durchzechten Nacht.

Ein Teil von ihm ekelte sich vor sich selbst und sehnte sich nach einer heißen Dusche, um jeden Duft, jeden Schweiß, jeden Rest fremder Körperflüssigkeiten spurlos zu beseitigen und diese Tat ungeschehen zu machen.

Wäre eine Dusche dazu bloß ausreichend gewesen!

Wie schön wäre es gewesen, letzte Nacht so besoffen gewesen zu sein, dass ein Filmriss die Ereignisse aus Rickys Gedächtnis wegradiert hätte!

Alle möglichen Szenarien schossen Ricky durch den Kopf. Alle möglichen Konsequenzen.

Wie würde er bei seiner Rückkehr seiner Freundin gegenüber auftreten?

Würde sie ihm etwas anmerken? Schließlich hatte Danielle ein sehr feines Gespür für ihre Mitmenschen.

Deutlich entscheidender war für ihn jedoch die Frage, wie er für den Rest der Woche mit Felisha umgehen würde. Sie hatte noch in derselben Nacht bereits erste Anzeichen gegeben, dass das Geheimnis, das Ricky mit ihr teilte, womöglich gar nicht so sicher aufgehoben war. Danielle diesen Seitensprung zu verschweigen, nur um eines Tages zu erfahren, dass sie es von Felisha persönlich erfahren hätte, das kam für Ricky nicht in Frage.

Wie könnte er nur Kontrolle über die brisante Situation bekommen? Bereits nach so wenigen Stunden war der Stress in ihm so hoch, und es war womöglich erst der Anfang. War es die Sache wert gewesen?

Ricky reckte sich und stieg aus dem Bett. Zwar war er noch hundemüde, aber einschlafen konnte er nicht mehr. Dafür war sein Kopf zu voll. Außerdem gab es ein Drehbuch zu schreiben, so beschloss Ricky, sich einen Kaffee zu machen und sich in seine Arbeit zu stürzen.

Vielleicht würde es der Sache helfen, einfach zum Tagesprogramm zurückzukehren, als wäre nichts in der Nacht geschehen. Höflich und sympathisch bleiben, das Thema für den Rest der Woche totschweigen.

Immerhin würde Felisha Ricky nicht mehr durch sexuelle Reize um seine Konzentration bringen. Dieses Feuer war erloschen.

Ricky blickte durch die offene Luke nach oben, während er die kleine Kaffeemaschine einschaltete und ein Pad hineinlegte. Der Geschmack war ihm heute egal.

Als er seine Tasse unter den Hahn stellte, schaute er hinein und dachte über Danielles Kaffeesatz nach. Nun war die Prophezeiung erfüllt. Wer oder was war schuld? Oder war es sinnlos, diese Frage zu stellen?

D ann fiel ihm etwas Anderes auf...
Die Kaffeemaschine war heute noch nicht
benutzt worden. Und das war merkwürdig, denn
Felisha hatte für gewöhnlich ein ähnliches morgendliches
Kaffeeritual wie er.

Ricky ließ alles stehen und liegen und kletterte hoch an
Deck, um sich dort umzusehen...

Von der Morgensonne geblendet, hielt er sich die Hand
über die Augen und sah sich um.

Felisha war weg.

Keine Spuren an Deck von ihr. Kein Geschirr, kein Handtuch zum Sonnen, keine Schuhe.

Ricky sprang wieder in die Kabine herunter und sah sich
nun im Raum um, öffnete die Schränke und Regale.

Felishas Reisetasche war verschwunden, ebenso ihre
komplette Kleidung.

Ricky riss die Tür zur Klokabine auf.

Zahnbürste weg, Kulturtasche weg.

Felisha hatte sich komplett aus dem Staub gemacht, spurlos. Als wäre sie nie an Bord gewesen. Keine Spuren mehr
von ihr auf dieser Yacht.

Aber wie war es ihr gelungen, samt Gepäck von dieser
Yacht zu verschwinden?

Es konnte sie nur jemand früh am Morgen mit einem
anderen Boot abgeholt haben.

Aber wer?

Ricky griff zum Satellitentelefon und drückte auf Wahlwiederholung. Die einzige Möglichkeit, eine Abholung von hoher See in die Wege zu leiten, wäre ein Anruf mit dem Satellitentelefon gewesen.

Doch es fand sich keine Telefonnummer, die in der letzten Zeit gewählt wurde. Felisha hatte sich in Luft aufgelöst, wie ein Gespenst. Vielleicht war zufällig ein Boot oder Kutter in der Nähe gewesen, zu dem sie spontan mit Sack und Pack umgestiegen war.

So oder so, diese Situation hatte Ricky vorn und hinten nicht unter Kontrolle. Und es gefiel ihm nicht.

Er nahm sich einen Augenblick, um nachzudenken. Was sollte sein nächster Zug sein?

Was würde ihn am Ende der Woche bei seiner Heimkehr erwarten?

Konnte er wirklich einfach jetzt den Rest der Woche weiter an seinem Drehbuch arbeiten, in dem ein Autor seine Frau mit Absichten der Recherche betrog? Immerhin war er die Reise eigentlich dafür angetreten, und der Ursprungsplan war es ja gewesen, diese Woche allein zu verbringen. Ein Zustand, der inzwischen hergestellt war.

Ricky blieb für einige Minuten in einer Starre, geistig blockiert, handlungsunfähig. „Felisha?", rief er laut auf. „Wo bist du denn?" Eine völlig sinnfreie Aktion.

Dann stürmte er nach oben und stellte sich hinters Ruder. Er schaltete den Motor ein und begann loszufahren, Richtung Festland.

Die Frage ging ihm durch den Kopf, ob er denn die Küstenwache informieren sollte, dass Felisha auf so geheimnisvolle Weise von seiner Yacht verschwunden war. Denn schließlich trug er gewissermaßen für sie die Verantwortung. Doch diese Frage verwarf er schnell wieder. Denn schließlich hatte sie gepackt. Somit erschien es ihm ziemlich unwahrscheinlich, dass sie unverhofft ins Wasser gefallen wäre – oder ähnlich.

Die Fahrt dauerte nicht allzu lange, da Ricky mit der Yacht in Höchstgeschwindigkeit über die hellblaue See sauste, die heute relativ ruhig war.

Nach etwa 30 Minuten konnte Ricky die Küste am Horizont sehen. Er fuhr an einigen kleinen Inseln vorbei und steuerte seinen Hafen an.

Dabei fragte er sich, ob es denn klug wäre, dort in Sichtweite seines Hauses anzulegen. Wie würde er seiner Freundin erklären, dass er drei Tage vor seiner geplanten Rückkehr wieder da war?

Diese Erklärung würde nur übers Treatment funktionieren, für das er überhaupt losgefahren war. Wenn er einen guten Lauf gehabt hätte, so dass Ricky auf Basis des Treatments in einem Rutsch das Drehbuch solide zu Papier bringen könnte, dann wäre ein Absitzen auf See bis Sonntag unnötig gewesen.

Aber sein Treatment war noch weit entfernt von einem fertigen Zustand.

Es gab nur einen Weg, nämlich sich komplett an der Realität zu bedienen. Hatte er Felisha denn nicht genau deswegen mitgenommen, um sich vom Szenario mit ihr inspirieren zu lassen?

Wie sicher war es aber, seine eigenen Erlebnisse mit Felisha komplett ins Drehbuch zu schreiben?

Was würde er Danielle sagen, sollte sie dieses Buch zu lesen bekommen – oder sogar irgendwann die Verfilmung dessen sehen?

So oder so musste Ricky seine frühzeitige Rückkehr mit produktiver und erfolgreicher Arbeit begründen.

Er beschloss, das Ganze als Überraschung zu verpacken. Ins Haus zu platzen und sich dem Ausflug zu den Pyramiden der Ruinenstadt Altun Ha anzuschließen. Obwohl ihm innerlich nicht nach Freudensprüngen zumute war, war dies wohl der beste Weg, um keinen Verdacht zu erwecken.

Außerdem musste Ricky dringend die Situation im Hause Aguado nebenan im Auge behalten und herausfinden, wo Felisha war. Nun war sie wirklich vermisst – zumindest für ihn. Eine gefühlte Zeitbombe, die laut tickte. Was war mit Felisha geschehen?

Immerhin kam er nun allein zurück und musste niemanden unter Deck verstecken.

R icky verlangsamte das Tempo der Yacht und erreichte seinen Platz am Steg, wo er das Tau hinauswarf, um die Yacht anzuleinen. Wichtig war es jetzt, trotz seiner kaum erträglichen inneren Unruhe, entspannt und ausgeglichen auszusehen. Schließlich war er ein Drehbuchautor, der gerade einen erfolgreichen kreativen Lauf hinter sich hatte. In so einer Situation war die Laune eines Autors am besten.

Ricky nahm seine Reisetasche mit, verschloss die Luke und sprang auf den Holzsteg, um die Yacht anzuleinen. Gründlich gepackt hatte er nicht, aber das war nicht nötig.

Er verließ den kleinen Hafen und spazierte schräg über den Strand zum weißen Lattenzaun seines Gartens. Sein Herz raste, seine Atmung war schwer.

Was würde ihn zu Hause erwarten?

Was würde ihn nebenan erwarten?

R icky erreichte seinen Garten und stieg über den Zaun. Dann blieb er für einen Augenblick stutzig stehen. Kein Miguel, kein Fortschritt beim Pool-Projekt.

Stattdessen ein gegrabenes und wieder geschlossenes Loch beim Erdhaufen, wo die Pilze gewachsen waren. Im Rechteck, das mit Schnur abgesteckt war, war noch nichts passiert.

„Was zum Henker?"

Ricky schritt langsam an diesem seltsamen Anblick vorbei und schüttelte den Kopf. Dann schoss ihm ein unterschwelliger, aber penetranter Hauch eines vermodernden Geruchs durch die Nase. Dieser verflog jedoch wieder so schnell, dass sich Ricky nicht weiter damit beschäftigte.

„Vielleicht irgendein Hundehaufen in der Nähe", dachte er sich.

Ricky ging auf sein Haus zu und sah, dass die Glastür von innen geschlossen war.

So wanderte er seitlich an seiner weißen Villa vorbei und nach vorne, wo er sehen konnte, dass der silberne Audi dort nicht geparkt war.

Er zückte sein Handy und stellte fest, dass es bereits 13:30 Uhr war. Danielle und Chelsea waren also sicherlich bereits dabei, mit den Kindern nach Altun Ha zu fahren.

Rickys Handy befand sich noch im Flugmodus. Diesen schaltete er zaghaft aus. Ein Teil von ihm fürchtete die anstehende Lawine von Nachrichten und Anrufen in Abwesenheit.

Doch es hielt sich glücklicherweise in Grenzen. Schließlich war er gerade erst etwa 48 Stunden offline gewesen. Nur banale Nachrichten, keine unbekannten Rufnummern. Eine Sorge weniger.

Ricky steckte sich das Handy in die Hosentasche und ging die Stufen zu seiner Haustür hoch. Er zückte seinen Schlüssel und steckte ihn ins Schlüsselloch, als er dann neben sich auf dem kleinen Tisch der Terrasse die Zeitung liegen sah. Der kleine Bericht um das Verschwinden von Dana Cruz fing sofort seinen Blick.

Er nahm die Zeitung in die Hand und las den Bericht, erinnerte sich dabei an diesen Schauspielkollegen namens Dana, von dem ihm Felisha erzählt hatte. Diesen „besten Freund", auf den Pablo so eifersüchtig gewesen war.

Gab es irgendwelche Zusammenhänge, die ihm Sorgen machen müssten?

Die Hinweise umzingelten Ricky, dass hier einige düstere Dinge geschehen waren.

Aber eines nach dem Anderen.

Ricky schloss die Tür auf und betrat sein Haus...

Im Haus war es mucksmäuschenstill. Man hätte eine Nadel fallen hören können. Im breiten Foyer fehlten die Schuhe von allen.

Im Esszimmer befanden sich noch einige Frühstücksreste auf dem Tisch. Der Raum roch noch nach Leben.

Die Arbeitsfläche in der Küche war noch ein Saustall. Eierschalen, schmutzige Teller, Gemüseschalen.

Ricky ging die Treppe hoch und sah oben in den Zimmern nach. Kein Bett war gemacht, bis auf das Ehebett.

Für einen Augenblick überlegte Ricky, ob er denn mit dem Handy anrufen sollte, um zu fragen, wo alle waren. Doch es war stark anzunehmen, dass die Frauen und die Kinder – wie geplant – nach Altun Ha unterwegs waren. Wohin denn sonst? Zudem war es gerade womöglich ein Vorteil für Ricky, dass niemand um seine ungeplante Anwesenheit auf dem Festland wusste.

Ricky ging wieder nach draußen und wanderte zum Lattenzaun, der seinen Garten von dem der Aguados trennte. Er sah auf das andere Grundstück und grübelte. Es mussten Antworten her, sonst würde die Lage viel zu unberechenbar bleiben.

So beschloss Ricky – unter dem Vorwand, dass ihm der Zucker ausgegangen sei – bei den Aguados ganz förmlich zu klingen, um wie ein durchschnittlicher Nachbar nach einem kleinen Gefallen zu fragen.

Er ging zur Haustür und klingelte.

Und wartete.

Niemand machte auf.

„Pablo? Felisha? Mein Zucker ist alle, könntet ihr mir damit aushelfen?"

Er klingelte erneut und klopfte.

Aber ohne Ergebnis.

„Señor?", rief eine krächzende alte Stimme von der anderen Straßenseite.

Ricky drehte sich um.

Eine schrumpelige alte Frau, schwarze Haut und weißes Haar, auf einem Auge blind, stand in ihrer Haustür und wank Ricky hilfsbereit zu.

„Sie brauchen Zucker? Ich kann Ihnen helfen."

„Äh, das ist nett von Ihnen, danke, aber…"

„Warten Sie einen Augenblick. Ich hol ihn mal."

„Das ist nicht nötig…

„Da drüben werden Sie nichts. Den ganzen Morgen stehen alle möglichen Gestalten da vor der Haustür, aber keiner macht auf. Ich hol mal den Zucker."

Die Alte Frau verschwand in ihr Haus.

Ricky wurde stutzig. Wer hatte sonst vor deren Haustür gestanden? Diese Information interessierte ihn brennend.

So eilte Ricky über die Straße und wartete an der Haustür der alten Frau, die nach wenigen Augenblicken mit einem Beutel Zucker zurückkehrte.

„Entschuldigen Sie die Nachfrage, aber was für Leute haben sonst dort vor der Tür gestanden?"

„Ich kenne die nicht. Zuerst dachte ich, es wären die Mormonen oder sowas."

„Wieso dachten Sie an die Mormonen?"

„Die sind doch so aufdringlich. Hunderttausendmal geklingelt, bevor sie irgendwann endlich weiter sind. Sie trugen schwarze Anzüge. Einer fett, einer glatzköpfig."

Die Frau reichte Ricky den Zucker – den er eigentlich überhaupt nicht brauchte.

„Den ganzen Beutel wollen Sie mir mitgeben? Ich wollte nur eine Prise für meinen Kaffee."

„Bringen Sie doch einfach den Beutel zurück, wenn Sie fertig sind."

„Na toll. Unnötige Rennerei", dachte er sich.

„Alles klar. Mache ich. Danke nochmals."

„Jederzeit."

Ricky ging zurück in seine Villa, kippte etwas Zucker ins Waschbecken und spülte ihn herunter. Dann wartete er einige Minuten und brachte den Beutel zurück, um diese kleine, lästige Baustelle aus dem Kopf zu bekommen.

Die zwei Männer, die ihm soeben von der alten Nachbarin von gegenüber beschrieben worden waren, klangen ihm eindeutig nach den Detektiven Martinez und Sanchez, die ihm bereits bekannt waren.

Was wollten sie von den Aguados?

Hatte Pablo sich inzwischen dann doch entschieden, seine Frau offiziell als vermisst zu melden?

Oder waren die Zwei wegen der angespülten Leiche von Dana Cruz bei Pablo vor er Haustür gewesen?

Fragen über Fragen in Rickys Kopf. Und keine Antworten. Nur die Einsamkeit in seiner Villa.

Was sollte er tun?

Nun konnte er immerhin seine bereits heiß ersehnte Dusche nehmen und sich die unmittelbarsten Spuren seines Seitensprungs schnell vom Leib spülen.

Und das tat er auch.

Was Ricky nicht ahnen konnte: Inzwischen waren die zwei Detektive Martinez und Sanchez in der Anwaltskanzlei von Pablo aufgeschlagen und baten die Vorzimmerdame darum, sie sofort zu ihm zu führen.

Es war fast 15:00 Uhr. Das Wartezimmer der Kanzlei war brechend voll mit hitzköpfigen Mandanten, die allesamt Eheprobleme jeder erdenklichen Art hatten. Die 35-jährige Jasmin sah die zwei aufdringlichen Männer überfordert an, die wie zwei Säulen hinter dem Tresen standen und ihre Polizeimarken hochhielten. Sie richtete ihre Brille, stand auf und ging schnurstracks nach nebenan in Pablos Besprechungszimmer, wo er gerade mit einem emotional aufgewühlten Mandanten einen komplexen Ehevertrag überarbeitete.

„Señor Aguado?", unterbrach sie seine Besprechung."

„Was ist?", fragte Pablo auf Spanisch. „Ich bin hier mitten im Termin, und das wissen Sie, Jasmin."

„Da sind zwei Männer von der Polizei, die Sie sprechen wollen. Sie gehen nicht weg."

„Sie wollen mit *mir* sprechen?"

„Ja, Señor."

„Sag ihnen, ich bin gleich da."

„Die möchten zu Ihnen rein, Señor."

Irritiert bat Pablo seinen Mandanten, sich für einen Augenblick ins Wartezimmer zu setzen.

Dieser tat, was man ihm sagte, und ging an Jasmin vorbei, Richtung Wartezimmer.

„Schließen Sie die Tür, ich muss einmal kurz für kleine Jungs. Die Herren sollen schon mal Platz nehmen."

„Alles klar, Señor."

Jasmin schloss die Tür und ging zurück zu Martinez und Sanchez, die am Tresen noch warteten. Doch anstatt auf Toilette zu gehen, öffnete Pablo resignierend das Fenster und sprang heraus. Glücklicherweise befand sich sein Büro im Erdgeschoss. So landete er in einem Busch und kämpfte sich frei, um ohne jeden Plan davonzurennen.

Nur eines wusste er: Er hatte Kratzer am Hals und konnte sich gut vorstellen, dass Hautpartikel von ihm unter den Fingernägeln von Dana Cruz gefunden worden waren. Dass die Leiche entdeckt worden war, hatte er auch bereits der Zeitung entnommen. Hätten die Aasfresser des Ozeans bloß mehr Hunger gehabt!

Zwar wusste Pablo nicht sicher, warum die zwei Männer da waren, aber das Risiko war ihm natürlich zu hoch. Nichts wie weg hier!

Martinez und Sanchez platzten herein und entdeckten das offene Fenster.

„Hey! Hier bleiben!", rief Martinez laut und schreckte die Mandanten im Wartezimmer auf.

„Der Schweinepriester ist abgehauen", schimpfte ein empörter Sanchez.

„Los, hinterher!", meckerte ihn Martinez an.

Doch Martinez merkte selbst rechtzeitig genug, dass er seinem korpulenten Partner nich abverlangen konnte, durch das Fenster zu steigen und hinterherzurennen.

So stieg er selbst durchs Fenster und nahm sofort die Verfolgung auf.

Sanchez rannte durch die Kanzlei und schloss sich, außen
herum, der Verfolgung an.

Pablo rannte planlos und verzweifelt durch die
belebten Straßen von Belize Stadt. Dabei mied er die
Autos, Mofas und Fahrräder die ihm aus allen Richtungen entgegenkamen. Immer wieder hupte und fluchte
jemand.

Martinez entdeckte ihn aus etwa 50 Metern Entfernung
und rannte zielstrebig hinterher.

„Stehenbleiben!"

Anstatt stehenzubleiben, legte Pablo an Tempo zu.

Er tauchte in eine Seitenstraße ab, wo sich viele
Passanten verschiedener Abstammungen und Obststände in
allen Primärfarben befanden. Hier würde es schwieriger
werden, ihn zu entdecken.

Pablo rannte an einem Zirkeltanz vorbei, den er für einen
Augenblick störte. Doch die fröhlichen Männer mit
Handrasseln und Kalebassen griffen ihr Lied wieder auf und
musizierten weiter.

„Pass doch auf, wo du hinläufst", schimpfte eine schwarze
Frau, die von Pablo im Vorbeirennen hart angerempelt
wurde.

Martinez erreichte die Menschenmenge und blieb außer
Atem stehen, um sich einen Überblick zu verschaffen.

„Verdammt!"

In diesem Augenblick kam ein erschöpft keuchender
Sanchez angerannt und wackelte dabei wie Pudding.

„Hol Verstärkung, um Himmels Willen!", schrie ihn Martinez an und suchte weiter.

Keine Spur von Pablo.

Martinez hatte keine Wahl, als sich in die Menschenmenge zu stürzen und nach Pablo zu suchen.

„Da ist er lang!", rief die empörte schwarze Frau dem Ordnungshüter zu und zeigte mit dem Finger in die Richtung.

„Danke."

Martinez rannte in die angezeigte Richtung, fand Pablo aber nicht.

Er erreichte dann eine Bambuswand, die einen großflächigen und dicht bewachsenen Kleingarten umschloss, wo Bananen, Zuckerrohr, Kakao und diverse exotische Früchte angebaut wurden. An einer Stelle waren die Halme eingeknickt und zerbrochen.

Instinktiv schlüpfte Martinez durch die Lücke und zog seine Waffe.

Er wanderte umsichtig durch den Kleingarten und zog die Blicke Schaulustiger, die durch die Lücke starrten und sich neugierig unterhielten.

„Aguado, das macht sich überhaupt nicht gut, so vor einer Befragung wegzurennen! Kommen Sie heraus und stellen Sie sich!"

Martinez richtete die Waffe in jede Richtung, hinter jeden Strauch, hinter jeden Baum.

„Was haben Sie denn zu verbergen? Es ist sinnlos, sich weiter zu verstecken!"

Pablo versteckte sich in der Tat in diesem Kleingarten, nicht allzu weit entfernt von Martinez, der jeden Quadratmeter genauestens durchsuchte. Er kontrollierte mühsam seine Atmung, da er völlig erschöpft war, aber keine Geräusche machen durfte.

„Nun kommen Sie endlich aus Ihrem Versteck heraus!"

Martinez näherte sich mit gezogener Waffe allmählich dem Busch, in dem sich Pablo versteckt hatte. Je näher er kam, desto mehr bemühte sich Pablo, keine Bewegungen zu machen. Denn jede noch so kleine Bewegung würde den Busch zum Rascheln bringen.

Es gab jedoch kein Entkommen. Keinen Fluchtweg. Es war nur eine Frage der Zeit, bis ihn Martinez hier finden würde.

Sanchez und einige Kollegen tauchten an der Straße auf und umzingelten den Kleingarten.

Pablo konnte sie flüchtig durch das dichte Gebüsch sehen – wie vorbeiziehende Schatten, die ihm nun allmählich klar machten, dass sein Schicksal besiegelt war.

Der Mann hatte inzwischen mehrere Menschenleben auf dem Gewissen, und an seinem Hals war zumindest die Spur von einem seiner Morde sichtbar.

Aber er war nicht Nariz Fuera.

Pablo war erschöpft. Er hatte keine Lust mehr wegzurennen, keine Lust mehr auf seinen Alltag, den er im Streit mit Felisha verbrachte.

Keine Lust mehr auf seine Leichen im Keller.

Aber auch keine Lust auf Gefängnis.

So sprang er plötzlich explosiv aus dem Gebüsch und versuchte das Weite zu suchen.

Martinez richtete sofort seine Waffe auf ihn. Sanchez, der an der kaputten Stelle der Bambuswand stand, ebenso.

„Aguado! Bleiben Sie stehen!"

Doch Pablo hörte nicht auf Martinez, sondern rannte in Höchstgeschwindigkeit durch den Garten.

„Stehenbleiben! Letzte Warnung!"

Auch diese Warnung nützte nichts.

Sanchez bekam Pablo für einen Augenblick gut ins Visier und entschied sich, diese Gelegenheit zu nutzen.

Peng!

Sanchez schoss Pablo von der Seite ins Bein und schickte ihn zu Boden.

Wie vom Blitz getroffen, sackte Pablo rückwärts auf den Boden zusammen und spürte ein punktuelles, heißes Stechen in seinem linken Oberschenkel.

Ein Teil von Pablo hatte sich gewünscht, dass Sanchez auf seinen Kopf oder sein Herz gezielt hätte. Er war müde und mehr als bereit für einen verdienten Schlaf.

Martinez, Sanchez und zwei weitere Polizisten näherten sich Pablo von allen Seiten, der auf der Erde lag und sich die blutende Schusswunde am Bein mit beiden Händen festhielt. Alle Pistolen waren auf ihn gerichtet. Es gab kein Entkommen aus dieser Situation.

Alles brüllte durcheinander...

„So, und jetzt langsam die Hände hinter den Kopf!"

„Wird's bald!"

„Und keine plötzlichen Bewegungen, sonst werden wir das Feuer eröffnen!"

„Langsam aufsetzen, Hände hinter den Kopf!"

Pablo sah auf dem Boden einen massiven, spitzen Stein liegen, in etwa von der Größe einer Kokosnuss. Er seufzte, dachte nach und traf eine Entscheidung.

„Die Hände hoch, haben wir gesagt!"

Er ignorierte die lautstarken Befehle der vier Polizisten, die ihm immer näher kamen.

Und zählte leise...

Drei...

Zwei...

Eins...

Dann griff er blitzschnell nach dem Stein und warf ihn nach Sanchez.

„Nein!", rief Martinez.

Zwei weitere Schüsse fielen. Die zwei Polizisten, die als Verstärkung hinzugekommen waren, schossen jeweils auf Pablos Brustkorb.

Der bärtige, stämmige Mann fiel, wie ein Sack Kartoffeln, zu Boden und landete auf dem Rücken.

„Feuer einstellen, verdammt!"

Die Polizisten senkten ihre Waffen.

Martinez rannte zum nunmehr dreifach angeschossenen Pablo, der immer noch lebte. Blut schoss ihm aus dem Mund, und er zuckte spastisch, wie ein defekter Roboter. „Mierda!", fluchte Martinez. Der frustrierte Detektiv suchte Antworten, keine weiteren Leichen.

Als er zu Pablo kam, konnte er erkennen, dass dieser mit seinen letzten Atemzügen versuchte zu sprechen.

„Sie…"

„Was?"

„Sie…"

„Wollen Sie mir was sagen?"

Pablo nickte.

Martinez hockte sich zu Pablo, der ihm sofort an den Kragen griff und diesen mit Blut besudelte. Pablo zog Martinez zu sich heran und versuchte zu sprechen. In seinem Hals war ein heiseres Blubbern zu hören.

„Ganz ruhig, Aguado, holen Sie Luft. Was wollen Sie mir denn sagen?"

Pablo zog Martinez weiter zu sich heran, so dass dessen Ohr seinen Mund fast berührte.

Dann wurde alles ganz leise, bis auf das Geplapper der Schaulustigen, die sich hinter der Bambuswand ansammelten und in den Kleingarten glotzten. Einige zückten ihre Smartphones und filmten die Ereignisse, bis einer der Polizisten sie verscheuchte, wie lästige Fliegen.

Sanchez stand da und lauschte, konnte aber nicht hören, was Pablo seinem Partner und Mentor ins Ohr flüsterte.

Martinez riss die Augen immer weiter auf. Sein Gesicht wurde immer blasser.

An seinem Gesichtsausdruck konnte Sanchez erkennen, dass dieser soeben etwas Schreckliches erfahren hatte.

Martinez sah zu Sanchez auf, als Pablos Hand schwächer wurde und seinen Kragen langsam losließ. Die Hand plumpste dann leblos auf die Erde, und Pablos Zuckungen ließen nach. Sein zerschossener Brustkorb implodierte leicht, wie ein Schlauchboot, aus dem die Luft entwich. Seine Augen wurden glasig. Das Röcheln ließ nach.

Pablo war tot.

Aber Martinez hatte eine hilfreiche, jedoch ernüchternde Information erlangt.

Langsam stand er auf und drehte sich zu Sanchez um, der ihn mit neugierigen Blicken ansah.

„Was hat er dir gesagt?"

Martinez antwortete nicht sofort. Er verarbeitete noch das, was er erfahren hatte.

„Was hat er gesagt?!"

„Ich weiß, wer Nariz Fuera ist", antwortete Martinez mit nüchterner Stimme. „Und ich weiß, wo wir ihn finden."

„Nariz Fuera?"

Die zwei Polizisten wurden ebenfalls hellhörig. Denn allein dieser Name hatte jeden Mittelamerikaner das Fürchten gelehrt, und das bereits seit Jahren. Die Vorstellung, dass dieser Killer mit der Schnabelmaske tatsächlich in der Nähe von Belize sein könnte, war der größte Albtraum eines jeden Einwohners dieses Landes.

„Wir müssen sofort los."

„Wohin denn?"

„Jetzt keine Fragen stellen. Auf geht's."

Gegen 16:00 Uhr saß Ricky auf seinem Ostbalkon und starrte nachdenklich auf das Meer. Es gab für ihn nichts zu tun, außer auf die Rückkehr von Danielle, Chelsea und den Kindern zu warten. Nebenan war niemand zu Hause. Und planlos durch die Stadt zu fahren, um nach Felisha zu suchen, erschien Ricky weniger sinnvoll.

Dann brummte sein Handy in seiner Hosentasche. Er nahm es in die Hand und sah auf das Display.

Er hatte eine SMS von einer unbekannten Nummer erhalten: „Inst."

Stutzig runzelte er die Stirn.

Was war das für eine Abkürzung?

Es dauerte jedoch nicht lange, bis Ricky den Impuls bekam, auf Instagram nach seinen ungelesenen Nachrichten zu schauen. Könnte mit „Inst" Instagram gemeint sein?

Siehe da, Ricky hatte eine ungelesene Nachricht erhalten, dessen Benachrichtigungston ja stummgeschaltet war.

Sie war von Felisha, und sie war recht kurz: „Altun Ha, 18:00 Uhr."

Ricky rührte sich eine Minute lang nicht.

Was war hier los?

Warum sollte er um 18:00 Uhr in der alten Ruinenstadt Altun Ha sein?

Und warum ausgerechnet dort?

War nicht seine Familie gerade dort, um die Maya-Pyramiden zu begutachten?

Wollte Felisha ihn seiner Frau mit den Ereignissen der letzten Nacht konfrontieren?

R icky beantwortete zunächst die Nachricht: „Schön, dass du lebst. Plötzlich warst du weg, da macht man sich ja Sorgen. Was soll ich denn dort? Habe nicht einmal ein Auto da."

Dabei achtete er natürlich darauf, dass – für den Fall, dass dieser Verlauf irgendwann publik werden sollte – nichts geschrieben wurde, was seinen Ausflug mit ihr oder gar seinen Seitensprung verraten würde. Dass sie zu Hause bereits als vermisst galt, das konnte er gut als Grauzone nutzen. So könnte er immer noch im Falle eines Falles behaupten, dass er sich darauf bezogen hätte, dass Pablo vor seiner Haustür so einen Wirbel um Felishas Verschwinden gemacht hätte. Ein guter Nachbar, der sich ganz oberflächlich Sorgen machte. Mehr nicht.

Aber keine Antwort kam.

Die Nachricht war auch von vor etwa einer Stunde.

Ricky kam schnell zur Erkenntnis, dass er keine Wahl hatte, als einfach zur Ruinenstadt Altun Ha zu fahren. Diese war etwa eine Stunde mit dem Auto entfernt, und sein Audi stand nicht vor der Haustür zur Verfügung.

Ein logischer Schritt wäre es gewesen, Danielle anzurufen. Denn schließlich war sie entweder noch in Altun Ha, oder bereits auf dem Rückweg.

Aber dies war ihm zu heikel.

So rief er ein Taxiunternehmen an und bestellte sich ein Taxi. Das würde noch teuer werden.

E twa zehn Minuten später saß Ricky auf dem Beifahrersitz eines schäbigen, bronzenen Toyota Minivans, gefahren von einem pechschwarzen Mann namens Julio, locker über 60 Jahre alt. Während der Fahrt wurde kaum ein Wort gesprochen. Ricky war aufgewühlt und hatte keine Ahnung, was ihn in Altun Ha erwartete. Die Taxiuhr tickte und tickte, diese Fahrt würde sehr teuer werden. Doch Bargeld war gerade das geringste von Rickys Problemen.

Die Fahrt dauerte eine knappe Stunde. Dafür musste Ricky auf dem Old Northern Highway durch Ladyville, Los Lagos Community und Sand Hill fahren.

Nach dem Verlassen von Sand Hill wurde die Fahrt grüner. Immer mehr Landschaft, immer weniger Zivilisation.

Ricky starrte nach draußen auf die überwiegend unberührte Natur von Belize. Palmen, dichtes tropisches Gewächs, gelegentlich vorbeifliegende Papageien in schrillen Primärfarben. Erst jetzt fiel ihm erstmalig auf, in was für ein wunderschönes Land er gezogen war. Bislang waren die sechs Monate in Belize ein reiner hausgemachter Stress gewesen. Nun, wo er womöglich im Zuge war, seine Familie aufs Spiel zu setzen, machte ihn die Schönheit der Natur nachdenklich und dankbar – wenn auch etwas spät.

Die Fahrt dauerte eine gefühlte Ewigkeit. Ricky musste die bevorstehende Situation – welche auch immer sie überhaupt war – einfach auf sich zukommen lassen.

E s war 17:30 Uhr.
Gegen Ende der Fahrt war Ricky umgeben von
dichtem, saftig grünem Dschungelwald. Er sah sich
in der Ferne nach den Pyramiden um, doch diese waren
aufgrund ihrer überschaubaren Größe nicht aus der Ferne
sichtbar, wie etwa die weltbekannten Pyramiden von Gizeh.
Diese Pyramiden waren gut im Wald versteckt, und die
höchste von ihnen war gerade einmal 16 Meter hoch.

Der Taxifahrer erreichte einen recht belebten, aber sper-
rigen Touristenparkplatz und hielt an, um mit Ricky abzu-
rechnen. Und es war eine teure Fahrt gewesen.

Ricky bezahlte trotzdem bar, rundete die Summe auf und
stieg prompt aus dem Auto, um zu den Ruinen zu finden.

Dazu musste er nur den Touristen folgen, die von ihren
Autos und dem Bus, der noch auf dem Platz stand,
weggingen.

Es roch nach saftiger Botanik, und die Luft war warm
und schwül. Ricky wanderte über eine kleinere Grasfläche
und sah hier bereits die ersten Steinreste von uralten Bauten,
die einst sicherlich größer und imposanter gewesen waren.
Nun blieben teils nur Fundamente und einzelne Bausteine
übrig.

Ricky erreichte nach kurzer Zeit die Hauptattraktion, zu der alle Touristen wanderten: die Ruinenstadt Altun Ha. Diese lag in einer riesigen Waldlichtung, umgeben von dichtem Dschungel. Die große Grünfläche – insgesamt in etwa so groß wie ein Fußballplatz – war in der Mitte durch einige Steinstufen in zwei Hauptplazas halbiert, die auf leicht unterschiedlichen Höhen lagen.

Außen um die Flächen herum standen die sogenannten Tempel. Diese grauen, abgestuften Steinpyramiden mit rechteckigen Grundrissen waren deutlich kleiner, als sie auf Postkarten aussahen.

Zu Fuß konnte man die Treppen auf den Vorderseiten der Pyramiden, sowie die Stufen zwischen den zwei „Plazas", problemlos besteigen. Nur wurde grundsätzlich von den Touristenführern untersagt, Fuß auf die Tempel zu setzen, um Unfälle und Vandalismus zu vermeiden.

Ricky blieb auf dem Feld stehen und sah sich um. Heute war nicht besonders viel los. Vereinzelte Touristen schossen Fotos von den leicht bewachsenen Denkmälern, die den Platz umschlossen. Eine Touristengruppe bekam eine Führung, verbunden mit etwas Geschichtsunterricht.

„Erste Besiedelungsspuren gab es hier um 1000 vor Christus", hörte Ricky eine motivierte Touristenführerin in der Nähe der Gruppe erklären. „Der Name ‚Altun Ha' bedeutet so viel wie ‚Wasser, das aus Stein kommt'. Insgesamt sind hier 300 Gebäude nachgewiesen, auch wenn wir hier auf den zwei Hauptplazas nicht so viele sehen können. Von einigen sind nur noch die Fundamente übrig. Die Großen Pyramiden hier sind seinerzeit von den Mayas als Tempel gebaut worden, der höchste da drüben ist 16 Meter hoch..."

Weit und breit keine Spur von Felisha. Aber immerhin war es erst 17:45 Uhr. Eine Viertelstunde hatte Ricky also noch, so spazierte er über den Platz und sah sich die großen, anmutigen grauen Riesen an. Dabei ging ihm die Frage durch den Kopf, wie eine primitive Kultur mit bloßen Händen solche Bauwerke errichten konnte. Pyramiden waren durchaus ein reines Weltwunder.

Ricky sah auf seinem Handy nach neuen Nachrichten, jedoch Fehlanzeige. Dann spürte er eine merkwürdige Präsenz. Er sah zur flachen Spitze des größten Tempels auf, wo er zwei Menschenumrisse erkennen konnte, die dort nicht hingehörten. Die Umrisse waren zu klar und zu klein, um irgendwelche Statuen zu sein. Es waren eindeutig zwei Menschen, die ganz oben auf dem Gestein hockten und zu ihm sahen. Scheinbar hatte keiner außer Ricky die Zwei bemerkt.

Aufgrund seines vielen Schreibens war Ricky über die Jahre leicht kurzsichtig geworden – zwar nicht genug, um beim Autofahren zum Tragen einer Brille verdonnert zu werden, aber dann doch genug, um aus dieser Entfernung nichts weiter zu erkennen, als bloß zwei verschwommene Umrisse.

Einer davon nickte Ricky leicht zu.

Das musste Felisha sein.

So sah Ricky um sich und vergewisserte sich, dass ihn niemand beobachtete. Dann begann er auf die Pyramide zuzugehen. Langsam, wachsam…

Je näher Ricky diesem einschüchternden alten, grauen Tempel kam, desto klarer wurden die zwei Gestalten, die auf der flachen Spitze auf ihn warteten.

Er rieb sich die Augen und sah genauer hin, als er die Stufen erreichte. Nun schienen es zwei Frauen zu sein. Perplex begann Ricky die Stufen hochzugehen. Dabei sah er sich immer wieder um. Aber die meiste Zeit blieben seine Blicke bei den zwei Gestalten. Niemand schien ihn zur Kenntnis zu nehmen. Die Touristen waren untereinander zu beschäftigt und zu weit entfernt.

Das Treppensteigen war eine müßige Aufgabe, da die Stufen recht steil waren. Und 16 Meter hörten sich zwar nicht besonders hoch an, aber schnell musste Ricky feststellen, dass Schwindelfreiheit gerade keine unnütze Eigenschaft gewesen wäre.

Nach einem Drittel der Strecke konnte Ricky dann erkennen, wer die zwei Personen waren...

E r blieb schockiert stehen und rührte sich keinen Zentimeter. Sein Herz raste wie eine Lokomotive. *„Was zum Teufel ist hier los? Was soll das werden?"*
Vor ihm standen Felisha und keine Geringere als seine Freundin, Danielle. Felisha trug eine lange Seidenhose und eine Bluse, sie zeigte heute weniger Haut als sonst.

Ein kalter Schauer lief Ricky den Nacken herunter. Salziger Schweiß triefte ihm von der Stirn in die Augen und brannte penetrant. Es fühlte sich an wie der Tag der Abrechnung. Wie das Ende von Rickys Welt.

Langsam stieg er weiter die Stufen hinauf, von tausend Fragen gequält – allen voran von der einfachsten Frage: Was machten diese zwei Frauen zusammen hier?

Hatte Felisha vor, Ricky im Beisein seiner Freundin zu einem Geständnis zu zwingen? Je näher Ricky jedoch kam, desto deutlicher konnte er erkennen, dass Danielle keinen glücklichen Ausdruck in ihrem Gesicht hatte.

Hatte sie bereits alles erfahren?

Was würde dann passieren?

Nach einigen quälenden Minuten kam Ricky oben an, bestieg die abgeflachte Spitze der Pyramide und stand den zwei Frauen gegenüber.

Zunächst wurde kein Wort gesprochen. Alle sahen sich schweigend an.

„Wo sind deine Mutter und die Kinder?", fragte Ricky seine Freundin.

„Die sind schon auf dem Rückweg. Sie müssten dir entgegen gefahren sein."

„Das Auto ist nur auf uns Beide versichert, Danielle."

„Meine Mutter fährt länger unfallfrei, als ich lebe, Ricky. Wenn das gerade deine einzige Sorge ist."

„Was für Sorgen sollte ich sonst haben?"

In diesem Moment mischte sich Felisha ein und schlug vor, sich zu dritt im Schneidersitz hinzusetzen, um keine Blicke zu fangen. Denn schließlich wurde es nicht gern gesehen, dass Touristen unbeaufsichtigt die Monumente bestiegen.

Ricky und Danielle befolgten die Anweisung von Felisha, alle Drei setzten sich in einem kleinen Kreis auf das Gestein, über ihnen ein klarer, bräunlicher Himmel und eine allmählich untergehende Sonne. Um sie herum war ein idyllischer Horizont aus Baumkronen zu sehen, soweit das Auge reichte. Es war surreal schön – wären die Umstände nur nicht so verspannt und explosiv gewesen.

„Also", begann Ricky dann, „was machen wir hier? Wer beginnt mit dem Reden?"

Keiner sprach. Nur Ricky. Die zwei Frauen sahen ihn wortlos an.

„Gut. Dann anders. Felisha, du hast mich hierher geordert. Ich vermute, du hast das Gleiche bei Danielle gemacht. Wie wäre es also, wenn du uns erklärst, was der Aufriss soll. Ich habe von Danielle gehört, dass du von zu Hause weggerannt bist oder so? Dein Mann war ganz besorgt, stand vor unserer Tür, hat Alarm gemacht, wollte nicht zur Polizei. Das war doch so, oder?"

„Oh, Ricky", seufzte Danielle kopfschüttelnd. „Du bist wahrhaftig ein äußerst begnadeter Lügner. Das habe ich immer an dir bewundert. Das kommt sicher von diesen ganzen Drehbüchern, die du geschrieben hast."

„Was soll das heißen? Du hast mich doch angerufen und mir das erzählt."

„Ich bin einfach schockiert zu erfahren, was du getan hast", sprach Danielle mit verletzter Stimme. „Wie weit du gegangen bist, Ricky. Dass du Felisha heimlich auf See mitgenommen hast, und sie gevögelt hast. Du brauchst dich nicht weiter dumm zu stellen. Ich hätte nie gedacht, dass du das auch wirklich durchziehst."

Ricky sah Danielle nicht an, sondern Felisha, fassungslos darüber, was seine Ohren gerade hörten.

Wie sollte er denn darauf antworten? Anscheinend hatte Felisha gnadenlos ausgepackt, wohl von ihrem Gewissen geplagt. Es gab für Ricky kein Gewinnen auf diesem Spielfeld. Er wusste nur allzu gut, bis zu welchem Punkt es Sinn gemacht hätte, Danielles Anschuldigung abzustreiten.

Dieser Punkt war hier schon längst überschritten. Abstreiten war vollkommen sinnlos.

So sprach Ricky einfach kein Wort.

Dann überraschte ihn Danielle mit einer Information, mit der er nie im Leben gerechnet hätte.

„Ricky, ich wusste von Anfang an, dass Felisha mit dir da rausgefahren ist."

Ricky zögerte stutzig und schaute beide Frauen an.

„Wie bitte?"

„Felisha hat für mich gearbeitet, sozusagen."

„Wie, für dich gearbeitet?"

„Ich habe sie beauftragt, dich zu testen", antwortete Danielle und sah dabei zu Felisha, die ihre eigenen Füße anstarrte.

Dies war einer der vielen Momente, an denen Ricky es zwischendurch als äußerst ungünstig empfand, die „etwas andere Frau" zur Freundin zu haben. Dies war womöglich *der* Moment in seinem Leben.

„Was hast du? Ist das dein Ernst? Das ist das Beknackteste, was ich je in meinem Leben gehört habe."

„Was dabei passiert ist, erschüttert mich einfach nur", entgegnete Danielle.

„Wieso beauftragst du jemanden, um mich zu testen?", empörte sich Ricky. „Wegen dieser blöden Sache mit deinem Kaffeesatz?"

In diesem Moment verschwieg Danielle ihrem Freund, dass die Geschichte um den Kaffeesatz gelogen war. Es hatte keine Prophezeiung von einem Seitensprung gegeben. Alles war eine Kreation aus ihrem Kopf gewesen, einzig und allein aus ihrer Eifersucht und einem Verdacht resultierend.

Ricky sah Felisha empört und gar erbost an.

„Ist das wahr?"

Felisha sah weiterhin verschämt auf ihre Füße.

„Felisha, ist das wahr?", wiederholte Ricky lautstark.

Felisha nickte.

„Und hast du denn mit *ihr* kein Hühnchen zu rupfen, dass sie dabei keine halben Sachen gemacht hat?", fragte Ricky seine Freundin.

„Wir reden hier oben schon eine Weile, Ricky", antwortete Danielle und versuchte, die Moderation dieses seltsamen Gesprächs in der Hand zu behalten. „Das Thema haben Felisha und ich durchgekaut, bevor du gekommen bist."

„Gut. Schön, dass ihr scheinbar miteinander cool seid. Und warum bin ich hier?"

„Wir sind alle hier, um darüber zu sprechen, was passiert ist. Und darüber, wie es jetzt weitergeht. Darauf habe ich übrigens gerade keine Antwort. Ich bin zu platt, ehrlich gesagt."

„Ist mir schlecht", murrte Ricky.

Dann sah er Felisha fragend an.

„Was war denn für dich da drin? Hast du dir mit der Scheiße eine Filmrolle erhofft oder wie? So richtig à la Harvey Weinstein?"

R icky wusste nicht, dass er damit gewissermaßen ins Schwarze traf. Doch dies würde Felisha nie zugeben. Er suchte den direkten Blickkontakt zu ihr, doch sie mied seine Augen.

„Was war für dich da drin?", fragte Ricky mit Nachdruck. „Hast du denn gar keine Ehre? Warum würdest du denn bitte so eine kranke Scheiße mitmachen?"

Nach einem Augenblick des Zögerns antwortete Felisha: „Rache an meinem Mann."

„Wegen seiner Aktion letztes Jahr mit Lola? Ernsthaft jetzt, Felisha?"

„Es war halt eine Chance. Einfach für meine eigene Genugtuung, ich will Pablo davon nichts erzählen."

Danielle sah Felisha für einen Moment überrascht an. Diese Motivation hatte sie nicht gekannt.

„Wow", scherzte Ricky sarkastisch zu Felisha, „Geheimhaltung ist sicher eine deiner Stärken."

Dabei kannte Ricky nicht annähernd die Geheimnisse, die Felisha mit sich trug.

„Nun hör du mal auf, dich so aufzuführen", versuchte Danielle ihren Freund zu zähmen. „Du bist der, der hier die Scheiße gebaut hat, Ricky."

„Okay", seufzte Ricky fassungslos, „wenn ich das also alles richtig verstehe: Du, Danielle, hast Felisha beauftragt, mit mir fremdzugehen, um meine Treue zu testen. Was hast du dir dabei eigentlich gedacht? Wie krankhaft eifersüchtig kann man denn bitte sein? Erst recht, wenn man selber aber seinen Job nicht macht und seinen Mann sexuell aushungern lässt? Das ist ja regelrecht masochistisch! Wie hätte die Kiste denn anders ausgehen sollen, hast du dich das denn überhaupt gefragt? Und du, Felisha, hast das mitgemacht, weil du dich an deinem Mann rächen wolltest? Und nun sitzen wir alle hier wie in einer fucking Selbsthilfegruppe und reden darüber?"

Die zwei Frauen schwiegen.

„Und ihr Zwei schaut euch jetzt noch ernsthaft gegenseitig in die Augen? Was kommt denn jetzt, ein Dreier auf dieser Pyramide zur Versöhnung?"

„Das hättest du wohl gern", murrte Danielle.

„Das war nur ein Scherz, um diese absurde Lage zu verarbeiten, Danielle! Was soll *denn* nun passieren? Ich komme jetzt vor euch zwei Frauen auf die Anklagebank, und ihr werft mit Steinen nach mir?"

Ricky konnte nicht fassen, was ihm soeben zugetragen worden war. Noch nie hatte er in seinem Leben so eine merkwürdige Konfrontation erlebt. Diese krankhafte Intrige übertraf alles, was er sich je für ein Drehbuch hätte ausdenken können.

Doch wenn Ricky eines konnte, dann lügen. Ricky hatte sich häufig als Meister der Notlügen bewiesen, der innerhalb von Sekunden eine heikle Situation zu seinen Gunsten umdrehen konnte.

So wendete er diese Gabe nun auch wieder an und setzte gekonnt eine Maske der Abgebrühtheit auf. Nun war es Zeit für einen anderen Wind.

„Also gut, dann denke ich, dass ich auch mal endlich mit der Wahrheit rausrücken sollte."

„Das wäre schön", erwiderte Danielle.

„Natürlich wusste ich, dass du Felisha dazu aufgestachelt hast, mich in Versuchung zu bringen. Für wie blöd haltet ihr mich eigentlich?" Felisha und Danielle sahen sich leicht überrascht an.

Ricky begann plötzlich zu lachen.

„Danielle, Danielle. Du mit deiner Eifersucht, du kennst wirklich keine Grenzen. Es ist wirklich erbärmlich, weißt du das? Die Nummer mit Felisha war doch recht offensichtlich, muss ich sagen. Du hättest dir dann doch etwas mehr Mühe geben können, mich subtiler zu testen, aber du hast die Fährte ziemlich deutlich gelegt. Also habe ich mitgespielt. Und wisst ihr was, ich bin am Ende auch noch mit einem Drehbuch da rausgekommen. Aber bei dieser unheimlichen Begegnung hier muss ich sagen, dass ich den geschriebenen Schluss meines Films ernsthaft überdenken muss. Das hier toppt wirklich alles, ernsthaft."

Rickys Gelächter irritierte Danielle. Dass er in dieser Konfrontation die Oberhand an sich gerissen hatte, gefiel ihr nicht.

„Ist das denn alles gerade für dich ein Scherz, Ricky?"

„Es ist ein äußerst übler Scherz, ja. Ein Scherz, der aber nicht von mir kommt. Du hast mir das in den Kopf gesetzt, dass ich dich bald mit einer Blondine betrügen würde. Als wäre es ein Naturgesetz gewesen, gegen das ich mich eh nicht hätte wehren können. Und dann schickst du Felisha von nebenan, um mich auf die Probe zu stellen. Echt arm, Danielle. Du hast es regelrecht verdient, dass ich dann auch noch anbeiße. Nur: Ich habe *bewusst* angebissen. In dem Wissen, was das für ein kranker Plan das von dir war."

Dass jedes Wort von Rickys äußerst überzeugendem Vortrag gelogen war, das ahnte weder Felisha noch Danielle. Er merkte schnell, dass die Worte Wirkung hatten. Und es tat ihm gut, den Stress, unter dem er den ganzen Tag gestanden hatte, auf diese Art abzubauen. Den Spieß umzudrehen.

„Ganz ehrlich", fuhr er schadenfroh fort, „ich glaube auch nicht, dass Felisha das nicht mitgemacht hätte, wenn sie mich nicht schon vorher attraktiv gefunden hätte."

„Du bist wirklich das größte Arschloch, das ich kenne, Ricky. Und du bist auch noch der Vater meiner Kinder."

„Ich habe mit diesem Thema nie angefangen, Danielle. Das kam alles aus *deinem* Kopf."

„Und da dachtest du, du nutzt die Gelegenheit und erfüllst meine Ängste, einfach so."

„Ich bin ein Mensch, Danielle. Ich bin fehlerhaft. Ich bin untervögelt. Und ich bin deine Tests leid. Nun bin ich zu diesem großen, geheimen Treffen gekommen, wir haben uns alle die Wahrheit ins Gesicht gesagt, und keiner von uns steht gut da. Wollen wir uns jetzt alle umbringen? Oder wie geht's hier weiter?"

NARIZ FUERA

Die Sonne ging langsam unter und hinterließ einen roten Himmel. Ricky, Danielle und Felisha saßen schweigend auf dem flachen Steindach der Pyramide. Viele schockierende Worte waren gesprochen worden.

Das Schweigen wurde vom plötzlichen Klingeln von Danielles Handy unterbrochen.

Alle Drei sahen sich verspannt an, niemand rührte sich. Gerade war keine besonders geeignete Zeit zum Telefonieren. So ließ Danielle den Anrufer warten, bis dieser irgendwann aufgab.

Wieder herrschte Stille.

Doch erneut klingelte Danielles Handy.

„Geh doch ran", seufzte Ricky, „es könnte wichtig sein."

Irritiert holte Danielle ihr Handy aus ihrer kleinen, olivgrünen Hanf-Handtasche und sah auf dem Display, dass ihre Mutter Chelsea anrief.

Stutzig sah sie Ricky kurz an, drückte auf den grünen Hörer und hielt sich das Handy ans Ohr.

„Was ist los, Mom?"

„Danielle!", bellte Chelsea am anderen Ende der Leitung, mit alarmierter Stimme. „Bist du allein?"

„Nein, gerade nicht."

Danielle hatte ihre Mutter unter dem Vorwand nach Hause geschickt, dass sie etwas Wichtiges mit Felisha besprechen wollte, die angeblich auch zufällig in Altun Ha war. Sie würde später ihrer Mutter alles erklären.

Nun war irgendetwas vorgefallen, so dass Chelsea eine eindeutige Anweisung gab: „Dann geh irgendwohin, wo du allein bist!"

„Was? Wieso?"

„Tu, was ich dir sage!"

Danielle sah die anderen Zwei perplex an, stand auf und distanzierte sich. Dabei hielt sie flüchtig die Hand über den Hörer und flüsterte ihnen eine Ausrede zu: „Sie hat die Kleinen nicht im Griff, ich muss kurz ein Machtwort sprechen."

Ricky nickte und rollte die Augen, während Danielle auf der Hinterseite der Pyramide einige der Steinstufen hinabging, Richtung Dschungel, um nicht von den Touristen gesehen zu werden.

N un waren Ricky und Felisha wieder allein und sahen sich schweigend an.

„Du bist echt unfassbar, weißt du das?"

Felisha ging nicht auf Rickys Worte ein, sondern starrte ihn nur an.

„Du hast das alles getan, um dich an deinem Mann zu rächen? Du hast mich regelrecht benutzt, und wahrscheinlich hast du meine Ehe versenkt. Wenn du auch nur ein bisschen abergläubisch bist, solltest du dich vor diesem Serienkiller Nariz Fuera in Acht nehmen. Denn du scheinst ziemlich perfekt in sein Opferprofil zu passen. Falls es diesen Killer wirklich gibt."

Währenddessen blieb Danielle nach einigen Stufen stehen und sah sich zur Spitze der Pyramide um. Sie war weit genug von Ricky und Felisha entfernt, um weder gesehen, noch gehört zu werden.

Und es gefiel ihr nicht, ihren Freund mit der Frau allein zu lassen, mit der er sie letzte Nacht betrogen hatte.

„So, kannst du jetzt sprechen?", fragte eine hörbar aufgewühlte Chelsea.

„Ja, was ist denn?"

„Es wimmelt hier von Polizisten! Die buddeln mehrere Leichen in eurem Garten aus und packen sie in schwarze Säcke! Zwei davon sind sogar ganz frisch!"

„Was?"

„Es sind vier Leichen insgesamt! Zwei alte, zwei frische! Bei einer davon war die Nase abgeschnitten!"

„Das ist... Das ist unmöglich..."

„Danielle, zwei Polizisten haben ausdrücklich nach deiner Nachbarin Felisha Aguado gefragt! Sie sagen, dass sie eine Serienkillerin ist, die ihren Mann gezwungen hat, die Leichen in eurem Garten zu vergraben! Bevor ihr gekommen seid, stand das Haus lange leer! Und eine der zwei frischen Leichen ist angeblich dein Gärtner Miguel!"

„Großer Gott..."

Danielle fiel alles aus dem Gesicht. Ihre Nackenhaare richteten sich auf, ein prickelnder Strom floss durch ihren ganzen Körper. Die Tragweite von Chelseas Worten begann Danielle zu erdrücken, wie eine Tonne Backsteine.

„Du musst sofort mit den Kindern dort verschwinden", flüsterte Danielle panisch zu ihrer Mutter.

„Mach dir mal um uns keine Sorgen, die zwei netten Herren sind hier bei uns. Ist diese Felisha denn noch in deiner Nähe? Du sagtest, du wolltest irgendwas mit ihr besprechen."

Chelsea wusste nichts von Rickys Anwesenheit. Jedoch war Danielle noch nicht bereit, ihrer Mutter von dem zu erzählen, was zwischen den Dreien vorgefallen war.

„Äh, sie ist noch da, Mom", lautete ihre Antwort.

„Was macht sie denn jetzt gerade?"

Danielle stockte.

„Sie ist auf die Pyramide gegangen."

„Auf die Pyramide gegangen?"

„Äh, ja, auf den Tempel, oder was das ist. Wegen des Ausblicks, keine Ahnung."

Danielle war keine so geübte Lügnerin wie Ricky.

„Darf man das so einfach? Bist du denn auch auf der Pyramide?"

„Ich... Ich war dabei, ihr zu folgen. Sie wollte mir den Ausblick zeigen."

„Dann verschwinde schnell von dort, Danielle! Steig in das Taxi und komm sofort nach Hause!"

Danielle antwortete nicht. Sie sah auf die Stufen, die sie noch vor sich hatte. Konnte sie jetzt einfach das Weite suchen und Ricky allein mit einer Serienmörderin lassen? Hatte er das nicht ein wenig verdient?

Danielle war innerlich zerrissen. Schließlich war er immer noch der Vater ihrer Kinder.

„Hörst du mich? Sieh zu, dass du da schnell wegkommst, mein Kind, ja? Mach keine Dummheiten! Und verlier keine einzige Sekunde, hast du verstanden?"

„Äh, ja."

„Moment mal, hier möchte dich einer der beiden Polizisten sprechen."

„Okay."

Danielle wartete, aufgewühlt und verwirrt. In ihr brachen Welten zusammen.

„Mrs. Gomez?", fragte die tiefe, stoische Stimme von Detective Martinez.

„Nein, Miller. Miss Miller."

„Ach so, Miss Miller. Hier ist Detective Martinez von der Mordkommission. Sie sagen, Mrs. Aguado ist noch in Ihrer Nähe, ist das korrekt?"

„Äh... Ja, das ist... Das ist korrekt."

„Gut, und Sie befinden sich wo genau?"

„Altun Ha. Bei den Pyramiden."

„Alles klar, diese alte Ruinenstadt, verstehe. Die kenne ich. Ich schicke da jetzt Verstärkung in Zivil hin. Können Sie sie solange im Auge behalten?"

„Sie, äh, sie sitzt auf einer der Pyramiden. Auf der großen."

„Darf man das überhaupt?"

„Ich weiß es nicht."

„Mrs. Aguado ist doch in Ihrer Begleitung dort, oder?"

„Ja, schon."

„Dann rufen Sie sie vielleicht mal runter und unterhalten sich mit ihr. Tun Sie nichts Auffälliges. Schinden Sie einfach Zeit, bis meine Kollegen dort anrücken. Das dürfte keine fünf Minuten dauern."

Danielles Herz raste. Sie war gerade im Zuge, ihre eigene Nachbarin, mit der sie einen intriganten Plan gegen ihren Mann geschmiedet hatte, an die Polizei auszuliefern.

Doch ein Teil von ihr sagte sich, dass Felisha nichts Geringeres verdient hätte – nicht nur, wenn sie in der Tat Nariz Fuera war, sondern auch, weil sie eiskalt mit Danielles Freund ins Bett gegangen war, wo sie doch nur testen und berichten sollte, wie weit dieser gehen würde.

D anielle atmete tief durch und dachte genau über ihre nächsten Schritte nach.

Sie musste Felisha von der Pyramide herunter locken und solange ablenken, bis man sie in Handschellen legen würde. Dabei wollte sie sich selbst keineswegs als Komplizin der Polizei verraten. Denn wenn Felisha in der Tat all diese Zeit hinter der venezianischen Schnabelmaske gesteckt hatte, die ganz Mittelamerika das Fürchten gelehrt hatte, dann wollte sie keineswegs diese Frau wütend machen.

„Haben Sie noch Fragen, Miss Miller?"

„Nein. Keine Fragen."

„Gut. Dann bleiben Sie auf dem Platz. Unsere Leute sind schon unterwegs."

„Alles klar."

„Kriegen Sie das hin?"

„Ja. Ich kriege das irgendwie hin."

„Gut. Bleiben Sie erreichbar."

„Das mache ich."

Beide legten auf.

Jeder Atemzug fühlte sich für Danielle an, als würde sie in einem Korsett stecken. Sie begann wieder die Steintreppe aufzusteigen. Mit jedem Schritt schlug ihr Herz schneller.

Ricky und Felisha saßen immer noch betreten auf der abgeflachten Spitze der Pyramide und sprachen kaum miteinander. Sie drehten sich zu Danielle um, als sie sich ihnen wieder anschloss.

„Ist alles okay mit den Kids?", fragte Ricky, trocken und seelisch mürbe.

„Äh, ja. Meine Mom hat mir allerdings gesteckt, dass es wohl eine fette Geldstrafe geben soll, wenn man hier auf den Pyramiden erwischt wird."

„Wo hat sie das denn her?", fragte Ricky.

„Keine Ahnung. Ist auch egal jetzt. Alles ist gesagt. Ich will einfach nur nach Hause."

„Wieso denn so eilig?", fragte Felisha verdächtig.

„Ich denke, wir alle haben eine Menge zu verarbeiten, oder? Lasst uns die Beine vertreten."

Ricky konnte an Danielles Stimme erkennen, dass sie verspannt war. Irgendetwas stimmte nicht. Und sie war keine besonders begnadete Lügnerin.

„Was ist los, Danielle?", fragte er nachdrücklich.

„Was soll schon los sein?", lautete ihre sarkastische Gegenfrage. Ihr Gesichtsausdruck betonte dabei, dass sie, angesichts der Erkenntnisse aus diesem seltsamen Dreiergespräch, allen Grund hatte, sich gerade nicht normal zu verhalten.

Felisha studierte Danielle von Kopf bis Fuß.

„Ist wirklich alles in Ordnung?", fragte sie.

„Was soll schon wieder diese Frage? Nein, bei mir ist nichts in Ordnung. Ich muss ernsthaft darüber nachdenken, wie es mit meinem... Freund weitergeht."

„Hör zu, Danielle", versuchte Ricky sie zu besänftigen, „ich hab Scheiße gebaut, ja. Ich habe mich zu Felisha hingezogen gefühlt, weil bei uns zu Hause alles eingeschlafen war."

„Schön, die zweite Wahl zu sein", murmelte Felisha.

„Felisha, bitte. Bring du bitte nicht noch mehr Drama hier rein. Du hast im Auftrag meiner Frau gehandelt, und du bist ganz schön weit gegangen. Hier geht es um eine Beziehung, und Kinder sind im Spiel. Was deine Ehe dir gerade bedeutet, das musst du mit dir selbst abmachen, und mit Pablo – tut mir leid."

Ricky sorgte damit für Stille, dann sah er Danielle wieder an und fuhr fort: „Hör mal, ich hab's verkackt. Wie gesagt. Nun sitzen wir hier alle und haben es untereinander geklärt. Und das ist grundsätzlich besser, als es die meisten Paare in der Regel schaffen. Ich glaube aber an so etwas wie selbsterfüllende Prophezeiungen. Und meiner Meinung nach hast du diese ganze Sache heraufbeschworen."

Danielle biss sich verletzt und stur auf die Lippe. Für einen Augenblick vergaß sie, welchen Auftrag sie hatte – nämlich Felisha von dieser Pyramide herunterzubekommen.

Sie drehte sich schweigend von Ricky und Felisha weg und begann resignierend die 16 Meter hohe Treppe herabzusteigen, Richtung Hauptplaza. Alles war gesagt. Zu viel war gesagt.

Sie hatte genug.

„Danielle. Wo gehst du jetzt hin?"

„Ich hab's satt, mir deine eloquenten Reden anzuhören, Ricky. Nichts, was du faselst, ändert die Tatsache, dass du mich heute Nacht frisch hintergangen hast. Mit ihr."

Das stimmte.

Ricky stand seufzend auf und begann ihr zu folgen.

„Danielle, bleib doch hier. Wo willst du hin?"

„Ich will nach Hause."

„Das ist doch Quatsch, wenn wir beide jetzt getrennt mit Taxi fahren, oder kannst du gerade Geld kacken? Komm, wir fahren zusammen."

„Lass mich in Ruhe, Ricky."

Z urück blieb nur noch Felisha. Nachdenklich sah sie Ricky und Felisha hinterher. Sie selber wusste natürlich nicht, dass die Einsatzkräfte bereits hierher unterwegs waren, um sie in Handschellen zu legen. Jedoch konnte sie spüren, dass irgendetwas in der Luft nicht stimmte.

So kroch sie zur Kante der flachen Pyramidenspitze und beobachtete Danielle und Ricky beim Absteigen. Sie sah sich auf dem breiten, grünen Platz um. Sie betrachtete die anderen Pyramiden, die spärlich verteilten Touristen.

Dann konnte sie plötzlich erkennen, dass aus vier verschiedenen Richtungen einige Männer die Denkmalsstätte betraten und sich umsahen. Sie waren allesamt kräftig gebaut, trugen Sonnenbrillen und Zivilkleidung. Ihr Interesse schien nicht den Pyramiden zu gelten. Zwar verhielten sie sich recht unauffällig, aber sie schienen jemanden zu suchen.

Einer von ihnen blickte flüchtig zu Danielle. Diese blickte flüchtig zurück.

Nun sah Felisha genauer hin.

Danielle sah, plötzlich und leicht erschrocken, zu ihrer olivgrünen Hanf-Handtasche, die von ihrer Schulter hing. Sie dachte für einen Moment nach, dann griff sie in ihre Handtasche und zückte ihr Handy. Ricky war ihr immer noch auf den Fersen und versuchte sie aufzuhalten.

Leise, aber immerhin gerade noch verständlich, konnte Felisha vernehmen, wie Ricky seine Freundin fragte, wer am Telefon sei – nur um von ihm mit einer irritierten Handgeste abgewimmelt zu werden.

Was war hier los?

Danielle blieb stehen, als sie ans Handy ging. Sie rührte sich kaum, sprach kaum. Dann bewegte sie ihren Kopf leicht, um sich umzusehen. Dieser drehte sich immer weiter nach hinten um, bis einer der Männer zur Pyramide aufsah, wo Felisha saß und zusah.

Felisha verstand allmählich, was hier los war. Der Selbsterhaltungstrieb machte sich in ihr breit, und sie kroch rückwärts davon, um auf der Rückseite der Pyramide die Stufen abwärts zu rennen. Die Männer gingen allesamt schnellen Schrittes auf die Pyramide zu und verteilten sich auf alle Seiten. Ihre Hände behielten sie nah bei ihren Hüften – bereit, im Falle eines Falles ihre versteckten Waffen zu ziehen.

Felisha rannte die Pyramide herunter und versuchte dabei, so schnell und so leise wie nur möglich zu sein. Aber es war ein Hochleistungssport. Denn obwohl die Pyramide nicht die größte unter den Denkmälern der Welt war, waren diese Stufen nicht unbedingt die verbraucherfreundlichsten auf der Welt.

Nur noch ein Dutzend Stufen...

Vor Felisha lag ein dichter, tiefer Dschungel. Wohin dieser führen würde, wusste sie nicht. Aber nun war Fliehen angesagt.

„Hey! Stehenbleiben!", rief einer der Zivilpolizisten, der seitlich um den Tempel rannte und Felisha entdeckte.

Aber Felisha gehorchte nicht, sondern rannte nur noch schneller.

Der Polizist bekam von einem Kollegen Verstärkung und zog seine Waffe.

„Bleiben Sie stehen, habe ich gesagt!"

Je mehr geschrien wurde, desto schneller rannte Felisha. Das dichte Gebüsch des Dschungels lag in unmittelbarer Reichweite.

Auf dem Plaza hörten Ricky und Danielle das Geschrei. Verwirrt war davon nur Ricky. Er sah die vielen Männer um den Tempel rennen, dann sah er zu Danielle.

„Was ist das hier?", fragte er Danielle.

Diese antwortete nicht, sondern stand nur kreidebleich da und bewegte sich keinen Zentimeter. Ihr Handy hielt sie noch in der Hand.

„Danielle, was verschweigst du mir? Was ist hier los?"

„Ich..."

„Danielle, was hast du angezettelt?"

„Ich habe..."

„Was?"

„Ich habe nichts angezettelt..."

„Was denn dann?"

„Felisha..."

„Was ist mit Felisha..."

„Sie ist..."

„Was ist sie?"

„Nariz Fuera..."

Dies nahm Ricky jeden Wind aus den Segeln. Nun wurde Danielles blasses Gesicht ansteckend.

„Was? Wer sagt das? Woher weißt du das?"

„Sie und Pablo, sie haben Leichen in unserem Garten

vergraben."

„Was haben sie?"

„Die haben unseren Gärtner getötet."

„Das ist nicht möglich", stotterte Ricky entsetzt. „Felisha ist doch keine Serienkillerin. Das war bestimmt Pablo. Das weiß ich."

„Pablo ist tot."

Ricky stockte.

„Was?"

„Haben die mir gerade am Telefon gesagt."

„Großer Gott."

Ricky hatte Danielle nie von seiner Begegnung mit den zwei Detektiven am Hafen erzählt, die ihn deutlich dazu aufgefordert hatten, Pablo gut im Auge zu behalten. Nie war es ihm in den Sinn gekommen, in Pablos bezaubernder Frau eine Femme Fatale zu sehen.

Ungläubig sah Ricky zu den Polizisten, die sich in den Dschungel stürzten, einer nach dem anderen. Er fragte sich, ob irgendetwas gerade seine Schuld wäre. Und dies war nach all den Intrigen der letzten Zeit kein Wunder.

Aber er stellte fest, dass er tatsächlich nun zum ersten Mal keine Aktien im Drama hatte, das er gerade erlebte. Felisha hatte Leichen im Keller, zu denen er ausnahmsweise nicht beigetragen hatte. Er hatte kein Verbrechen begangen – zumindest nicht vor den Augen des Gesetzes. Zum ersten Mal war er ein unbeteiligter Zuschauer des Geschehens.

So entschied er nun, genau das zu tun: zuzuschauen. Er drehte sich zu Danielle um und instruierte sie, hier auf dem Plaza zu bleiben.

„Was hast du vor?", fragte sie beunruhigt.

„Ich will mir das ansehen."

„Wieso?"

„Das sind unsere Nachbarn. Ich will wissen, was an diesen Behauptungen dran ist."

„Überlasse das doch der Polizei, du bringst dich nur in Gefahr, Ricky."

„Die jagen gerade eine unbewaffnete Frau."

Dabei wusste Ricky, dass Felisha stets immer eine Waffe dabei hatte, nämlich ihren Sexappeal. Dieser würde aber sicher keine Wirkung auf die entschlossenen Polizisten haben.

So ging Ricky den Männern nach und stürzte sich in den Dschungel. Es gab niemanden, der ihn aufhielt.

„Sei vorsichtig, Ricky", rief Danielle noch hinterher.

Obwohl sie seit dieser absurden und ernüchternden Dreierbegegnung allen Grund hatte, Ricky zu hassen, gab es diesen einen Teil von ihr, der bereit war, ihm zu verzeihen – erst recht nun, wo sie erfahren hatte, dass Felisha nicht die war, die sie zu sein schien.

Danielle hatte unwissentlich eine Mörderin darauf angesetzt, die Loyalität ihres Freundes zu prüfen, aus eifersüchtiger und paranoider Motivation heraus. Generell eine schäbige Aktion, denn es gab einen gewissen Punkt, ab dem so gut wie kein Mann eine solche Prüfung bestehen würde. Und anscheinend war Felisha von der Königsdisziplin.

So verspürte Danielle immerhin tief in ihrem Inneren den Hauch eines schlechten Gewissens.

Und Ricky war nach wie vor der Vater von Danielles Kindern und der Ernährer der Familie.

Es gab also Hoffnung für dieses Paar. Beide waren durchaus das „etwas andere Paar".

R icky kämpfte sich durch das dichte Gebüsch und versuchte im Blick zu behalten, wie sich die Jagd auf Felisha entwickelte. Er hörte im grünen Dickicht mehrere knackende Schritte und energische Rufe durch den Dschungel hallen.

Immer wieder schlugen ihm Äste von Büschen und Ranken von Kletterpflanzen ins Gesicht. Immer wieder musste er um Sicht kämpfen. Doch der Dschungel ließ nicht zu, dass man besonders tief hineinschauen konnte.

Mit diesem Problem waren die Polizisten ebenso beschäftigt. Sie suchten den Dschungel ab und begaben sich immer tiefer hinein, aber erfolglos.

Aufgescheuchte Vögel krächzten und flatterten im Gebüsch davon. Stoische Reptilien sahen von den Bäumen aus zu, während die vielen Männer diese eine Frau suchten.

Es gab kaum etwas für Ricky zu beobachten, außer Misserfolg und gefrustete Schimpfrufe aus dem Dickicht.

So beschloss er, nun nicht mehr nur zu beobachten, sondern auch zu suchen.

Warum nicht?

Leise wühlte sich Ricky durch das dichte Gebüsch und passte dabei auf, wo er hintrat. Er hatte zwar bereits ein halbes Jahr in Belize gelebt, aber in einen waschechten Dschungel hatte er sich bislang noch nicht zu Fuß gewagt. Er trug eine kurze Hose und modische Sneakers, die nicht unbedingt für Wanderungen geeignet waren. Welchen gefährlichen Tierarten man im Dschungel begegnen könnte, darüber hatte Ricky auch keine Ahnung. Hier gab es jedoch diverse giftige Schlangenarten, vor denen man sich in Acht nehmen musste.

„Felisha!", rief Ricky flüsternd.

Immer wieder.

Dabei wusste er nicht, ob sie überhaupt noch in seiner Nähe war. Ob sie ihm überhaupt antworten würde.

Es wurde immer stiller um Ricky. Dieser Bereich des Dschungels galt als bereits abgesucht, und die Polizisten waren bereits tiefer in den Dschungel vorgestoßen und verteilten sich in alle Richtungen.

Ricky rechnete nicht mehr damit, auf Felisha zu stoßen. Seine Wanderung durch das dichte Gewächs war inzwischen ziellos und hilflos.

Bis er dann ein leises Stöhnen hörte, etwa 20 Meter entfernt, nah an der kolossalen Pyramide, von der alle gekommen waren. Die genaue Quelle des Geräusches konnte Ricky jedoch nicht sofort ausfindig machen.

Leise und aufmerksam wanderte er in die Richtung, aus der das Stöhnen gekommen war, und hielt sich dabei die Zweige und Blätter aus dem Gesicht.

„Felisha? Felisha, warst du das?"

Und da war wieder dieses Stöhnen. Diesmal nicht einmal halb so weit entfernt. Es war eine weibliche Stimme, und diese klang verletzt und in Schmerzen.

„Felisha, wo bist du?"

Ricky kam der stöhnenden Stimme immer näher…

D ann erschrak er und sprang zurück, als ihm eine flinke, aufgescheuchte Korallennatter entgegenkam. Das glänzende Tier war schwarz-gelb-rot gestreift wie eine bunte Socke und verschwand schlängelnd in einem Busch.

Rickys Herz raste. Er blieb keuchend stehen, dann wanderte er langsam weiter. Nun war jeder seiner Schritte deutlich vorsichtiger und wachsamer.

„Fuck… Scheiße, Schlangen…"

Ricky war, wie Danielle auch, kein besonderer Fan von Schlangen.

„Bleib weg", hörte er die schwach krächzende Stimme stöhnen. „Bleib weg, Ricky."

„Felisha, wo bist du?"

„Ricky, geh einfach. Ich bin nicht gut für dich. Ich bin nicht gut für irgendjemanden."

Ricky fand dann zu einem Busch, der teilweise zertrampelt aussah. Hier war leichte Bewegung zu erkennen. Und auf der Erde, die mit abgefallenen Blättern bedeckt war, konnte Ricky einige Blutstropfen erkennen.

„Felisha, was ist passiert?"

Ricky schritt um den Busch herum und entdeckte Felisha. Sie saß im Busch verborgen, zerkratzt und schmutzig, und hielt ihre rechte Wade mit beiden Händen fest. An ihrer Ferse waren zwei kleine Bisslöcher zu sehen, die stark bluteten. Die Polizisten waren anscheinend an diesem Busch direkt vorbeigerannt, da sich dieser so nah am Tempel befand. Scheinbar hatte niemand geahnt, dass Felisha in der Nähe bleiben würde.

„Wie du gestern Abend gesagt hast, Ricky. Ich bin gebissen worden."

„Scheiße, Felisha, wir müssen sofort einen Arzt holen! Hast du das Bein noch nicht abgeschnürt?"

Ricky wurde sofort hektisch tätig, doch Felisha war das absolute Gegenteil. Sie war resignierend ruhig, entspannt, erschöpft.

„Lass es, Ricky."

„Was redest du da? Wenn wir nichts unternehmen, gehst du hier drauf, Felisha!"

„Es ist schon okay..."

„Nun hör auf, so einen Unsinn zu labern!"

„Nein, Ricky. Hör *du* auf."

Ricky blieb stehen und sah Felisha entsetzt an. Sie meinte es todernst, und er erkannte es.

„Ich habe böse, böse Dinge getan. Ich habe dich zu einem Seitensprung bekommen."

„Das war meine eigene Entscheidung."

„Und ich habe Leben auf dem Gewissen, Ricky."

Ricky setzte sich dann langsam und betreten zu ihr und sah sich dabei gründlich um, um sich zu vergewissern, dass keine weiteren Schlangen in der Nähe waren.

Dann lehnte er sich an einen Baumstamm und sah seufzend ins Leere.

„Bist du Nariz Fuera?", fragte Ricky.

Nach einem Augenblick begann Felisha zu lachen, wenn auch geschwächt und dösig.

„Was ist denn so komisch?"

„Nariz Fuera, dieser ganze Wirbel um diesen Mythos. Der maskierte Mann, der als Gruselgeschichte auch für die Erwachsenen funktioniert. Der durch die Länder zieht und untreue Frauen verschwinden lässt, bis auf ihre Nasen."

Ricky ließ nicht locker.

„Bist du das?"

„Ich muss gerade an unser Gespräch über Pinocchio und Lügen und all das nachdenken."

„Hast du die Nasen abgeschnitten, weil es dafür symbolisch war?"

Felisha sah Ricky mit einem trüben Blick an.

„Wenn ich Nariz Fuera bin, dann war Osama bin Laden schuld an allem Terror auf der Welt. Dann war Jack the Ripper ein einziger Psychopath, und kein geheimer Bund von Freimaurern, die in den Ghettos von London die Huren beseitigten. Sei nicht so naiv, Ricky."

„Was willst du damit sagen?"

„Manchmal liegen die Dinge nicht einfach so auf der Hand, Ricky. Nariz Fuera ist nicht ein Mensch. Er ist ein Konzept. Für mich war er der perfekte Sündenbock. Ich habe ihn benutzt, um etwas zu vertuschen. Dabei habe ich Pablo mit hineingezogen."

„Was hast du denn getan, Felisha?"

„Letztes Jahr erwischte ich Pablo und Lola auf frischer Tat. Ich war so sauer, dass ich sie mit einer Flasche erschlug. Es war nicht vorsätzlich, aber es ist einfach so passiert. Pablo bekam auch einen Schlag ab. Ich war außer mir. All diese Debatten ums Kinderkriegen, und dann das. Mir brannte eine Sicherung durch."

„Und was passierte danach?", fragte Ricky gefasst.

„Wir überlegten uns, was wir nun tun sollten. Ich sagte, dass es mir leid tat. Er sagte Ähnliches. Aber unsere Putzfrau kam unangekündigt ins Haus, da sie ihre Brille bei uns vergessen hatte. Sie sah das tote Mädchen, und Pablo und ich waren in dem Moment wie versteinert. Was sollten wir tun?"

„Was *habt* ihr denn getan?"

„Wir sahen uns an, und meine Blicke sagten etwas Anderes als seine. In seinen Augen sah ich, dass er sich der Polizei stellen wollte. Das kam in dem Moment für mich nicht in Frage. Ich wollte nicht ins Gefängnis."

Felisha wurde von Sekunde zu Sekunde schwächer, und ebenso emotionaler. Sich an diesen grausamen Abend zurückzuerinnern, schien ihr nicht leicht zu fallen.

Ricky schwieg und hörte zu. Er ließ die Erzählung auf sich wirken und sprach kein Wort.

„Ich begann zu schreien", winselte Felisha. „Ich behauptete, er hätte sie umgebracht. Ich schrie die Putzfrau an, sie solle sofort die Polizei rufen. Das brachte Pablo dazu, sie niederzustrecken. Ich... Ich weiß nicht einmal mehr ihren Namen."

Ricky war von Felishas Worten überwältigt. Während eine Träne ihre Wange herunterkullerte, faselte sie weiter: „Wir beide saßen die ganze Nacht da und mussten erst einmal verdauen, was passiert war. Und er hasste mich dafür, dass ich ihn nun auch zu einem Mörder gemacht hatte. So schlossen wir einen Pakt.

Wir beschlossen, die Leichen nebenan im Garten des leerstehenden Hauses zu begraben. Auf unserem eigenen Grundstück, das wollten wir nicht. Das würde Unglück bringen. Und irgendwo draußen im Dschungel, da könnte immer irgendeiner die Leichen dann doch entdecken. Den Garten nebenan konnten wir aber gut im Auge behalten. Da hatte vor euch ewig keiner mehr gewohnt."

„Das ist eine ganz schön kranke Scheiße, Felisha. Aber scheinbar bist du ein Magnet für so etwas."

„Ja, scheinbar."

„Darf ich raten?"

„Was raten?"

„Ihr seid auf die Idee gekommen, der Lola die Nase abzuschneiden und sie an die Polizei zu schicken, damit sie die Akte Lola auf den fetten Stapel der Fälle rund um Nariz Fuera schmeißen, und ihr wart sauber raus."

Felisha lachte wieder, heiser und dösig. Es war inzwischen eher ein Husten als ein Lachen.

„Habe ich recht?", fragte Ricky.

„Du hast mich zum ersten Mal durchschaut."

Dies war in jenem Moment keine Kunst, denn Ricky hatte letzte Nacht – wenn auch nur flüchtig – einen sehr ähnlichen Gedanken um Felisha, als ihm das Risiko klar wurde, dass dieser eine Seitensprung seine Familie komplett zerstören könnte.

Aber im Gegensatz zu Felisha hatte Ricky nicht das Zeug dazu, so etwas Kaltblütiges zu tun.

„Ganz schön raffiniert, das muss ich dir lassen. Die Nase der Putzfrau habt ihr aber nicht verschickt."

„Sie hatte keine Familie. Ich glaube, sie war nicht einmal legal hier. Da haben wir es gelassen. Aber Lola war in der Stadt schon recht beliebt."

„Und euer Plan ging auf, was?"

„Ja, sozusagen. Wir wurden nie großartig von der Polizei unter die Lupe genommen. Diese zwei Bullen, die hatten Pablo immer auf dem Kieker, aber sie hatten nie konkret etwas gegen ihn in der Hand. Wir haben ein ganzes Jahr lang mit einer Lüge gelebt. Es hat uns verfolgt. Wir haben uns nur gestritten, nicht mehr miteinander geschlafen. Es hat uns innerlich ausgezehrt."

In diesem Moment musste Ricky darüber nachdenken, was er letzte Nacht getan hatte. Ein Teil von ihm war froh, dass er keine Lüge leben musste, wie die Aguados. Denn er hatte zwar heute die wohl unheimlichste Konfrontation seines Lebens hinter sich, aber immerhin waren die Karten nunmehr auf dem Tisch. Ob sich Danielle nun weiterhin für ihn oder gegen ihn entscheiden würde, das stand noch in den Sternen. Aber die Wahrheit machte frei. Dies verstand Ricky nun endlich.

„Hast du Schmerzen?", fragte er Felisha, die einfach nur noch dasaß, die Augen halb offen, die Atmung immer schwächer und röchelnder.

Sie sah ihn an und bewegte leicht den Kopf. War das nun ein Nicken oder ein Kopfschütteln? Ricky war sich nicht sicher.

„Kann ich irgendwas für dich tun?"

Nach einem Augenblick antwortete Felisha: „Es tat gut, darüber endlich mal zu sprechen. Du hast alles für mich getan, Ricky."

„Und du hattest mal wieder Sex."

Felisha grinste und rollte die Augen. Ihre Schmerzen konnte sie nun nicht mehr verbergen.

„Ich weiß", seufzte Ricky, „es war grauenhaft, oder?"

„Nein, das war es nicht."

„Ach so."

„Es war unterirdisch."

Ricky lachte.

„Eine ungünstige Wortwahl für jemanden, der Leichen verbuddelt hat."

Darauf hatte Felisha keine Antwort.

„Weißt du denn, wer Nariz Fuera wirklich ist?", fragte Ricky dann nachdenklich.

„Niemand weiß das", flüsterte sie dösig. „Ich glaube, es wird ihn immer geben. Wie den Weihnachtsmann, der jedes Jahr für deine beiden Zwillinge die Geschenke unter den Tannenbaum legt."

Ricky verstand die bildliche Darstellung und nickte.

„Na, da hast du dir wohl für deine Sache den perfekten Sündenbock gesucht, was?"

„Ja, das stimmt."

„Soll ich wirklich keinen Arzt rufen?"

„Nein. Lass mich einfach hier. Ich habe bekommen, was ich verdient habe. Es ist okay so."

Alles war gesagt.

In der Ferne war mehrfaches Gebell zu hören.

Für einen Augenblick schwiegen beide gemeinsam und

lauschten der Geräuschkulisse, die immer lauter wurde.
Ricky stand betreten auf und streichelte Felishas schweißgebadete Wange. Sie begann unkontrolliert zu zucken und zu zittern.

„Geh einfach, Ricky. Geh zu deiner Familie. Und lebe keine Lügen."
Nach einem Augenblick nickte Ricky einverstanden. Seine Augen wurden glasig. Aber Felisha gelang es in ihrem Zustand, ihm einen kurzen Blick der Absolution zu geben.
Dann begann ihr Kopf zu zucken und baumelte kraftlos vor sich hin.
Ricky drehte sich dann weg und verließ sie. Der Anblick wurde ihm zu viel. Aber Felisha wollte es so.
Ricky kämpfte sich durch die Büsche, Richtung Tempel, Richtung Plaza.

Ihm kamen drei Polizisten entgegen, die jeweils einen aufgescheucht bellenden und sabbernden Spürhund an der Leine führten – oder eher von diesem geführt wurden. Die Blicke wanderten sofort zu Ricky, als er aus dem Dschungel kam. Instinktiv ging seine Hand zu seinem Hosenstall, als hätte er sich zum Urinieren in den Wald zurückgezogen und wäre gerade fertig geworden.

„Was tun Sie da, Señor?"
Ricky zeigte in Felishas Richtung.
„Ich habe beim Pinkeln da hinten Bewegung im Busch gesehen, falls Sie jemanden suchen."
„Wo genau?"

„Da rein ins Gebüsch und dann links. Keine Ahnung, was für ein Busch das ist."

„Danke, Señor. Und beim nächsten Mal besuchen Sie die Touristentoiletten, haben Sie verstanden?"

„Ja, tut mir leid. Ich konnte es nicht mehr halten."

„Das machen Sie nicht zum Problem des Urwalds. Und nun ziehen Sie hier Leine."

„Schon dabei."

„Diese Amerikaner", murmelte einer der Polizisten und eilte mit seinem Hund in den Wald.

R icky drehte sich um und lauschte für einen Augenblick. Einerseits war er neugierig, andererseits hätte er lieber nicht erfahren, ob Felisha nun der Natur überlassen werden würde, oder vielleicht doch in einem Gerichtssaal für ihre Tat zur Verantwortung gezogen werden würde.

Danielle erblickte Ricky und kam zu ihm. Neugierig und besorgt, suchte sie den Blickkontakt zu ihm. Doch er war geistig abwesend.

„Was ist passiert?"

Ricky antwortete nicht.

„Ricky", fragte sie nachdrücklich, „was ist passiert?"

Ricky drehte sich zu ihr um, seine Augen waren wässrig und rot.

„Hast du Felisha gefunden?"

Ricky nickte.

„Haben *sie* Felisha gefunden?"

Darauf wusste Ricky nicht zu antworten.

Doch diese Frage beantwortete sich von allein...

„Aquí!", rief einer der Polizisten im Dschungel. Dieser hatte anscheinend Felisha entdeckt. Die einzige Frage, die sich in diesem Moment noch stellte, war, ob sie noch lebte.

„Was ist passiert? Rede mit mir, Ricky."

„Karma. Das ist passiert."

„Karma?"

„Ja. Wir alle kriegen Karma, wenn wir mit einer Lüge leben. Es tut mir leid, was ich dir letzte Nacht angetan habe. Ich bin der größte Idiot auf dem Planeten. Ich hätte viel mehr auf deine Bedürfnisse eingehen müssen, und nicht die ganze Zeit einfach Dinge von dir erwarten sollen. Und ganz ehrlich: Egal, was du für Konsequenzen ziehst, ich bin froh, dass das direkt heute ans Licht gekommen ist. Auch wenn die Umstände echt schräg waren. Also, filmreif schräg."

„Ja, das stimmt. Aber ich denke, das geht wirklich auf mich, Ricky. Ich habe es heraufbeschworen. Und ich weiß, wie komisch das jetzt sicher klingt, aber ich glaube, dass ich das dir sogar ein wenig gegönnt habe."

„Das klingt wirklich komisch."

„Ich habe dir nicht das gegeben, was du gebraucht hast."

„Damit sind wir wohl zwei."

„Und ich habe dich angelogen. Es gab nie einen Kaffeesatz, es gab nie diese Blondine. Bis ich sie erfunden hatte. Weil ich dich prüfen wollte."

„Und ich habe nicht bestanden."

Danielle schwieg. Denn recht hatte er.

Nach einem Augenblick des nachdenklichen Schweigens sah Ricky seine Freundin ratlos an. „Wir sind schon zwei abgefuckte Typen, was?", spottete Ricky sarkastisch.

„Ja", antwortete Danielle. „Das ‚etwas andere Paar'. Das kann man nicht abstreiten."

„Und was machen wir nun?"

Danielle dachte nach.

„Wir nehmen uns ein Taxi und fahren nach Hause. Meine Mutter wird sich vielleicht freuen, dass du früher zurück bist. Die Kinder werden sich auf jeden Fall freuen."

„Das ist schön. Aber ich meinte, was machen ‚wir' nun?"

Rickys Frage war an das Paar „Ricky und Danielle" gerichtet. Was war die große Konsequenz von allem, was nun passiert war? Gab es denn eine?

Aber Danielle blieb bei ihrer Antwort: „Wir nehmen uns ein Taxi und fahren nach Hause. Das ist das, was wir nun machen."

Damit konnte Ricky leben.

Dieses Paar hatte sicher noch einiges zu besprechen. Aber welches Paar hatte es nicht? Vielleicht würde es zu einer Trennung kommen, oder zu einer allgemeinen Änderung der Spielregeln für dieses Paar. Wer wusste das schon in diesem Augenblick? Aber jetzt eine Konsequenz festzulegen, führte ins Nichts. Beide hatten eine Menge zu verarbeiten und waren erschöpft. Und am Ende des Tages konnte keiner von ihnen abstreiten, den Anderen noch zu lieben.

Und das reichte für heute.

So spazierten sie gemeinsam bei Sonnenuntergang Richtung Touristenparkplatz und hielten nach einem Taxi Ausschau. Dabei sprachen sie kein Wort mehr.

Alles war für heute gesagt.

Zu Hause war der Ausnahmezustand noch in vollem Gange. Chelsea und die Kinder waren auf die Polizeistation verfrachtet worden, damit diese nicht miterleben mussten, wie vier Leichen aus dem Garten getragen wurden.

Die Familie beantwortete bei den Detektiven Martinez und Sanchez jede Menge Fragen. Ricky verschwieg ihnen aber seine letzte Begegnung mit Felisha. War dies schon die nächste Lüge, mit der er zu leben entschied? Es war ihm egal. Er hatte erfahren, dass Felisha im Dschungel ihrem Schlangenbiss erlegen war. Und dieser Moment war etwas Privates, gar Intimes gewesen. Es ging niemanden etwas an.

So servierte er den Polizisten die Informationen, die er von Felisha bekommen hatte, über Umwege. Er ließ Lücken, aber diese waren klein genug, um von den Detektiven eigenständig geschlossen zu werden. „Hier mal etwas gehört, da mal etwas gehört, keine eigenen Zusammenhänge daraus gezogen."

Es gab nichts Belastendes, was Ricky und seine Familie in die Gefahr brachte, mit dem Gesetz im Konflikt zu stehen. Sie benötigten keinen Anwalt.

Noch am selben Abend wurden die drei Erwachsenen mit den zwei Kindern aus der Polizeistation entlassen und nahmen sich für die Nacht ein Hotel.

Wie würde das Leben für sie weitergehen?

Waren sie bereit oder imstande, weiter in einer Villa zu leben, in deren Garten Leichen verscharrt worden waren?

Darauf gab es heute keine Antworten.

Für heute wurde ein Hotel genommen, und darüber hinaus würden keine weiteren Entscheidungen in dieser Nacht getroffen werden.

Die Kinder wurden in zwei Reisebetten gelegt. Ricky, Danielle und Chelsea setzten sich auf den Balkon des Hotels und betrachteten die Stadtlichter in der schwülen Nachtluft. Sie tranken gemeinsam Wein und teilten sich einen Joint. Heute gab es keine Regeln, keine Verurteilungen.

„Wie ist dein Drehbuch geworden?", fragte Chelsea neugierig ihren Fast-Schwiegersohn.

„Es ist bisher nur ein Treatment."

„Okay, was auch immer das ist."

„Eine grobe Skizze des Drehbuches", erklärte ihre Tochter.

„Ach so."

Ricky antwortete dann: „Na ja, es ist auf jeden Fall eine ziemlich abgefuckte Story geworden."

Danielle lächelte in sich hinein, denn sie konnte sich gut vorstellen, wie die Geschichte aussah.

Eine Woche später.
Der nunmehr aufgeklärte Fall der vermissten Lola, sowie der von den zwei toten Gärtnern und der toten Putzfrau, waren inzwischen zur Mediensensation geworden.

Zwar war Felisha nicht für den Tod der vielen Opfer von Nariz Fuera verantwortlich gewesen, aber einige sogenannte Journalisten konnten natürlich nicht die Finger davon lassen, sie mit diesem Namen in Verbindung zu bringen und die Tatsachen zu verdrehen. Die Sensation, „diesen einen Weißen Hai gefangen und getötet zu haben", war für die Touristenstadt Belize dann doch zu verlockend.

Dämmerung in Belize Stadt.
Die Palmen rauschten und wehten in der Abendbrise. Einige bunte Papageien flogen verspielt durch die Lüfte.

Ricky saß, mit seinem Laptop auf dem Schoß, auf seinem Ostbalkon und starrte hinaus zum Meer. Im Garten war noch Tatort-Flatterband um das offene Loch gespannt, welches eigentlich nicht gegraben werden sollte. Der daneben abgesteckte Pool war immer noch nicht angefangen.

Danielle hatte die Kinder ins Bett gelegt und setzte sich zu ihm, ohne Handy.

Beide sprachen kein Wort.

Eine schnelle erste Fassung des Drehbuches war geschrieben, noch ohne Dialoge.

Ricky dachte darüber nach, ob diese Filmidee inzwischen tatsächlich seine eigene war, oder ob sie denn immer noch ein Plagiat von der Arbeit dieses Freundes von Max war.

Was hatte dieses Drehbuch ausgelöst?

Diese Filmidee von Juan?

Oder vielleicht viel eher der gelogene Kaffeesatz?

Rickys allgemeine sexuelle Situation?

Was war denn die genaue Ursache für dieses Drehbuch?

Wem stand ein Credit zu, oder wenigstens eine Nennung in der Danksagung?

R icky beschloss seinen Kumpel Max einfach anzurufen und mit ihm offen über sein kleines Dilemma zu sprechen. Denn Max wusste nichts von diesen vielen Ereignissen in Rickys Leben und könnte ihm durchaus übel nehmen, diesen Juan um sein Geistesgut bestohlen zu haben. Nun war es an der Zeit, es zumindest zu versuchen, die Dinge aufrichtig anzugehen.

So nahm Ricky sein Handy in die Hand und rief seinen Freund Max an.

Danielle sah ihn fragend an, während er mit dem Handy am Ohr wartete.

„Hey, Ricky", ertönte dann eine Stimme am anderen Ende der Leitung.

„Max, was geht ab?"

„Ach, die Welt ist ein verrückter Scheißhaufen. Alles wird in großen Flammen niederbrennen, ich spüre es einfach. Aber ansonsten alles gut, und bei dir?"

Ricky musste lachen. Und innerlich zustimmen.

„Äh, hör mal, wie soll ich es dir sagen. Es geht um deinen Freund Juan, der mit dieser Filmidee."

„Ach, du hast es also auch gehört, ja? Ich kann es immer noch nicht fassen."

„Wie, was?"

„Ich hätte es wissen müssen. Ich hatte ihn die ganze Zeit vor meiner Nase, und dieses ganze Thema Untreue, er war wie besessen davon. Ich hätte ahnen müssen, dass etwas mit ihm nicht stimmt. Das hätte vielleicht Leben gerettet."

Ricky richtete sich in seinem Sessel auf. Sein Herz begann unkontrolliert zu rasen.

„Was meinst du?"

„Haben die Schlagzeilen euch da unten in Belize nicht erreicht? Da gab es doch diese Hochstaplerin, die einen auf Nariz Fuera gemacht hat. Juan hat das in den Nachrichten gesehen und auf seiner Facebook-Seite gepostet, dass das ein Plagiat war. Dass sie nur das Lebenswerk eines Anderen ausgenutzt hätte. Er hat haufenweise Shitstorm dafür bekommen, dass er diesen Serienkiller so verherrlichte. Na ja, einige Bullen haben das genauer unter die Lupe genommen, und das Ende vom Lied: Unzählige mumifizierte Frauenleichen in seinem Keller. Buchstäblich."

Ricky war fassungslos. Sein Blut gefror zu Eis.

Aber er entschied sich zu bluffen: „Ja, ja, das weiß ich alles. Ich rufe an, weil ich eigentlich wissen wollte, ob er inzwischen geschnappt wurde?"

„Nein. Der ist seit gestern komplett offline. Keiner weiß, wo er ist. Sei auf der Hut, ja? Diese Felisha Aguado, die ist doch in deiner Nähe gewesen, oder?"

„Die Leichen waren in meinem Garten verscharrt."

„Ach, du heilige Scheiße! Fuck!"

„Ja, Mann. Fuck."

„Ich sag's dir, die ganze Scheiße wird eines Tages brennen. Menschen sind das Allerletzte."

„Da widerspreche ich dir. Meine Kinder sind fantastisch."

„Dann beschütze sie gut. Lasse sie nicht allein im Dunkeln raus."

„Keine Sorge."

Ricky beendete das Telefonat. Ihm gegenüber saß eine völlig entsetzte Danielle, die jedes Wort mitgehört hatte.

„Was machen wir jetzt?"

Ricky überlegte, wie man da antworten sollte.

Dann stand er auf und ging zum Geländer. Er starrte hinaus auf die Brandung...

Und er sah eine gerade noch erkennbare düstere Silhouette im Sand stehen, einige Meter hinter dem niedrigen Lattenzaun, der seinen Garten vom Strand trennte. Schwarz gekleidet, den Kopf in einer Kapuze verborgen, eine weiße venezianische Schnabelmaske als Gesicht. Die Augenhöhlen waren dunkle, leblose Löcher. Der spitze Schnabel hatte in etwa die Länge einer Pinocchio-Nase.

Die Gestalt sah Ricky direkt an und rührte sich nicht.

Ricky rieb sich die Augen, um sich zu vergewissern, dass er nicht träumte. Strom schoss durch seinen ganzen Körper.

„Danielle", flüsterte Ricky, „ruf sofort die Polizei an. Ich glaube, Nariz Fuera steht da draußen."

„Du verarschst mich."

„Nein. Tue bitte sofort, was ich dir sage. Sag ihnen, es treibt sich eine maskierte Gestalt draußen bei unserem Garten herum, die zur Beschreibung der Phantombilder von Nariz Fuera passt. Hole die Kinder ins Schlafzimmer, und schließt euch von innen ein."

„Okay."

„Aber verhalte dich unauffällig. Er beobachtet uns."

„Ja."

Danielle stand auf und reckte sich, als wäre sie hundemüde. Doch eine Träne der Panik schoss ihre Wange herunter.

„Beeile dich. Ich behalte ihn im Auge."

Ricky tat so, als würde er die Figur in der Dunkelheit nicht erkennen, und starrte weiterhin auf das Meer. Äußerlich möglichst gelassen, innerlich verspannt und aufgewühlt wie nie zuvor.

Was war jetzt zu tun, außer zu warten und zu hoffen, dass sich diese unheimliche Gestalt nicht vom Fleck rühren würde?

War es vielleicht ein weiterer Hochstapler, oder gar ein fanatischer Fan des Killers?

Manchmal war das Gefühl, das man im Körper spürte, eine deutlichere Aussage als irgendwelche Mutmaßungen. Und Ricky spürte in seinem Körper, dass das abgrundtiefe Böse in seiner Nähe war.

„Kommt schon, beeilt euch", flüsterte Ricky frustriert

durch die Zähne. „Wo bleibt ihr, wenn es schnell gehen muss?"

Nach etwa drei Minuten waren zwei Autos an der Straße zu hören. Sie hielten an, und es waren Türen hörbar, die sich öffneten. Dann Schritte. Die Silhouette mit dem weißen Schnabelgesicht zuckte. Ricky sah zu seinem Garten herunter. Vier Männer schlichen sich dort durch die Dunkelheit, auf jeder Seite der Villa jeweils zwei. Plötzlich rannte die schwarz gekleidete Gestalt explosiv los. Die Polizisten rannten hinterher. Ricky beobachtete alles vom Balkon aus. Der kalte Schweiß triefte ihm vom Gesicht. Er spürte seinen Puls so stark im Hals, dass er durch den Mund atmen musste.

Schüsse fielen.

Schreie und Rufe waren zu hören.

Dann wurde es still.

Ricky atmete auf und ging ins Haus hinein.

Unten an der Tür klopfte es. Sicherlich würden Ricky und Danielle wieder einige Fragen beantworten müssen. Und sicher würden sie wieder nicht belastet werden.

Es blieb nur zu hoffen, dass dieser Horror nun endlich vorbei war.

Dass es nun mit dem normalen Leben weitergehen konnte.

Die Hoffnung stirbt bekanntlich zuletzt...

❧ 7 ☙

DANKSAGUNG

An erster Stelle bedanke ich mich bei meiner Frau Annika für ihre Unterstützung und ihre Liebe. Dann möchte ich Laura Sommer für den Support, die Beratung und die Inspiration danken. Ebenso danke ich Ann Kristin Jipp für das Lektorat und Korrektorat, und ich entschuldige mich vielmals dafür, in meinen letzten beiden Romanen ihren Namen verkehrt geschrieben zu haben. Das passiert, wenn man die Danksagung erst nach diesem Step in das Buch fügt. Das Leben ist ein Lernprozess...

❦ 8 ❦

IMPRESSUM

Herstellung und Verlag:
BoD - Books on Demand, Norderstedt

Michael Pate
c/o take25 Pictures GmbH
Friedrichstr. 14-16
25774 Lunden
Telefon: 04882-6060086

ISBN: 9783749446711

Cover: Rebecca Wild
Beratung: Laura Sommer
Lektorat und Korrektor: Ann Kristin Jipp

Bildnachweis Cover:

© depositphotos.com

Arrhenia Epichysium 3 Pilze in Needle Bett Draufsicht
Datei-ID: 58391957
Urheberrecht: sixdays24

Ungenießbare Pilze Fliegenpilz wächst in der Zeile
Datei-ID: 120986608
Urheberrecht: alexmak72427

Grünes Moos auf dem Boden, Top Sicht
Datei-ID: 221048856
Urheberrecht: monochromst.gmail.com

Top view of fly agarics in forest
Datei-ID: 250914378
Urheberrecht: Malleo

Detailansicht der Verfilmung Ritter wächst im Wald
Datei-ID: 231115476
Urheberrecht: imagebrokermicrostock

Neunzehn Pilze Sammlung isoliert auf weiß
Datei-ID: 6785349
Urheberrecht: Dr.PAS

© shutterstock.com

dead woman lying on the floor, focus on the hand
Lizenzfreie Stockfotonummer: 104533934
Urheberrecht: Stokkete